Andreas Kollender • Mr. Crane

*„Jeder Mensch lebte sein wirkliches,
das eigentlich interessante Leben
unter dem Deckmantel des Geheimnisses
und im Schutze der Nacht."*

A. Tschechow, „Die Dame mit dem Hündchen"

1

Erster Tag
Badenweiler, Schwarzwald, 25. September 1914

Elisabeth macht weite Schritte über die Schattenfelder auf dem Flur des Sanatoriums. Das Knarren der Dielen unter ihren Schuhen ist das einzige Geräusch in der Wärme. Am liebsten würde Elisabeth barfuß laufen und das Holz an den Füßen spüren. Sie trägt eine Schüssel vor dem Körper, darin liegt ein Handtuch, nass und rot von Blut und sie hat es mit einem sauberen Tuch verdeckt. Wonach sieht der Schatten dieser Schüssel aus, wenn Elisabeth durchs Licht geht und ihr an den Fußleisten geknickter Schatten über die Blumentapete huscht? Ein Gebirgsmodell in einer Schale? Holofernes abgeschlagenes Haupt auf einem Teller? Oder sieht dieser Schatten aus wie der einer Schüssel mit Handtüchern?

Wie nur, wie nur?, summt sie, als ihr Name gerufen wird, einer Frage gleich, mit steigender Endbetonung.

„Schwester Elisabeth?"

Sie dreht den Kopf über die Schulter, das Sonnenlicht wärmt jetzt ihr rechtes Profil, die gute Seite.

Victoria steht in der letzten Tür, die weiße Haube wird von den Locken schräg gestellt.

„Entschuldige, Elisabeth, aber der Soldat in dem Zimmer hier hat gerade nach einem Buch aus seinem Gepäck gefragt. In so einer Art Gebärdensprache. Er hat es heute Morgen draußen liegen lassen.

Von Stephen Crane. Kanntest du den nicht? War der nicht irgendwann einmal hier? So ein Amerikaner?"

Der Name reißt an Elisabeths Armen, die Schüssel klirrt auf den Boden, rollt ein Stück auf dem Rand und die Handtücher rutschen heraus. Elisabeth lehnt sich an die Wand und schließt die Augen. In der Dunkelheit flirren Lichtflecken,

Victorias Stimme dröhnt von weit her: „Elisabeth? Elli? Alles in Ordnung?"

Stephen Crane.

Ihr Mr. Crane?

Elisabeth stopft die Handtücher in die Schüssel zurück und rennt die Treppe aus dem ersten Stock hinab. In der Halle lässt sie die Schüssel mit dem überhängenden, rotgetränkten Frotteeweiß auf ein Fensterbrett klirren. Sie eilt hinaus, öffnet mit den Zähnen die Manschetten und schrubbt im Brunnen vor der Villa das Blut von ihren Händen. Das Plätschern ist unnatürlich laut, übertönt alles, die Hitze drückt ihren gebeugten Nacken und von überall mischt sich dieser Name ein.

Stephen Crane.

Sie versucht sich durch tiefes Atmen zu beruhigen. Victoria steht plötzlich neben ihr.

„Was ist denn, Elli? Um Himmels willen."

Elisabeth kann ihr nicht in die Augen schauen, starrt die Villa an, dann über die Schulter auf die Weinberge.

„Wo … wo hat er das Buch liegen lassen?"

„Na, da." Victoria weist auf die Bank am Brunnen und will nach dem Buch greifen. Elisabeth hält sie am Arm fest. „Ich mach das. Entschuldige. Aber … lass mich das machen, ja?“

„Was ist denn passiert?“

Elisabeth beugt sich über den Brunnen, formt die Hände zu einer Schale und schöpft sich Wasser ins Gesicht. Sie hört Mr. Cranes rostige Stimme durch das Sprudeln des Strahls, als stünde er hinter ihr. Nie, sagte er, nie habe er ihr Gesicht im Regen gesehen.

Ob sie ihn kannte? Mr. Stephen Crane?

Natürlich kannte sie ihn, kennt ihn immer noch. Sie trägt ihn bei sich, seinen Blick, seine Berührungen, seine verrückten Geschichten und seine Angst vor diesem mörderischen Verfolger, den er auf dem Weg nach Badenweiler wähnte. Jetzt, im Schrecken der Kriegsereignisse, ist Mr. Crane weggedrängt worden, aber ganz verschwinden konnte er nicht. Es war lange her, Dekaden fast, dass sie einen anderen Menschen seinen Namen aussprechen hörte.

„Lass mich einen Moment alleine, Victoria, ja? Bitte.“ Elisabeth setzt sich neben das Buch auf die Bank. Sie versucht, sich zu erinnern, aber entweder ist da jetzt zu viel oder eine tiefe Leere, sie meint ein Murmeln zu hören, sich überlappende Stimmen, ein kurzer Blick von Mr. Crane, ein Lachen.

Sie streichelt den Buchumschlag mit den Fingerspitzen, das Papier ist warm. *The Red Badge of Courage: An Episode of the American Civil War,* Stephen Crane, New York, D. Appleton and Company, 1895. Die gleiche Ausgabe, die bei ihr daheim im Regal steht. Eines der vielen Bücher, die die verrückte Tante Hermine ihr aus Amerika schickt, aus

Crane-Land, eingeschlagen in dickes Papier, eine Kordel darum, Stempel und Marken und immer schon auf dem Packpapier ein Gruß aus jenem New York, das er so liebte. Elisabeth sitzt dort, als leiste ein guter, das gemeinsame Schweigen beherrschender Freund ihr Gesellschaft. Sie flüstert seinen Namen. Mr. Crane, Mr. Crane, Mr. Crane.

Es war kein Fehler, Mr. Crane, oder?

Sie legt die Hände in den Schoß und blickt von der Anhöhe auf die Stadt, kantige Giebel- und Erkerschatten und überall Bäume, als wäre Badenweiler mitten in den Wald gebaut. Hinter ihr plätschert der Brunnen und manchmal bekommt sie unter dem hochgesteckten Haar einen Spritzer in den Nacken. Sie lässt die Tropfen in den Kragen laufen und spürt sie oben auf dem Rücken zwischen den Schulterblättern.

Sie nimmt das Etui aus der Schürzentasche und zündet sich eine Zigarette an, wendet das Feuerzeug in der Hand hin und her. Österreich, 1912, Modell Hurricane – das hätte ihm gefallen, funktioniert sogar bei starkem Wind. Wenn er doch eines Tages erneut aus der Kutsche steigen und sie so lange und ruhig ansehen würde wie damals. Auf sie zugehen. Einen Arm um ihre Taille legen.

Mit der Schuhspitze tritt sie die Kippe tief in den Kies und schiebt Steinchen darüber. Wie beiläufig greift sie nach dem Buch und geht zurück in die Villa. Oben im Flur hockt Victoria in einem Sonnenfeld auf den Dielen und wischt das Blut auf. Es riecht nach Desinfektionsmittel.

„Was ist das für ein Mann, Victoria, der einen Roman von Stephen Crane liest?“

„Leutnant Fischer." Victoria tippt sich an die Schläfe. „So ganz dabei ist der nun wirklich nicht mehr."

„Nanana, Vicky."

„Ja nu, entschuldige."

Elisabeth geht auf die offenstehende Tür zum Zimmer des Patienten Fischer zu. Was ist damals hinter dieser Tür geschehen? Sie streckt die Hand nach der Tür aus, spürt das Holz glatt an den Fingerspitzen und erwartet, dass Mr. Crane gleich den Kopf zur Seite neigt, um zu sehen, wer kommt. Sie zögert, räuspert sich und betritt das Zimmer. Seine Stimme wohnte hier, sein schlechter Geruch und die Art und Weise, wie er seine dünnen Finger nach ihr ausstreckte. Jetzt steht neben dem Kleiderschrank eine dreibeinige Staffelei, die Leinwand darauf wie ein weißes Fenster. Auf dem Nachttisch scheint die Sonne aus einem Glas mit Pinseln. Der junge Mann im Bett hat schwarze Ringe unter den Augen, sein Oberkörper ist bandagiert, der linke Arm wie abgestorben neben den Rippen. Er hält einen Skizzenblock auf den angewinkelten Beinen, einen Kohlestift in der Rechten. Seine Hand zittert, seine Augen rollen unkontrolliert, Elisabeth muss an ein Glas mit Murmeln denken und schämt sich ihrer Abgebrühtheit oder auch nicht. Auf dem Papier entstehen einige Schrägstriche und ein Wirbel, ähnlich einer Rauchwolke. Der Atem des Mannes wird angestrengter, er versucht, zwei eng beieinanderliegende Parallelen zu ziehen.

„Eine Straße, Herr Leutnant? Ein Weg, ein Kanal?" Er schüttelt den Kopf und lässt die Hand sinken.

„Klappt nicht?", fragt Elisabeth.

Er nickt, versucht mit zusammengepressten Lippen ein Husten zu unterdrücken. Er stöhnt, als seine Brust zuckt.

„Bernhard Fischer, richtig? Wir hatten noch nicht das Vergnügen."

Er bewegt die Hand durch die Luft, als wolle er Elisabeth zum Tanz auffordern, dann rutscht er tiefer ins Bett und dreht ihr den Rücken zu. Sie blättert seine Krankenakte auf. Es ist das erste Mal, dass ein Verwundeter im Sanatorium ist. 1889 geboren in Freiburg, er ist seit gestern hier, zwei Lungendurchschüsse links, verheilen relativ zufriedenstellend. Der Oberarzt hat einige Notizen an den Rand geschrieben: *Fischer offensichtlich geistig verwirrt, sagt kein Wort, Berichte über ähnliche Fälle einholen, Krieg und neue Krankheiten, Fragezeichen, ungewöhnlich.*

Ungewöhnlich, denkt Elisabeth, immerhin ungewöhnlich, das kann man doch mögen.

„Was wollen Sie denn malen, Herr Leutnant?" Die Frage berührt seinen Rücken, er dreht sich um, spreizt Zeige- und Mittelfinger und deutet auf seine Augen, die sich bewegen, als folgten sie dem Flug einer Mücke.

„Ihre Augen?"

Er wedelt mit der Hand, zeigt wieder auf seine Augen und dann durchs Zimmer und aus dem Fenster.

„Das, was Sie gesehen haben?"

Fischers Hand zittert immer mehr, der Kohlestift hinterlässt Schraffierungen auf der weißen Bettdecke. Fischers Augen sind blau, das Weiße ohne jedes Äderchen. Für seine 25 Jahre hat er viele Falten in den Augenwinkeln. Hat er gerne gelacht, oft in die Sonne geblinzelt, wie Mr. Crane?

Wenn Fischer versucht, Elisabeth anzuschauen, sackt sein Blick immer wieder haltlos zu den Seiten weg.

„Wir kriegen das wieder hin, Herr Fischer. Keine Sorge." Sie wedelt mit dem Buch. „So etwas allerdings lässt man nicht einfach herumliegen. Sie lesen also Mr. Crane im Original. Ist das überhaupt erlaubt in der deutschen Armee? *The Red Badge of Courage*? Ich kenne mich da nicht aus." Fischer zuckt langsam die Achseln.

„Sie haben nicht gefragt? Gefällt mir. Und er hier", sie tippt auf den Umschlag, „der hat auch nie gefragt. Mögen Sie das Buch?"

Er nickt, zeigt zwischen dem Buch und Elisabeth hin und her.

„Ob ich es gelesen habe? Oh ja, junger Mann. Und nicht nur das: Ich kenne Stephen Crane. Er ist ... Er war hier. In diesem Zimmer. In diesem Bett." Elisabeth malt mit dem Zeigefinger einen liegenden Kreis in die Luft.

Auf dem Flur nimmt Elisabeth Victoria zur Seite und rückt ihr die Haube zurecht. „Ich werde mich um diesen Patienten kümmern, Vicky. Lass mich das machen."

„Wenn du möchtest, bitte. Aber was ist denn das für ein Buch? The Red Dingensda, irgendwas über den Krieg? Richtig? Als ob wir von dem Unsinn nicht genug haben."

„Es geht um Angst, Victoria. Über normale Menschen, die weniger normale Sachen ansehen müssen. Und dann ihren Mut finden – oder auch nicht. Menschen eben."

Stimmen und Gesichter von damals schweben über die Dielen, aber Elisabeth erkennt sie noch nicht. Außer dem bleichen Gesicht Mr. Cranes mit den geschwungenen Augenbrauen.

Sie geht die Treppe hinunter, die meterhohen Fensterkreuze schimmern so hell, als haften sie nur leicht auf den Scheiben. Vor der Villa riecht sie den Wald und geschlagenes Holz, wie sie es mit ihm gerochen hatte. 14 Jahre ist das her. Im Sommer 1900 stieg er aus der Kutsche und legte nicht einmal den Kopf schief wegen der Narben in ihrem Gesicht. Elisabeth war 25, und nach den acht Tagen mit seinen Fieberfantasien wollte sie vieles ändern, änderte auch viel, blieb aber Krankenschwester, wurde recht schnell Oberschwester, bildete Jungschwestern aus und hörte sich an ihren freien Tagen mal heimlich, mal offen Vorträge führender Wissenschaftler an und war dabei nicht selten die einzige Frau im Auditorium. Vielleicht ist sie geblieben, weil das alles sie damals ratlos zurückgelassen hatte, teils verängstigt, dann wieder mutig. Ein Riesendurcheinander, in dem Elisabeth ihren Weg gefunden zu haben glaubte. Jeden Morgen, wenn sie herkommt, blickt sie hinauf, sieht, dass der Außenlack erneuert werden müsste, und erinnert sich daran, wie das Fenster geleuchtet hatte, wenn sie zur Nachtwache geeilt kam, um bei Mr. Crane zu sein.

Es ist bereits dunkel, als sie das Sanatorium verlässt. Sie hat noch lange im Schwesternzimmer gesessen, eine Tasse Kaffee getrunken und versucht, die Ereignisse von damals zurückzulocken, aber es ist ihr nicht gelungen. Sie dreht sich zur Villa um, das Fenster zu Mr. Cranes früherem Zimmer ist tiefblau überflossen, keine Kerze, kein Licht und trotzdem spürt Elisabeth halb belustigt, halb entsetzt das Lagerfeuer der Erinnerung. Mit welcher Wucht Bernhard Fischer die Jahre zurückgebracht hatte. Zur Crane-Zeit war kein Krieg. Jetzt züngeln Reichsflaggen von Fenstern und Masten, warten auf martialischen Wind, Kampfdekoration, mal eben zum Frühstück nach Paris. Alles Blödsinn, denkt sie. Wärme liegt auf den Wegen im Kurpark und sickert in die engen Straßenwindungen, von Laternen fließt gelbes Licht auf Kopfstein und Gassenkanten, doch je weiter Elisabeth geht, desto mehr verliert sich das Licht auf einzelnen Pflastersteinen, dahin, wo das Pflaster sich in den Feldweg verläuft. Die Burgruine wirft einen schwarzen Schatten, die Waldberge wölben sich grau und klar gegen den Nachthimmel.

Hinter ihr knackt es, Schritte knirschen tief und hastig. Sie schnellt herum, etwas prallt gegen sie, schlingt und drückt, der Boden rumpelt unter Elisabeths Füßen weg, sie will schreien, eine nach Schweiß riechende Hand presst sich auf ihre Lippen, andere Hände zerren an ihren Kleidern, Nähte reißen, ihre Brüste werden gequetscht, an ihrem Haar gerissen. Sie windet sich, kreischt, weil sie nicht um Hilfe schreien kann. Uniformstoff, aufschnallendes Lederzeug. Sie riecht derben Schweiß. Einer der Männer packt ihr Gesicht und stößt sie weg.

„Was ist das denn? Verfluchte Scheiße." Ein Feuerzeug schnappt auf. Elisabeth wendet der Flamme die schlechte Seite zu, fletscht die Zähne. Sie schreit so laut sie kann. Großäugige Gesichter flackern, Schnurrbärte, ein Daumen springt zurück, die Flamme ist weg, die Männer rennen.

Elisabeth schreit wieder, tastet den Boden ab. Vor ihren Augen flackern Lichtpunkte. Ihre Finger schließen sich um einen Stein, sie schleudert ihn den beiden schwankenden Schatten hinterher. Schweine, schreit sie, Lumpenpack. Sie will auf die Männer schießen, von hinten zwischen die Beine.

Sie bleibt sitzen, minutenlang, vielleicht eine Viertelstunde, schaut sich um, lauscht, beißt sich auf die Fingerspitzen. Es ist warm, sie schwitzt und weint. Ruhig, denkt sie, ruhig. Es ist nichts passiert. Ihr Herz sackt aus dem Hals in die Brust zurück, schlägt wieder langsamer. Sie kichert albern im Schock, flucht ununterbrochen, während sie weitergeht. Durchs hüfthohe Gartentor, nervös nach dem Schlüssel fingern, sich noch einmal umsehen. Mit dem Rücken schließt sie die Tür, hört, wie das Schloss zuschnappt und Holz gegen Holz gedrückt wird. Daheim. Ihr Häuschen. Ihre Bücher, ihre Bilder, ihr Grammofon. Sie schiebt einen Sessel vor die Tür.

Sie wäscht sich die Hände der Männer aus dem Gesicht und von den Brüsten, rüttelt an den Riegeln von Fenstern und Tür. Hat sich da etwas bewegt? Sind diese Schweine ihr gefolgt? Vor drei Tagen erst hat das Bataillon sein Quartier westlich der Stadt aufgeschlagen, zur Rheinebene hin. Schweine. Hatten sie überall angefasst. Zwei Männer. Feige, ekelhaft. Elisabeth zittert und würgt. Sie schreit die Tür an, brüllt so viel aus sich heraus wie es geht. Ich seziere euch die Schwänze, ihr Dreckskerle.

Sie setzt sich aufs Sofa und blickt auf das rauschende Meer, das aus einem goldenen Rahmen über einem Bücherregal kommt. Ein Erbstück, dilettantisch, die Wellen wie geschnitzt, aber es ist ihr graugrüner, überschwappender, beruhigender Ozean. Rauschend brandet das Wasser an, läuft auf dem Sand aus, brandet an, läuft aus.

Das Meer, denkt sie und erinnert sich, wie sie ihn fragte, ob er tatsächlich beinahe umgekommen sei auf dem Meer. Sie saßen tagelang in einem Rettungsboot vor der Küste von Florida, Mr. Crane? Ob er das wirklich gesagt habe? Ja, habe er. Na ja, es seien 30 Stunden gewesen, ungefähr. Er hob den Stift von der Bettdecke und wedelte damit hin und her. Mit solch einem Schreibgerät könne man sich gegen die böse Banalität des Lebens wehren. Es sei so öde, in einem Rettungsboot zu sitzen, selbst wenn die Lage noch so bedrohlich sei. Langweilig. Man müsse ... nun, sie verstehe schon. Und irgendeiner gucke dann immer, betont unauffällig, so durch die Finger hindurch. Der Blick der anderen, der mache jemanden aus uns, der wir gar nicht seien. Rettungsboot? Man starre Löcher in den Himmel. Auf und ab, auf und ab. Himmel, Wellental. Immer wieder. Hoch, runter. Man habe Hunger. Und mit ein bisschen Pech fange man auch noch an zu kotzen.

Elisabeth holt ein Fleischermesser aus der Küche, legt es unter das Kopfkissen und schmiegt sich ins Bett. Kaum sind Sie wieder hier, Mr. Crane, passiert mir so etwas. Werde überfallen. Sie wendet die schlechte Gesichtsseite dem Kissen zu, die rechte Hand zwischen den Schenkeln. Seine Stimme kommt von irgendwoher.

„Was hätte mir Besseres passieren können, als Sie, Schwester Elisabeth, hier in Badenweiler zu treffen? Mein

Fieber ist ein bisschen hoch. Ich schlummere Ihnen ständig weg. Ehrlich gesagt weiß ich gar nicht, was ich Ihnen dann so alles erzähle."

„Ich vermute, Sie erzählen mir Dinge, die Sie unter anderen Umständen ganz, ganz sicher verschweigen würden, Mr. Crane."

„Und Sie halten sich dann die Ohren zu?"

„Oh nein."

„Sie nützen süß Ihre Macht aus, Schwester Elisabeth?"

„Absolut, ja, Mr. Crane."

2

Zweiter Tag
26. September 1914

Mr. Crane, Mr. Crane, Mr. Crane – früh am nächsten Morgen schnürt sie ihre Schuhe.

Ich habe nichts getan. Ich bin unschuldig, Mr. Crane.

Als er nach jenen acht Fiebertagen im Sommer 1900 gegangen war, meldete sie sich krank und wanderte durch den Schwarzwald. Sie weiß bis heute nicht, was sie während der Wanderung gedacht hat. Sie setzte einfach einen Fuß vor den anderen, kehrte zur Übernachtung in Gaststuben ein, wurde angestarrt, eine einsame, kleine Frau mit in der Wärme glühenden Narbenästen im Gesicht. Sie hatte sich leer gefühlt, grau, und war in eine Fassungslosigkeit versetzt gewesen, die an vollkommene Lähmung grenzte. Und dann gestern Victorias Frage: Stephen Crane? Flirrende Hitze im Schwarzwald, zerstückelte Geschichten aus Mr. Cranes Leben, und Cranes eindringliche Warnung, nach einem großen amerikanischen Mann mit Kamera Ausschau zu halten. „Halten Sie ihn auf, Schwester Elisabeth. Unbedingt. Er darf sich mir nicht nähern. Davis, Richard Harding Davis. Er kommt. Ich spüre das.“ Und sie, Elisabeth T. Camphausen, hatte sich in jenen acht Tagen zur tödlichen Königin gemacht.

Sie kommt an der Stelle vorbei, an der die beiden Männer sie quälen wollten. Jeder Halm hat sich wieder aufgerichtet. Sie hockt sich hin, streicht über das Gras. Nichts deutet hin auf die Bestialität, auf ihre Angst. Sie atmet tief gegen den Druck in der Brust.

Ich muss das melden. Niemand wird dem nachgehen, aber ich muss es melden.

In der holzgetäfelten Wache berichtet sie von dem Vorfall und betrachtet die hochgezogenen Brauen und die faltige Stirn des Wachtmeisters. Der notiert und starrt nach einem kurzen Blick auf ihre linke Gesichtshälfte auf seinen Block. Er werde da nicht allzu viel machen können, raunt er und sein Schnurrbart bewegt sich auf und ab.

„Hat schon einmal eine Frau einen Übergriff dieser Art gemeldet, Herr Wachtmeister?“

„Nein. Solche … Übergriffe gibt es überhaupt nicht. Also, ich meine …“

„Bitte? Die gibt es, Herr Wachtmeister. Gibt es ganz bestimmt.“

„Sind Sie sicher, dass es Soldaten waren, Fräulein? Deutsche Männer? Konnten Sie das sehen? In der Dunkelheit am Waldrand? Und gestatten Sie, haben Sie Verletzungen davongetragen?“

„Das waren finstere Gesellen. Uniformierte, finstere, deutsche Gesellen. Ich habe einen Penis gerochen.“

Die Bleistiftspitze des Wachtmeisters bricht auf dem Papier.

„Was werden Sie jetzt tun?

Der Wachtmeister spitzt den Stift an.

„Sie müssen diese beiden Männer suchen.“

Der Mann zwirbelt die Spitzen seines Schnurrbarts. Er schwitzt.

„Ich kannte mal jemanden, der hätte die beiden glattweg erschossen, Herr Wachtmeister."

„Ich äh … Ist es … ist es zum … Vollzug gekommen, Fräulein Camphausen?"

Elisabeth denkt an Mr. Crane. Sie sieht die Reichsflagge an der Wand und das übergroße Portrait des Kaisers.

„Wissen Sie, ich frage mich, wann es bei Ihnen das letzte Mal zum Vollzug gekommen ist."

Im Sanatorium geht sie den Dienstplan durch, überprüft die Medikamente für die Patienten und gibt den anderen Schwestern exakte Anweisungen für den Tag. Sie nimmt Victoria zur Seite, versucht, ihr die Haube fester auf den Kopf zu drücken.

„Hast du etwas von deinem Verlobten gehört, Vicky?"

„Er hat mir geschrieben. Ganz furchtbar, Elisabeth. So schlimm. Ich hab Angst. Ich hab solche Angst."

„Komm heute Abend zum Essen vorbei, zum Vorlesen und …"

„Elisabeth, Elli, wir können das nicht tun. Das darf man nicht."

„Wir tun das jetzt seit zwei Wochen, Vicky."

„Seit dreieinhalb."

Elisabeth tippt mit der Fingerspitze auf ein paar der Sommersprossen in Victorias hellem Gesicht.

„Ich bin gestern auf dem Heimweg von zwei Männern angegriffen worden", sagt Elisabeth. Sie legt eine Hand an die schlechte Gesichtshälfte. „Und weg waren sie."

Victoria sieht zur Tür, dreht sich schnell Elisabeth zu

und umarmt sie. Elisabeths Kopf ist dabei auf der Höhe von Victorias Hals. „Ich komme heute Abend, ich komme gerne. Ich tröste dich, Elisabeth." Sie will über die Narben streichen, Elisabeth zuckt zurück.

„Du ... du drehst in letzter Zeit das Gesicht immer so komisch weg", sagt Victoria.

„Ja. Ja, ich weiß. Seit Kriegsausbruch hab ich mir das wieder angewöhnt. Die schlechte Seite immer der Wand zuwenden oder dem Schatten. Ich dachte, ich sei das losgeworden – vor 14 Jahren."

Elisabeth macht ihre Arbeit und redet mit dem Oberarzt über Bernhard Fischer.

„Die Wunden verheilen recht ordentlich", sagt der Arzt. „Schwacher Verdacht auf mögliche Infektion, vielleicht Dreck aus dem Feldlazarett, aber alles in allem sieht es gut aus für den jungen Mann. Nur diese geistige Verstimmung, das ist doch sehr seltsam oder, Schwester Elisabeth? Ich habe schon von ein, zwei Fällen gehört, bei denen Männer von der Front irgendwie ... Es gibt keine Worte dafür, kein Vokabular. Fischer kommt aus gutem Haus, hat aber irgendwelchen Ärger gehabt. Soll einem Vorgesetzten Widerstand geleistet haben, ich weiß es nicht genau.

Apropos, irgendwann", er deutet in ihr Gesicht, „wird man etwas dagegen tun können. Ich überlege in meiner Freizeit ein bisschen, denke Möglichkeiten durch, forsche. Ich bin nicht der legendäre Dr. Fraenkel, aber in Gesichtern wie Ihrem – bei allem Respekt, Schwester – in Gesichtern wie Ihrem liegt auch ein wenig Zukunft der Medizin."

„Herr Doktor", sagt Elisabeth, „in diesem Gesicht liegt meine Zukunft. Meine, und vielleicht die, die jetzt auf den Schlachtfeldern anbricht."

Fischer öffnet die Augen, als Elisabeth sich auf die Bettkante setzt. Das Buch liegt auf dem Nachttisch.

„Mit dem Kohlestift sind Sie ja nicht sonderlich vorsichtig gewesen", sagt Elisabeth, „schauen Sie sich mal die Decke an." Fischer legt die Handflächen aneinander und bittet so um Verzeihung.

„Und was hat der junge Herr denn mit seiner Lunge machen lassen, hm? Gleich zwei Treffer?"

Er blinzelt, als könne er sie nicht richtig sehen, richtet sich ein wenig auf und hustet.

„Na, das müsste ich den fragen, der geschossen hat. Vielleicht waren es auch zwei." Sie hebt den Verband an. „Herrje, Leutnant Fischer, das gibt …" Sie greift sich unwillkürlich an die Wange. „Narben. Sie müssen gesund werden, junger Mann. Das ist alles. Und ich für meinen Teil hoffe, dass der Krieg dann vorüber sein wird. Dann können Sie heimgehen, etwas lernen, eine junge Dame bezirzen. Der hier", sie hebt das Buch an, „der war noch gar nicht auf der Welt, als der Bürgerkrieg in Amerika wütete. Und hat dann ein hervorragendes Buch darüber geschrieben, wie Sie ja selbst lesen. Kennen Sie andere Bücher von ihm? *The Monster?* Seine Gedichte? Nein? Mr. Crane hat ganz wunderbare Sachen geschrieben. *The Bride Comes to Yellow Sky* – das ist schön. Amerika. Da kommt ein Mann zurück in seine Heimatstadt und dort wartet ein anderer Mann auf ihn, betrunken, mit Revolvern bewaffnet und will den Mann, der ankommt, erschießen. Aber der, der ankommt, hat geheiratet, verstehen Sie, er kommt mit seiner Frau. Tja, da sagt der Revolvermann dann, dass es ja wohl vorbei sei mit dem Schießen, steckt seine Waffe weg und geht."

Fischer hebt die Brauen.

„Dachte mir, dass Sie das nicht so einfach verstehen würden."

Fischer schreibt etwas auf den Block und hält ihn Elisabeth hin.

„Hieroglyphen, Herr Fischer. Wer soll denn das lesen können?"

Er versucht es erneut, aber Elisabeth kann es nicht lesen. Fischer winkelt die Beine noch höher an, konzentriert sich und zeichnet etwas, seine Hand beschreibt Bögen und geschwungene Linien. Ein schmalgesichtiger Mann mit runder Brille und Spitzbart, neben dem Gesicht ein Stapel Bücher und eine knapp über das Wasser streichende Möwe.

„Oh ja", sagt Elisabeth, „der berühmte russische Dichter. Anton Tschechow. Der Autor von *Die Möwe, Die Dame mit dem Hündchen* … Kennen Sie das? *Die Dame mit dem Hündchen?* Ich darf zitieren?

‚Jeder Mensch lebte sein wirkliches, das eigentlich interessante Leben …'"

Sie hält inne, blickt aus dem Fenster, als sehe sie gerade, wie Mr. Crane hereinklettert und fragt: Nun, Schwester Elisabeth, wie lebt er, der Mensch?

„‚… unter dem Deckmantel des Geheimnisses und im Schutze der Nacht.'

Ja, Tschechow, der war auch hier in Badenweiler. Ist hier gestorben, im Sommer 1904. Im Park steht ein Denkmal für ihn. Für Mr. Crane gibt es keins. Badenweiler, das scheint kein guter Ort für Schriftsteller zu sein. Immer sterben alle, wenn sie mich …" Elisabeth schaut weiter aus dem Fenster, die Baumkronen leuchten hellgrün, mit Tausenden gelben Sonnenflecken auf den Blättern.

Fischer schließt die Augen. Wenn er durch die Nase ausatmet, bewegen sich ein paar Härchen seines dünnen Schnurrbartes. Ein netter Kerl, blond, blauäugig, schlank, ganz reizend. Beinahe alle Männer im Reich tragen Bärte. Backenbärte, Schnurrbärte, Kotelettenbärte, Kinnbärte, Henriquatre, auch Spitzbärte genannt. Als sie Mr. Crane irgendwann im Dunkeln nach dem Grund für all die Bärte fragte, sagte er, Präsident Lincoln habe einen Bart getragen.

„Die Soldaten im Bürgerkrieg, die auf Kuba, Roosevelt mit seinen Reitern, die Männer in Griechenland, meine Schriftstellerfreunde Henry James und Joseph Conrad. H. G. Wells, Sie wissen, der *The Time Machine* geschrieben hat: Schnurrbart. Wo man auch hinsieht, es sprießt. Ich trage auch einen, und Hand aufs Herz, der steht mir doch, oder?"

„Ohne ihn hätten Sie das Gesicht eines Knaben, Mr. Crane. Ich meine, in gewisser Weise sind Sie einer. Sie verstecken sich."

„Ich? Mich? Ich trug einen hellen Regenmantel im Gewehrfeuer auf Kuba, Schwester Elisabeth. Ich habe diesen Teufel Richard Harding Davis um die Früchte seiner sogenannten Arbeit gebracht."

„Mr. Crane, Sie wissen, was ich meine."

„Ich stand in New York vor Gericht und habe zugunsten einer …"

„Mr. Crane."

„Ich habe diesem blinden Jungen auf Kuba geholfen, obwohl …"

„Mr. Crane."

„Schwester Elisabeth?"

„Sie wissen, was ich meine."

Mr. Crane fand in ihr eine Zuhörerin, sie einen Zuhörer in ihm. Wann man in jemandem einen Zuhörer findet – Elisabeth weiß es nicht und es ist ihr auch gleich. Da ist irgendetwas, verborgen in den Nebeln der Vergangenheit oder einem Zucken im Jetzt, ein kurzes Sichumwenden in der Kindheit, ein brennender Balken, ein Blick. Ob der dahingeworfene Zuhörer ein guter Zuhörer ist, stellt sich schnell von alleine heraus. Der junge Leutnant Fischer hier kann nicht ausweichen, er ist es, der den Namen Stephen Crane zu ihr zurückgebracht hat.

„Er hatte keine Zeit", sagt sie. „Er musste sich beeilen, wollte weiter. Mr. Crane hat mir nicht die ganze Geschichte seines Lebens erzählt. Er lag hier, sah mich an oder blickte aus dem Fenster und piekte in seinen Erinnerungen herum. Dämmerte immer wieder weg. Manchmal wusste ich gar nicht, wer hier erzählt. Als hätte es mehrere Mr. Cranes gegeben.

Er bereitete mir eine Auswahl wie … wie von einem Buffet, einem Lebensbuffet. Und ich nahm sie an, ohne nachzufragen, ohne ihn zu unterbrechen. Obwohl es nachher doch ein Dialog zwischen uns war, mehr Dialog als Erzählung. Das ergab sich so.

Er kam auch im Sommer zu uns.“

3

Erster Tag
28. Mai 1900

Vor drei Tagen sagte Dr. Fraenkel es ihr im Vorbeigehen: „Ein amerikanischer Journalist und Schriftsteller kommt zu uns nach Badenweiler. Stephen Crane." Elisabeth gab ein Geräusch von sich, eine helle Mischung aus einer Art „Ja" und einem „Huch" und sie stolperte die letzten beiden Stufen hinab. Dr. Fraenkel griff nach ihren Oberarmen. „Hoppla, Schwester, was denn, was denn?"

„Wer kommt hierher, Herr Doktor?"

„Stephen Crane. Über den großen Teich nach England und von dort in unser Sanatorium."

Das kann nicht sein, dachte Elisabeth. Stephen Crane? Hierher? Zu ihr?

„Cranes Frau", sagte Fraenkel, „hat mich angeschrieben. Crane geht es wohl sehr schlecht. Tuberkulose, hat er anscheinend schon lange, komme jetzt voll zum Ausbruch. Und Sie, Schwester? Warum kommen Sie hier so stürmisch die Treppe hinab?" Fraenkel bekam ein Doppelkinn im Bart, als er auf sie hinabschaute. Sie wollte sagen, dass sie alle Bücher von Stephen Crane kenne – und das war nicht alles: Crane hatte ein Buch über sie geschrieben. Über sie. Elisabeth. *The Monster.* Das Monster Elisabeth. Die Narben zwickten. Ohne dass Stephen Crane sie je gesehen hatte, ohne sie zu kennen, aus Tausenden Kilometern Entfernung, hatte er ein Buch geschrieben, das ihrem Gesicht ein schauderhaftes Denkmal setzte. Sie tastete nach ihrer linken Gesichtshälfte. Sie hörte Fraenkel irgendetwas murmeln, jemand griff nach ihrem Hinterkopf, drückte sie gegen einen Spiegel und sagte: Liebe dich! Flammen strichen über ihre Wange. Liebe Dich. Ich verstehe Dich. Ich schon, glaube mir.

Heute ist der Tag. Elisabeth fühlt sich, als krabbelten kleine Tiere durch ihr Haar. Sie greift sich unter die Haube und kratzt. Sie steht abseits einer Gruppe von Ärzten im Flur der Villa, die linke Seite dem Sonnenlicht zugewendet. Wenn mich jetzt jemand ansähe, denkt sie, würde mein Gesicht im Licht zerfließen, wäre unerkennbar.

Dr. Fraenkel, in der Mitte der anderen Ärzte, streicht sich den Bart, hält Papiere. Sie warten auf einen Patienten. Elisabeth wartet auf … ein Gespenst? Auf etwas Großes.

Der Vierspänner rollt herauf, lackiertes Holz glänzt in der Sonne, die Flanken der Pferde sind nass. Sie geht hinter den Ärzten nach draußen, sofort perlt Schweiß auf ihrer Stirn, sie verschränkt die Hände auf dem Rücken, steckt sie in die Taschen, verschränkt sie vor dem Leib. Die Kutschräder poltern laut, in der Windstille hängt sich der Staub in die Luft, scheint beinahe unbeweglich haften zu bleiben und ist gelb vom Licht. Der Kutscher beugt sich nach hinten, zieht an den Zügeln, die Pferde wenden die Köpfe und stemmen die Beine schräg gegen den eigenen Lauf. Beide Türen federn aus den Schlössern, von den Stufen aus sieht Elisabeth nicht, wer auf der Brunnenseite aussteigt, auf ihrer Seite tritt ein Mann in dunklem Anzug auf die kleine

Leiter unter der Kutschtür, blickt sich um und sagt etwas in den Wagen hinein. Er hat einen weit überhängenden Schnurrbart. Elisabeth weiß nicht, woher sie die Erkenntnis nimmt, aber dieser Mann ist nicht Crane. Jetzt lacht er, als hätte in der Kutsche jemand einen Witz gemacht, er stemmt beide Hände in die Tür, die Stiefel überkreuzt, als wolle er lange so stehen bleiben und mit einem Unsichtbaren plaudern. Hinten um die Kutsche herum kommt eine mollige Frau in hellblauem Kleid: lockiges Blondhaar, weiche Arme und hochrote Pausbacken. Dr. Fraenkel geht auf sie zu und als kenne sie ihn schon lange, schüttelt sie seine Hände und sagt irgendetwas. War das die Frau von Stephen Crane, ihrem Stephen Crane? Diese Rundliche da?

Eine hübsche junge Frau erscheint, sie trägt ein helles Sommerkleid und grüßt Dr. Fraenkel, während der Mann noch immer mit jemandem in der Kutsche redet. Das könnte sie sein, und die Aufgeblähte eine Tante oder sonst etwas. Eine weitere junge Frau – in Schwesterntracht – macht einen Knicks. Der Kutscher bindet einen Berg von Koffern vom Dach des Wagens und reicht sie einem der Ärzte hinunter und die dicke Frau sagt etwas zu der amerikanischen oder britischen Krankenschwester, die wieder einen Knicks macht und hinter der Kutsche verschwindet.

Dr. Fraenkel tritt auf Elisabeth zu.

„Das Zimmer für Mr. Crane ist fertig, alles vorbereitet?“, fragt er. „Natürlich, Herr Doktor.“

„Sie sprechen doch Englisch, oder, wenn ich mich recht entsinne?“ „Fließend. Ich habe eine Tante in Amerika.“

„Schön, Elisabeth, sehr schön, Mädchen. Dann werden

Sie Dienst bei Mr. Crane übernehmen. Das ist doch hervorragend, wenn er eine Krankenschwester hat, die ihre Ausbildung vor nicht langer Zeit mit Bestnoten abgeschlossen hat und seine Sprache spricht. In Ordnung?"

„Jawohl, Herr Doktor. Unbedingt."

„Unbedingt?"

„Ich … ich habe seine Bücher gelesen." Fraenkel sieht auf sie hinab, er scheint der Einzige hier zu sein, der nicht schwitzt.

„Sie sind voller Überraschungen, Schwester", sagt er.

Wenn Sie wüssten, denkt sie.

Der Mann in dem dunklen Anzug tritt beiseite. Jetzt, denkt Elisabeth, jetzt muss er kommen. Wie sieht er aus? Groß und stark? Schwarzhaarig? Überlegen. Ein kluger, weitsichtiger Mann. Seinem Werk verpflichtet. Eine gewisse Strenge wird ihm zueigen sein. Ein dünnes Bein stelzt hervor, schwarze abgetragene Stiefel, schwarze Hose, langsame Bewegungen. Ein nach vorne durch die Tür geneigter Kopf mit glattem, dunkelblondem Haar, der weiße Scheitel von Strähnen gekreuzt, zwei bleiche Hände an den Türseiten. Das ist er. Crane steigt aus, atmet tief und zieht den zerknitterten Kragenbinder auf dem Hemd zurecht. Er ist klein und mager. Sein Blick bleibt sofort auf Elisabeth hängen. Sie sehen sich an. Elisabeth wartet auf das übliche Erstaunen wegen ihrer linken Seite, aber Crane blickt ruhig und gelassen, bis sie zu Boden schaut, den feinen Staub auf ihren Schuhen sieht und wieder den Kopf hebt. Immer noch betrachtet er sie, kneift die Augen zusammen, als überlege er, wo er Elisabeth zuvor gesehen habe. Er deutet eine Verneigung an. Er hat geschwungene, dunkle Augenbrauen, gut für Skepsis und Belustigung, ein schmales Gesicht, hübsch. Mit Daumen und Zeigefinger fährt er sich über den Schnurrbart. Ja, denkt sie, ja, ich bin es, Mr. Crane. Er wendet sich dem Mann im schwarzen Anzug zu, sagt etwas, blickt wieder Elisabeth an und lächelt. Die rundliche Frau in dem hellblauen Kleid hakt sich bei ihm ein, starrt auf sein Gesicht, dann zu Elisabeth hinüber.

Dr. Fraenkel reicht Crane die Hand, Crane neigt sich zur Seite und hustet, hält sich an der Kutsche fest, bittet um Verzeihung und murmelt etwas. Der Doktor lacht, was bei ihm selten vorkommt.

Crane, Fraenkel, die Frau und die anderen steigen die Stufen an Elisabeth vorbei empor. Crane sieht sie an und hebt die Augenbrauen, als wolle er sagen ‚ich verstehe schon' – als wäre ihm ihre Art von Gesicht vertraut. Elisabeth greift sich beinahe an die schlechte Seite, kratzt sich aber nur die Schulter.

Die anderen beachten sie nicht, nur Fraenkel zwinkert ihr kurz zu. Als sie um die Ecke in den Flur abbiegen, sieht Crane sie noch einmal an. Die Frau bemerkt das und zieht an seiner Armbeuge. Der Kutscher spricht mit den Pferden und tätschelt ihnen die Nüstern. Er zerrt etwas Dickes und Biegsames aus der Tür des Wagens.

Sie haben ihn auf einer Matratze transportiert, vier Tage, vier Tage von Basel mit der Kutsche, bei diesen Temperaturen.

Der Kutscher rümpft die Nase und spuckt aus.

Ferkel. Elisabeth rafft den Rock und eilt hinauf.

Aus dem Zimmer hört Elisabeth Stimmen. Die dickliche Frau in dem blauen Kleid hat die Hände auf Kopfhöhe gehoben und ihre runden Wangen sind noch roter als zuvor, die Krankenschwester und der Mann im schwarzen Anzug stehen am Fenster, blicken zu Boden und murmeln sich etwas zu, die junge Frau sieht mit geballten Fäusten zwischen der Molligen und dem Bett hin und her, zwei Ärzte blicken angestrengt in ihre Papiere und unterhalten sich. Dr. Fraenkel ist der Einzige, der links des Bettes steht.

Und Crane? Er liegt in schwarzem Anzug auf den weißen Laken und streicht sich klebrige Strähnen aus der Stirn. Seine Blicke verfolgen Elisabeth, die sich langsam Dr. Fraenkels Seite nähert.

Nach und nach bekommt Elisabeth mit, wer die anderen sind. Die Frau in dem blauen Kleid ist Mrs. Crane, tatsächlich. Ihren Namen hat Elisabeth nicht verstanden. Der Mann ist der Diener der Cranes, die Frau in der Schwesterntracht eine mitgereiste Krankenschwester aus Sussex und die junge Frau, diese schüchterne Hübsche, ist Stephen Cranes Nichte.

Elisabeth sieht Crane an. Blaugraue Augen hat er, behütet von diesen sagenhaften Brauen schauen sie glatt durch sie hindurch, würden sich jetzt, so fühlt es sich an, von nichts ablenken lassen. Solche Augen. Jetzt allein mit dem Kranken sein, ein paar Worte sagen oder auch nicht. Mr. Crane, gibt es diesen Mann mit dem verbrannten Gesicht wirklich? Hatten Sie ein Vorbild, nachdem Sie ihn beschrieben haben? Die Kinder trauten sich nicht, ihn zu berühren. Vor mir sind auch schon welche weggelaufen. Menschen sehen an mir vorbei, als gäbe es mich nicht. Der Kolonialwarenhändler auf der Luisenstraße heftet seinen Blick immer auf meine Schulter, wenn ich in seinem Laden bin. Andere starren mich an und das tut weh. Ich werde nicht mehr zum Tanz aufgefordert. Ich … ich wollte doch nur, dass … Sie legt die Hand an die linke Wange.

Mit sonorer Stimme bittet Fraenkel die anderen, das Zimmer zu verlassen. Alle drängen zur Tür, sofort. Solchen Respekt möchte Elisabeth auch ernten können. Cranes Nichte bindet sich den Schuh, ist die Letzte. Sie sieht Elisabeth an und legt die Hände aneinander. Elisabeth nickt und als sich die Tür geschlossen hat, zieht sie die hellen Vorhänge zu und das Sonnenlicht wird weicher. Fraenkel atmet laut auf und rückt einen Stuhl an das Bett.

„Ein bisschen viel Spektakel, hm?“ Das sind die ersten Worte, die Elisabeth von Crane hört.

Die Tante aus Amerika schrieb, sie wisse nicht, ob es für Elisabeth gut sei, Cranes Erzählung *The Monster* zu lesen. Ein Mann rette einen Jungen aus einem brennenden Haus und werde dabei von den Flammen verstümmelt. Sein Gesicht ist weg. Die Menschen fürchten sich vor ihm oder setzen ihn Spott und Hohn aus. Er ist ein Monster, alte Frauen brechen sich die Beine, weil sie vor ihm fliehen und versuchen, über Zäune zu klettern. Seine ehemalige Verlobte versteckt sich heulend vor ihm. Hinter einem heißen Ofen, ausgerechnet. Elisabeth hatte trotz allem lachen müssen, als sie das las – das war Tante Hermines Humor.

Hier in Amerika heiße sie „Hörmeinie“, so werde das tatsächlich ausgesprochen.

Elisabeth las die Geschichte, sah sich selbst, wie sie aus dem Krankenhaus kam und die Hand an die linke Seite hielt, als habe sie Zahnweh. Im halbverkohlten Elternhaus sahen Mutter und Vater sie minutenlang an, ohne etwas zu sagen. Mit gesenktem Kopf sagte ihr Vater, er habe beschlossen, mit der Familie Hamburg zu verlassen und in die Freiburger Gegend zu ziehen. Er könne dort gut praktizieren. Außerdem, sagte er, scheine da wohl sehr oft die Sonne, das werde Elisabeth sicher gefallen. Elisabeth schwieg. Sie kaufte Hüte mit Schleiern und wenn sie am Hafen spazierte, hatten die Schiffe lauter kleine schwarze Punkte oder verschwammen hinter sich bewegenden Schlieren. Einmal stand sie nackt vor dem großen Spiegel, einen roten Schleier vor dem Gesicht, ihr kleiner Körper gesprenkelt von roten Tupfen.

„Ein bisschen viel Spektakel, hm?“ Die Worte liegen in der Hitze, salopp hingeworfen, antastbar. Fraenkel redet mit Crane und der greift fast liebkosend nach seiner Hand. Elisabeth hat so etwas bei einem Mann noch nie gesehen.

„Verzeihung, Doktor Fraenkel, aber wir haben keinen Grund, die Etikette schleifen zu lassen“, sagt Crane. Er hustet, hält sich eine Hand vor den Mund und weist mit der anderen auf Elisabeth. „Sie haben mir die junge Dame gar nicht vorgestellt.“

„Recht so, Mr. Crane, verzeihen Sie. Das ist unsere Schwester Elisabeth, ab heute Ihre persönliche Krankenschwester. Sie spricht Ihre Sprache, hat, wie sie sagt, eine Tante in Amerika. Schwester Elisabeth, Mr. Stephen Crane."

Er streckt ihr eine langfingrige, schmale Hand entgegen. Elisabeth drückt kraftvoll, sofort haftet Schweiß zwischen den Hautflächen.

„Schwester Elisabeth." Er spricht ihren Namen englisch aus, Elisabess, so hat sie das nie zuvor gehört. Schön, denkt sie, nicht so abgeschlossen wie das th am Ende des deutsch ausgesprochenen Namens.

„Mr. Crane."

„Sie kennt Ihre Bücher, Mr. Crane", sagt Fraenkel.

„Du lieber Himmel, ist das wahr? Schwester Elisabeth?"

Elisabeth macht einen Knicks und schaut zu Boden. Crane grinst und fragt, was das denn nun war.

„Ein Knicks", sagt sie.

„Schwester Elisabeth?"

„Ich habe sie alle gelesen, Sir." Sie räuspert sich, sieht Crane kurz an und dann wieder auf die Dielen.

„Bitte, Schwester Elisabeth, sagen Sie nicht Sir zu mir. Mr. Crane – das ist der Name, auf den ich höre. Mögen Sie meine …"

„Mr. Crane", unterbricht Fraenkel, „junger Mann, vielleicht könnten Sie später mit der Schwester über Literatur fachsimpeln, was meinen Sie? Zuvor würde ich gerne einige Dinge mit Ihnen besprechen und die Akte durchgehen, die mir Ihre Frau geschickt hat."

Erst jetzt merkt Elisabeth, dass ihre Hand immer noch warm, feucht und umschlossen ist. Sie muss ein bisschen ziehen, um ihre Finger aus seinen zu befreien. Crane legt den Kopf zurück und schließt die Augen. Seine Wimpern sind dunkel. Fraenkel beginnt, mit ihm zu sprechen, blättert in der Akte, Elisabeth hört die ihr vertrauten Fachausdrücke, bis Crane die Hand hebt.

„Malaria, Doktor, ich habe auch Malaria. Ich war auf Kuba … War schön dort und irgendwie dachte ich, ich müsse mir ein bleibendes Reiseandenken mitbringen."

Er sieht Elisabeth an.

„Auf Kuba, Schwester Elisabeth, bin ich mal für einige Zeit untergetaucht. War weg. Unerreichbar. Unsichtbar. Sogar für ihn."

„Sogar für ihn?", fragt Elisabeth. „Wen meinen Sie denn, Mr. Crane, wenn ich fragen darf?"

„Ich befürchte, Sie werden ihn kennenlernen. Der ist hinter mir her. Ich wünschte, Sie alle hier müssten ihm nie begegnen."

„Klären Sie uns auf, Mr. Crane", sagt Fraenkel.

Crane winkt ab, er lacht und hustet. „Die Spanier benutzten rauchfreies Pulver für ihre Gewehre. Wirklich gefährlich, man sah nie, von wo man beschossen wurde …" Er schließt die Augen, hustet wieder. „Amy", murmelt er, „Amy." Sein Atem wird regelmäßig, rasselt dabei, der Körper verliert die Spannung.

„Seine Frau heißt Amy?", fragt Elisabeth. Hübscher Name, denkt sie, passt gar nicht.

„Seine Frau heißt Cora. Nicht Amy", sagt Fraenkel.

„Ach, schau an. Das ist ja interessant."

„Lassen wir ihn schlafen, Schwester. Bereiten Sie ihn

morgen früh, sagen wir um neun Uhr, auf eine Untersuchung vor. Der Mann hat eine mörderische Reise hinter sich. Soll er sich ausruhen. Ich weiß, dass ich mich auf Sie verlassen kann, Elisabeth."

Der Doktor schließt behutsam die Tür.

„Amy?", murmelt sie, „Kuba? Untergetaucht?" Crane wendet den Kopf von links nach rechts. Er murmelt wieder. Elisabeth beugt sich zu ihm, aber sie versteht ihn nicht. Sie beißt sich auf die Lippe, spürt seinen verbrauchten Atem im Gesicht, zieht Crane den Kragenbinder vom Hals und macht den oberen Knopf des durchweichten Hemdes auf. So sehnig und blass liegt er da, als triebe er rücklings im Meer. Er weiß nicht, dass sie die Arme verschränkt, sich hinsetzt und ihn betrachtet. Sie legt den Kopf schief, würde gerne bleiben, es lange ausnutzen.

Sie guckt durch den Türspalt noch einmal zurück. Mit Stiefeln im Bett, so was. Warum hat niemand ihm die Stiefel ausgezogen? Sie erledigt das und bläst die Wangen auf, als sie vom Geruch seiner Füße erwischt wird. Donnerwetter, denkt sie. Amerika.

Schlafen Sie schön, Mr. Crane. Dr. Fraenkel bekommt das wieder hin.

Während der Arbeit in den nächsten Stunden blickt Elisabeth sich immer wieder um. Als stünde jemand hinter ihr und beobachte sie. Mr. Cranes Augen unter den geschwungenen Brauen schweben über die Flure der Villa, spiegeln sich in den Fenstern und auf dem weißen Lack der Türen.

Cranes Nichte, die Krankenschwester und der Diener sind im *Hotel Römerbad* untergebracht. Mrs. Crane aber hat ein Zimmer in der Villa bezogen, im Erdgeschoss. Das ist nicht so gut, denkt Elisabeth.

Bevor sie ihren Dienst beendet, geht sie hinauf. Er ist alleine, hat seine Kleider gegen einen abgetragenen grauen Pyjama getauscht. Auf dem Bett liegen Zettel, Stifte und ein Buch.

„Schwester Elisabeth."

„Mr. Crane. Wie geht es Ihnen?"

Er kneift die Augen zusammen. Wenn er ausatmet, kommt die Luft stockend.

„Es sah aus, als liege das Meer höher als das Land. Vom Rettungsboot aus." Er legt den Kopf schief und lächelt. „Sie können nur die rechte Augenbraue heben, so wie jetzt, wenn Sie fragend gucken."

Mr. Cranes Bemerkung schmerzt sie, obwohl da nichts Aggressives im Tonfall lauert.

„Nun … meine linke Augenbraue ist ja auch nur halb da, Mr. Crane."

„Dreiviertel da. Ich habe Schlimmeres gesehen."

„Das nützt mir nichts."

„Roosevelt ist ein Mistkerl. Aber der wird es noch zu etwas bringen. Großmaul. Guckt immer, wo der nächste Fotograf sich rumtreibt."

„Ich kann Ihnen nicht ganz folgen, Mr. Crane. Sie sollten jetzt schlafen."

„Schlafen? Schwester Elisabeth. Ich muss noch ein Buch

fertig schreiben, eine Abenteuergeschichte, vielleicht nicht gerade mein Glanzstück, wird aber sicher Geld bringen." Er hustet in den Ärmel, flucht.

„Es gibt ein Foto von mir aus der Zeit, als ich Berichterstatter im Griechisch-Türkischen Krieg war. Sitze auf einem Felsen nahe Athen. Hut auf dem Kopf, Kragen hochgestellt. Alles Murks, sage ich Ihnen. Der Fels war aus Pappe, das Bild ist in einem Atelier gemacht worden. Toll, was?"

„Mr. Crane, ruhen Sie sich aus. Sie sind ja ganz durcheinander. Ich bin morgen früh wieder für Sie da. Brauchen Sie noch etwas?"

„Bleiben Sie."

„Soll ich die Papiere wegräumen?"

„Berühren Sie bitte nie meine Zettel. Woher stammen die Narben, Schwester Elisabeth?"

„Gute Nacht, Mr. Crane."

Sie geht zur Tür.

„Sie sprechen meine Sprache, als seien Sie eine waschechte Amerikanerin. Großeltern wahrscheinlich aus Italien, eingewandert, New York. So sehen Sie aus. Sie wären die Schönste der ganzen Stadt. Wie groß sind Sie, Schwester Elisabeth?"

„Einsneunundfünfzig, Mr. Crane. In deutschen Metern gemessen wohlbemerkt. Gute Nacht."

„Sie haben kräftige Wangenknochen."

Elisabeth zieht die Tür zu. Das Glutorange des Sonnenuntergangs weicht die Kanten des Fensters auf, sie stützt sich auf das Fensterbrett und atmet tief durch. Seit die Familie vor fünf Jahren nach Badenweiler gezogen ist, hat niemand nach ihren Narben gefragt, nicht die neuen Bekannten, nicht die Kolleginnen, nicht ihr Gatte Ferdinand. Selbst Dr. Fraenkel hat nie gefragt. Elisabeth tastet über ihre linke Gesichtshälfte, spürt die Wülste, die Erosionen von Haut an der Außenseite der Stirn, auf der Wange, am Kieferknochen. Sie starrt die Tür zu seinem Zimmer an, auf dem weißen Lack liegt ein oranger Schimmer, still und unbeweglich, nicht wie der Schimmer von rasenden Flammen, aber von der gleichen Farbe. Die Tür geht auf, langsam, trotzdem zuckt Elisabeth zusammen. Crane steht gekrümmt im Spalt.

„Ich wollte Ihnen nicht zu nahe treten. Verzeihen Sie bitte." Er zieht die Brauen hoch und grinst wie ein Schuljunge.

„Gibt's hier einen Drink?"

„Wir sind in einem Sanatorium, Mr. Crane."

„Eben deshalb."

„Gehen Sie zu Bett."

„Aber sicher. Gute Nacht, Schwester Elisabeth. Schlafen Sie schön."

Er lässt die Tür offen, schlurft und lässt sich bäuchlings ins Bett fallen, Zettel federn hoch, Crane klaubt welche aus der Luft. „Zwei", ruft er, „zwei Stück, bevor sie den Boden berührt haben. Ha."

Elisabeth merkt, wie sich ihre Lippen widerstrebend zu einem Lächeln verziehen. Sie zieht die Tür zu, hört noch etwas, ihren englisch ausgesprochenen Namen vielleicht, und verlässt die Villa.

Daheim in der Wohnung in der Sofienstraße begrüßt ihr Mann Ferdinand sie mit den Worten, Ach Betty, meine Betty und küsst ihre rechte Wange. Rechte Seite, gute Seite, sagt er. Später im Bett berührt er einmal ihre Brüste durch das Nachthemd, dort, wo er ihre Brustwarzen vermutet. Flüstert: Darf ich mal? Elisabeth weiß nicht, warum sie ja sagt. Als er fertig ist, schleicht er zu seinem Bett und sie dreht die linke Seite ins Kissen und versucht einzuschlafen.

„… stehen nicht zwei Zimmer zur Verfügung, so stelle man wenigstens die Betten an verschiedene Wände und führe einen verschiebbaren Bettschirm ein, der das Bett der Frau schützt. Bald werden die Gatten merken, dass durch solche Einrichtungen die Art ihres Verkehrs feiner und rücksichtsvoller wird.“
Dr. med. Anna Fischer-Dückelmann, „Die Frau als Hausärztin“

4

Zweiter Tag
29. Mai 1900

Die Morgensonne drückt durch die Vorhänge, die auf der Kommode gestapelten Bücher von Mr. Crane werfen einen Schatten auf Elisabeths Schulter. Als sie hörte, dass Mr. Crane nach Badenweiler kommen würde, hat sie die Bücher dorthin gelegt und allabendlich in ihnen geblättert. Die Tante schrieb, Crane sei berühmt in Amerika, auch in England, und es gingen Gerüchte um, es gäbe dunkle Stellen, einen Prozess in New York, verschwundene Tage irgendwo in der Karibik, berühmte Freunde, Schuldeneintreiber – und wohl immer mal große Chancen bei uns starken Vertretern des weiblichen Geschlechts – so drückte sie das aus.

Elisabeth geht auf Zehenspitzen zum Bett ihres Mannes. Ferdinand. Ein klar geschnittenes Gesicht, dunkles Haar, Schnurrbart. Der Vater hat ihn ins Haus gebracht, ein junger Kollege aus der medizinischen Zunft. Hatte nie ein Wort über ihr Gesicht gesagt.

Sie zieht vorsichtig die Decke zurück und hebt den Bund seiner Pyjamahose an. Unbekanntes Terrain. Sie lässt den Hosenbund wieder sinken, zieht ihr Nachthemd hoch und betrachtet ihr Schamhaar, pechschwarz, dicht und drahtig, bis weit in die Leisten kriechend … Sie weiß es nicht, aber eigentlich findet sie, dass das sehr gut aussieht. Erotisch. Ihr Verlobter fand das auch, hatte wenigstens ab und zu mal hingesehen, ein lustiger Kerl, Rechtsanwalt in

Hamburg und gar nicht mehr lustig, nachdem Elisabeth von jenem brennenden Balken getroffen worden war. Er weinte in ihren Armen, bis sie irgendwann sagte, aber ich, ich bin doch getroffen, nicht du. Er sprang auf und starrte sie an und Elisabeth merkte, dass er ihr in die Augen sehen wollte, dass er sie strafen wollte, ihr böse sein, weil sie das gesagt hatte, aber immer wieder schlich sein Blick auf ihre schlechte Seite, ganz kurz, manchmal nur für Sekundenbruchteile nach einem Blinzeln.

Einige Wochen nachdem sie aus dem Krankenhaus gekommen war, ging sie heimlich zu einem Fotoatelier nahe des Bahnhofes Klostertor in Hamburg. Im Schaufenster sah sie sich, eine kleine Frau, hingehaucht auf das Glas, ihr verschleiertes Gesicht über anderen, schwarz-weißen Gesichtern, über einfahrenden Schiffen im Hamburger Hafen, über einer Runde schnauzbärtiger Herren in einem Schankraum. Die Gardine hinter der Auslage bewegte sich und Elisabeth senkte den Kopf, ging die Straße Richtung Kunsthalle hinab, kam wieder und trat ein. Ein Glöckchen läutete. Ein junger Mann kam auf sie zu und verbeugte sich. Sie lüftete den Schleier und starrte den Mann an. Der blieb völlig reglos und Elisabeth zog den Hut vom Kopf.

„Ich will Porträtfotos. Bitte."

„Ich verstehe", sagte der Fotograf und Elisabeth war sich nicht sicher, ob das wirklich so war.

Das Atelier war groß, zwei Säulen legten schräge Schatten über den Holzboden.

„Der da muss weg", sagte der Fotograf. Er stemmte beide

Hände auf das Hinterteil eines Elefanten und schob das Tier hinter einen Vorhang, die Röllchen quietschten. Danach hob er ein Grammofon von einem Tisch und trug es ebenfalls hinter den Vorhang. Das Atelier wurde immer größer, Elisabeth fühlte sich allein. Der Mann fragte sie, ob sie eine Tasse Kaffee trinken möchte.

„Kaffee? Sehr gerne“, sagte Elisabeth.

„Oder Champagner?“

„Oh …“

„‚Oh‘ heißt ja?“

Der Mann hob kurz einen Zeigefinger und warf den Vorhang zurück, der Schwanz des Elefanten berührte das Horn des Grammofons. Der Fotograf kam zurück und reichte Elisabeth ein Glas Champagner, sah sie an und sagte, alle Theatralik müsse weg. Er ging auf eine der beiden Säulen zu und Elisabeth fragte sich, was er jetzt vorhabe. Er hob die Säule an, schwang sie sich über die Schulter und verhedderte sich im Vorhang. Er fluchte, der Stoff spannte sich gefährlich.

„Könnten Sie mal?“

Elisabeth stellte das Glas auf den Boden und lüftete den Vorhang von der Pappsäule. Als alles vorbereitet war, ließ der junge Mann die Hintergrundtapeten hochschnellen, Blumenwiesen, ein Gartenrestaurant, ein einfahrendes Schiff, alles flutschte nach oben und rollte sich ein. „Schwarzer Hintergrund“, sagte er.

„Warum?“

Er machte mit den Fingern eine Bewegung, als wolle er Geld zählen.

„Ich weiß nicht genau. Missverstehen Sie mich bitte nicht, untertänigst, gnädige Frau, aber ich bin beeindruckt von Ihrem Mut. Eine so schöne kleine Frau, so undeutsch exotisch und dunkel, so wunderbar anzusehen. Da funktioniert keiner der herkömmlichen Hintergründe, keine Landschaft, kein Stadt- oder Blumenmotiv. Nein, da muss weite Schwärze her, Unendlichkeit." Er lachte. „Mich versteht sowieso niemand. Schwarz, das ist es."

Er beugte sich immer wieder unter das Dunkelzelt, traute sich nicht, ihr Anweisungen zu geben, sondern fragte sie, ob sie den Kopf noch ein wenig nach rechts oder links drehen könne, ob sie ihn ein wenig heben könne, denn so ein ganz klein wenig von unten betrachtet sei sie am schönsten.

Als sie eine Woche später das Atelier betrat, um die Bilder abzuholen, schloss der Fotograf hinter ihr die Tür und erzählte ihr von seiner jungen Ehe.

„Meine Frau ist schwanger. Und vor wenigen Tagen habe ich Fotos von Matrosen gemacht, die die ganze Welt umfahren haben. Und dann, gnädige Frau, weiß ich nicht, welches Leben das wirkliche Leben ist. Ich weiß auch nicht, ob ich das Leben führe, das zu führen ich mir wünsche. Ich weiß auch gar nicht, warum ich Ihnen das alles erzähle."

Elisabeth zog die Stirn kraus, und die Narbe in der linken Braue zwickte.

„Sie sind so vertrauenserweckend", sagte der Mann, „ich möchte Sie aber auch nicht weiter belästigen."

„Tun Sie das ruhig", sagte Elisabeth.

Er sah sie an.

Elisabeth meinte, da schwimme Sehnsucht in seinem Blick.

„Das außergewöhnlichste Gesicht, das ich je fotografiert habe." Er schenkte Elisabeth das Bild, das er für das Beste hielt. Die anderen zerriss er vor ihren Augen.

„Ich will aber bezahlen."

„Auf gar keinen Fall."

Als sie an diesem Tag heimkam, spürte sie, dass ihr Verlobter hinter der Tür stand. Er war ganz still, aber Elisabeth hörte seinen Atem durch den Spalt, sie zögerte, wollte die Tür öffnen und ihn am Kragen packen, machte es aber nicht. So tun als ob, dachte sie, das ist Deutschland, das ist die Ehe. Sie rief seinen Namen, als suche sie nach ihm. Er antwortete nicht. Wohl nicht da, murmelte sie und wusste, dass er sie hörte. Sie zog die Tür wieder zu und ging.

Das Foto sah Elisabeth nie an, sie schickte es nach Amerika, zur Tante. „Meine verrückte Schwester Hermine", sagte Elisabeths Mutter oft. „Dass ihr euch so häufig schreibt, ich weiß nicht, ich weiß nicht." Als der Antwortbrief sich einige Wochen später in der Hand des Uniformierten bog und Elisabeth den Zettel noch im Türrahmen gelesen hatte, wusste sie, dass die seltsame Liebe ihrer Tante nicht erloschen war. Sie schrieb nur wenige Sätze. „Das wächst sich aus. Das wird wieder. Du bist so hübsch. Und ansonsten: Zwei Gesichter zu haben ist doch gut. Hat doch eh fast jeder. Die Meisten stehen nur nicht dazu."

In der Villa legt Elisabeth die Geräte für Dr. Fraenkel auf ein silbernes Tablett und geht die Treppe hinauf. Ein leuchtend weißes Rechteck im Flur, die Tür zu Cranes Zimmer steht offen und sofort hört Elisabeth Stimmen. Cora sitzt auf der Bettkante. Das ist mein Platz, denkt Elisabeth, ich habe da zu sitzen.

Der Hausdiener steht am Fenster, die mitgereiste Krankenschwester mit der blassen Nichte neben dem Schrank und alle reden. Nur Crane nicht. Der sitzt halb aufgerichtet im Bett und sieht zur Tür, als Elisabeth hereinkommt.

„Wann tun Sie denn endlich mal etwas für meinen Mann?", fragt Cora.

„Dr. Fraenkel kommt gleich zur Untersuchung. Ich möchte Sie bitten, jetzt das Zimmer zu verlassen."

Sie stellt das Tablett auf den Nachttisch und sieht aus den Augenwinkeln nach Crane. Er blickt sie an und etwas in ihr zuckt, weil sie ihm wegen des Nachttisches die linke Gesichtshälfte zuwenden muss. Aber in Cranes Blick ist höchstens eine stille Neugier, nicht aber Ablehnung oder gar Ekel zu erkennen.

„Haben Sie gut geschlafen, Mr. Crane?"

„Ein wenig."

„Wie soll er gut schlafen bei dieser Affenhitze hier?", fragt Cora.

„Cora, Cora … die Sonne ist schön", sagt Crane.

Cora beugt sich zu ihm und küsst seine Wange. Elisabeth sieht aus dem Fenster in die Baumkronen.

„Verzeihen Sie, Schwester", sagt Cora.

„Ich verstehe Ihre Sorge, Mrs. Crane. Aber ich kann Ihnen versichern, dass Dr. Fraenkel einer der besten Lungenspezialisten in ganz Europa ist und …"

„Deshalb sind wir ja hier", sagt Cora.

Elisabeth stellt sich in die Tür und bittet die anderen, das Zimmer jetzt zu verlassen. Es fällt ihr immer noch schwer, anderen Menschen zu sagen, was sie tun sollen. Auch wenn es ihre Pflicht ist, sie kann das nicht gut. Und jetzt reagiert auch niemand. Elisabeth räuspert sich. „Meine Herrschaften, bitte", sagt sie und ist froh, dass ihre Stimme klar und laut klingt. Der Diener hebt einen Zettel vom Boden, die Krankenschwester betrachtet ihre Fingernägel, die Nichte starrt Crane an und Cora bleibt unverändert auf der Bettkante sitzen.

„Bitte, seien Sie so gut."

Elisabeth hört Cora „Ach, Schatz" sagen und verzieht die Lippen. Wieder schafft es die Nichte, als Letzte aus dem Zimmer zu gehen. Sie bleibt bei Elisabeth stehen, ihre Nase glänzt vor Schweiß und hat Sommersprossen. „Bitte, Schwester", flüstert sie, „bitte." Elisabeth nickt und das Mädchen berührt ihren Unterarm. Elisabeth schließt die Tür und pustet Luft aus.

„Letztes Jahr zu Weihnachten hatten wir ungefähr 30 Gäste im Haus", sagt Crane. „Wir wohnen in einer Art Schloss in Sussex, *Brede Place* … Nur, tja, in der Hütte gibt es kein fließend Wasser, keine Heizung und … kein Klo. Würde man nicht drauf kommen. Nach dieser bombastischen Weihnachtsparty verschwanden morgens jede Menge Leute heimlich in den Büschen unseres Gartens. Wenn Joseph Conrad zu uns kam, hatte er immer Klopapier in der Innentasche. Ich glaube H. G. Wells benutzte Laub."

Crane zuckt die Achseln. „Geht auch.“

Menschenskind, denkt Elisabeth, Joseph Conrad, der Ex-Kapitän, der *Almayer's Folly* geschrieben hatte und *Heart of Darkness* – beide zu Elisabeths Enttäuschung noch nicht ins Deutsche übersetzt – dieser Conrad bringt also sein eigenes Klopapier mit zu den Cranes. Und H. G. *The Time Machine* Wells benutzt Laub? In den Büschen des Gartens?

„Sie wohnen also in einem Schloss? Ohne Klo?“

„Wohnen, ja, Schwester Elisabeth. Mit dem Bezahlen hapert es ein bisschen. Selbst zum Metzger und zum Bäcker können wir schon nicht mehr radeln, die sind nicht so gut auf uns zu sprechen. Aber ein tolles Haus, dicke Mauern, vier Kamine, verwinkelt. Es spukt. Nicht weit bis zum Ärmelkanal.“

„Es spukt?“

„Glauben Sie nicht an Gespenster, Schwester Elisabeth? Also ich schon.“ Er reibt sich die Augen. „Da war ein Hai.“

„Ein Haifisch? In dem Schloss?“

„Beim Rettungsboot.“

„Mr. Crane …“

„Sie müssen mir zuhören, Schwester Elisabeth. Sie werden mich verstehen. Ich kenne Ihr Gesicht – und jetzt werden Sie nicht wieder böse mit mir. Ich kenne Ihr Gesicht. Ich habe Sie schon gesehen. Ihre breiten Wangenknochen sind absolut faszinierend und die Fältchen, die Sie später in den Wangen haben werden, werden Sie noch schöner machen. Ihre Wangen sind für Fältchen gemacht. Wie alt sind Sie, Schwester Elisabeth, wenn sie mir die Frage gestatten. 23?“

„25.“

„Es war ein Feuer, nicht wahr?"

„Ich muss Ihr Bett aufräumen, Mr. Crane. Wie soll Dr. Fraenkel an Sie herankommen, bei all den Papieren?"

Pünktlich um neun betritt Dr. Fraenkel das Zimmer, plaudert kurz mit Crane, gibt Elisabeth einige Anweisungen und beginnt mit der Untersuchung. Es dauert nicht lange. Fraenkel sieht Crane verstohlen in die Augen, aber Crane erwidert seinen Blick.

„Wenn man an die Hecke kommt, ist es gar nicht so schlimm", sagt Crane. „Auf meiner Uhr sind nicht so viele Stunden eingetragen wie auf anderen, Doktor. Komisch nicht, aber dieser Mangel ist ein Gefühl, das mich immer begleitet hat. Hält einen … gesund … na, beweglich, irgendwie."

„Warum sind Sie nicht früher hierher gekommen, Mr. Crane?"

Crane zuckt die Achseln, legt den Kopf zurück und sagt: „Hm."

Elisabeth steht neben Fraenkels Stuhl, die Blicke der Männer erscheinen ihr wie sich an den Spitzen berührende Degenklingen. „Das Fieber muss runter", sagt Fraenkel. Er notiert einiges auf einen Zettel, den er auf eine metallene Unterlage geklemmt hat, und reicht das Papier Elisabeth.

„Ich muss ein paar Dinge überlegen", sagt er. „Wenn Sie kurz mitkommen würden, Schwester."

Als Elisabeth sich umwendet, greift Crane nach ihrer Hand, drückt und lässt sie wieder los. Fraenkel hat das nicht bemerkt.

Auf dem Flur tritt Cora auf den Doktor zu, doch der lächelt sie an und geht mit Elisabeth zum Treppenabgang.

„Er hat kaum eine Chance, Schwester Elisabeth. Crane kommt hier vielleicht nicht mehr raus, wenn wir nicht alles …"

„Herr Doktor, Sie …"

„Elisabeth, Mädchen, da ist nicht mehr viel zu machen. Wenn er früher gekommen wäre, ein paar Monate, vielleicht auch nur ein paar Wochen. Eine lange, aufbauende Kur unter vollem Einsatz unserer beschränkten Mittel … aber so? Wie dem auch sei, Aufgeben kommt nicht in Frage. Er sieht Sie ununterbrochen an, ist Ihnen das aufgefallen?"

Elisabeth will Ja sagen, räuspert sich, sagt nichts.

„Ich kontaktiere noch ein paar Kollegen. Professor Brueiller in Freiburg, hervorragender Mann. Aber …" Fraenkel sieht nach den vier Leuten vor der Tür zu Cranes Zimmer. „Sagen Sie den anderen noch nichts. Nicht, bis ich vollkommen sicher bin."

„Also gibt es doch noch eine Möglichkeit?"

„Die gibt es immer. Trotzdem. Sorgen Sie dafür, dass das Fieber nicht höher wird, Schwester Elisabeth. Reichhaltige Ernährung, Luft. Das Übliche eben. Wir kriegen diesen verdammten Bazillus einfach nicht in den Griff. Dr. Koch ist 1898 mit dem Medikament Tuberkulin gescheitert. Crane soll Ruhe haben, nicht immer diese Auftritte da. Ein Diener. Eine mitgereiste Krankenschwester. Eine verstörte Nichte. Was soll das?" Er blickt auf Elisabeth hinab und einen Moment lang glaubt sie, er möchte ihre Wange streicheln. Sie will sich setzen, sich wenigstens irgendwo anlehnen oder jemanden umarmen.

„Im November '71 geboren", sagt Fraenkel. „Der Junge ist noch keine 29. Würden Sie mir eines seiner Bücher borgen, Schwester?"

Sie nickt und sieht Fraenkels breiten Schultern in dem weißen Kittel hinterher. Sie legt die Hände an die Wangen, spürt die Narben. Was ist denn? Mein Gott, was ist denn? Wieso …? Die ersten Seiten eines wundervollen Romans gelesen und dann folgt nur noch weißes Papier, keine Wörter mehr, leere Blätter. So kommt ihr das vor. Sie weiß nicht warum.

Sie geht den Flur hinauf und die vier Menschen vor Cranes Zimmer leuchten im Sonnenlicht. Cora und die Nichte kommen auf sie zu, jetzt wäre sie wieder gerne Fraenkel, dann würde ein erhobener Zeigefinger reichen, und die beiden wichen wieder zurück. Sie hört sie durcheinander reden, ein Zirkus von Stimmen.

„Ich muss jetzt zu meinem Patienten", sagt Elisabeth.

„Ihrem?", fragt Cora. „Ihrem? Das ist mein Mann da drin", sagt Cora.

„Und mein Patient, Mrs. Crane. Einen Augenblick bitte."

Sie betritt das Zimmer, drückt sofort die Tür zu und lehnt sich mit dem Rücken dagegen.

„Sie müssen mir zuhören. Schwester Elisabeth. Hören Sie mir zu", sagt Crane. Er sitzt in diesem zerschlissenen Pyjama im Bett und stopft sich eine Pfeife.

„Ich glaube es ja wohl nicht", sagt Elisabeth.

„Bei allem Respekt, Schwester, denken Sie, das schadet jetzt noch?“

„Mr. Crane, ich …“

„Mr. Crane“, sagt er, „ist tot.“

Elisabeth schreit, als die plötzlich aufgestoßene Tür sie zur Wand schiebt, sie macht Tippelschritte, um nicht zu stürzen. Mit verrutschter Haube kommt sie hervor, vier Rücken verstellen ihr nun den Blick auf Mr. Crane.

„Was hat Fraenkel gesagt, Schwester?“, fragt Cora, ohne sich zu Elisabeth umzuwenden.

„Das sagt er Ihnen nachher persönlich.“ Durch einen ovalen Spalt mit sonnenaufgelösten Stoffrändern zwischen den Körpern von Cora und der Nichte zwinkert Crane Elisabeth zu. Sie drängt sich an den anderen vorbei, reiht die fiebersenkenden Tabletten für ihren Patienten auf, gießt ihm ein Glas Wasser ein und tupft seine Stirn mit einem Tuch ab.

„Ich hab mir beim Schreiben manchmal ein nasses Handtuch um den Kopf gebunden. Das kühlt die Maschine.“

„Hör auf mit den alten Geschichten“, sagt Cora.

„Lass ihn doch“, sagt die Nichte.

„Ich lasse ihn ja. Aber er sieht wieder aus, als habe er nicht geschlafen. Ach Schatz.“

„Du sollst nicht Schatz zu mir sagen“, sagt Crane.

„Du weißt doch, dass …“, sagt die Nichte.

„Sag du mir nicht, was ich zu wissen habe“, pflaumt Cora.

Das wird Elisabeth zu viel. Ohne Crane anzusehen, verlässt sie das Zimmer, geht hinab, holt sich Anweisungen von der Oberschwester und erledigt missmutig ihre Aufgaben in der unteren Etage. Irgendwann sieht sie den Hausdiener der Cranes mit der Krankenschwester über den Platz vor der Villa gehen, der Diener packt der Frau an die linke Pobacke. Sieht seltsam gut aus, diese Hand mit den leicht gespreizten Fingern auf der Rundung, als wenn sie dorthin gehöre.

Später sitzt Cranes Nichte auf der Bank am Brunnen, hat die Hände im Schoß gefaltet und sieht hin und her. So ein hübsches junges Mädchen, so zart, große blaue Augen, wirkt ein wenig verloren. Irgendwie macht das einen Menschen immer sympathisch.

Elisabeth setzt sich zu ihr, sagt „Hallo“ und fragt nach ihrem Namen. Helen. Sie weiß nicht warum, aber sie legt ihre Hand auf die des Mädchens.

„Sie mögen Ihren Onkel sehr?“

„Ja“, sagt sie, „Aber was auch immer er alles erzählt – und Onkel Stephen hat viel zu erzählen – man weiß einfach nie, wer …“ Sie spreizt die Finger, will irgendetwas aus der Luft greifen und lässt die Hände in den Schoß sacken.

„Und Mrs. Crane?“

„Cora? Sie erdrückt ihn. Helfen Sie Onkel Stephen.“

Elisabeth schaut durch die Eingangstür der Villa. „Er sagt, er sei tot.“

Helen wendet sich ab, blickt auf die Waldberge oder hat die Augen geschlossen, Elisabeth weiß es nicht.

„Joseph Conrad hat uns bis nach Dover begleitet“, sagt sie. „Er sagte zu Cora, dass sie Stephen hätte daheimbleiben lassen sollen. Dann hätte er in *Brede Place* sterben können. In seinem kalten, großen Haus. Conrad weiß, dass er seinen Freund nicht wiedersehen wird. Joseph Conrad hat ein Bild von ihm auf dem Schreibtisch stehen. Ich … ich auch. Er wird sterben?“

„Nein. Aber …“

„Aber?“

„Nun, Dr. Fraenkel ist ein hervorragender Arzt.“

„Das haben Sie bereits gesagt, Schwester Elisabeth.“

„Was halten Sie davon, wenn Sie mich Elisabeth nennen?“

„Gerne. Elisabeth.“ Sie spricht den Namen nicht englisch aus, so wie Mr. Crane es tut.

Gegen Mittag unternimmt Fraenkel eine weitere Untersuchung. Elisabeth ist dabei. Crane sackt noch währenddessen zusammen und beginnt zu schnarchen. Sein Bett ist schweißnass. Fraenkel schüttelt den Kopf.

„Bei der Tuberkulose kann es immer mal auf und ab gehen. Schübe, Krisen. Aber auch Erholung. Ich kriege das hin. Ich will das unbedingt hinkriegen.“

„Sie waren doch auch krank, Herr Doktor“, sagt Elisabeth, „Sie haben doch Tuberkulose gehabt. Und sind wieder gesund geworden.“

„Ich habe mich damals angesteckt, in der Frauenklinik in München. Und bin wieder völlig gesund geworden.“

„Na also“, sagt Elisabeth.

„Nun, wenn ich mir diesen Jungen hier so ansehe … Ich habe den Eindruck, Mr. Crane pflegt einen durchaus anderen Lebensstil als ich." Fraenkel reibt sich den Bart und geht.

Mr. Crane murmelt. Das Haar klebt ihm wie honiggetränkt auf der Stirn. Seine Brust ist nass, Elisabeth schließt seinen Pyjama.

Sie macht Ordnung, legt frische Bettwäsche bereit und verlässt das Zimmer. Unten klopft sie bei Fraenkel an.

„Herr Doktor, ich will die Nachtwache bei Mr. Crane übernehmen. Ich werde in den Mittagspausen ein wenig schlafen und nachmittags nach Dienstschluss und dann abends wieder in der Villa sein." Fraenkel blickt in die Akte auf seinem Schreibtisch, fährt mit dem Zeigefinger über Wörter.

„Wenn Sie es wirklich möchten, Schwester, bitte." Fraenkel schaut aus dem Fenster. „Dieser Mann ist so anders als die, die sonst hierherkommen. Aber wie dem auch sei, der Feind in ihm ist derselbe. Mein Feind. Meine Aufgabe."

Am späten Nachmittag erklärt Elisabeth ihrem Gatten Ferdinand, dass sie in den nächsten Nächten Dienst haben wird. „Ach, meine Betty, arme Betty", sagt er. „Ich habe dir ein Buch besorgt. Du willst doch so gerne im Garten mal deinen eigenen Apfelbaum haben, oder Erdbeeren züchten, vielleicht gar Salat. Ein Kollege ist Freizeitbotaniker, der hat mir das empfohlen."

„Danke sehr."

Sie schlummert ein wenig im heißen Badewasser, sie will sich erholen, will sich wappnen für die nächsten Tage. Durch die Abendwärme geht sie die Sofienstraße hinauf, nimmt dann aber wie meistens statt des direkten Weges über die Luisenstraße die Kaiserstraße am Kurpark vorbei, um am Ausgang des Parks wieder abzubiegen zur Villa. Der Diener und die Krankenschwester begegnen ihr und lösen ertappt die Hände voneinander.

Cora ist noch bei Crane, sie sitzt auf einem Stuhl, hat aber den Oberkörper auf Mr. Cranes Beine gelegt.

„Schwester Elisabeth."

„Mr. Crane."

„Ich war den ganzen Tag hier", sagt Cora.

„Geh du mal schlafen, Cora", sagt Crane.

„Hauptsache, du schläfst."

„Na, dein Nickerchen hat meine Knie ganz hart gemacht. Schwester Elisabeth kümmert sich hier um alles."

Cora blickt sie an. Ihre wasserblauen Augen sind seltsam rund, wie Kugeln in dem vollen Gesicht. Wenn etwas sei, solle Elisabeth sie rufen. Sie bleibt in der Tür stehen, sieht zwischen Crane und Elisabeth hin und her. Sie sagt „Schatz" und „ach" und „Stephen". Dann geht sie.

Crane pustet Luft aus, als hätte er anstrengend gearbeitet. Elisabeth öffnet das Fenster, die Luft, die hereinsickert, ist ebenso warm und abgegriffen wie die im Zimmer.

„Kennen Sie das, Schwester Elisabeth, Ruhe und Glück haben wollen – und dann weglaufen?"

„Ja, ich …", sie zögert. „Aber nein. Nein, nein, warum sollte ich davor weglaufen, Mr. Crane?"

Er legt Papiere auf den Nachttisch und steigt langsam aus dem Bett. Menschenskind, ist der dünn. Wie ein Stück

Draht. Schwindsucht, Tuberkulose, abscheuliche Krankheit. Zehrt die Menschen aus. Lässt sie Schwalle von Blut spucken. Er taumelt zum Fenster und stützt sich dort ab. Sein Pyjama ist nass.

„Wären Sie so freundlich, mein Bett neu zu beziehen? Ich helfe Ihnen selbstverständlich."

„Sie brauchen mir nicht zu helfen. Genießen Sie die gute Schwarzwaldluft. Schon die Römer sind deshalb hier gewesen, Mr. Crane. Zwei heiße Quellen, die wärmste Gegend des deutschen Kaiserreiches."

„Kaiser ist bestimmt auch kein schlechter Beruf", sagt er und lacht. Sie zieht das Bett ab, ihre Hände werden feucht, die Wäsche riecht nach Schweiß und Krankheit. Sie hält inne, das frische Betttuch wie ein Segel vor den Körper gespannt und starrt an Cranes Kopf vorbei auf die Wälder unterhalb der Burgruine, orange Wellen im letzten Sonnenlicht. Wieso ist sie traurig? Sie kennt diesen Mann doch gar nicht. Er ist ein Fremder. Oder? Elisabeth lässt die Arme sinken, das Segel wellt sich auf den Dielen.

„Schwester Elisabeth", sagt Crane, „schon mal eine Stadt erobert? Mal im Freudenhaus gewesen? Wirklich geliebt? Wollen Sie alt werden?"

„Natürlich."

„Ich wünsche Ihnen viel Glück, Schwester Elisabeth. Wären Sie so nett, mir aus meiner Tasche einen frischen Pyjama zu reichen?"

Städte erobern? In Freudenhäuser gehen? Richtig lieben? Du lieber Himmel.

Elisabeth öffnet den Kleiderschrank und zieht einen Pyjama hervor. Sie atmet in den Schrank, richtet sich wieder auf und schließt die Tür. Mr. Cranes Penis ist ein wenig nach vorne gerichtet, recht lang, die Haut etwas dunkler als die des Oberkörpers. Splitternackt. Der ganze Mann.

„Huch." Sie stößt mit der Stirn an den Schrank. Sie will noch etwas sagen, aber außer „Oh" und einem erneuten „Huch" kommt nichts. Sie kneift die Augen zusammen.

„Ich bin ein wenig wacklig auf den Beinen. Könnten Sie mir den Pyjama reichen?"

Sie starrt den Schrank an, macht Seitschritte und streckt den Arm aus. Crane bedankt sich. Er hustet und Elisabeth hört, wie seine Beine in den Pyjama gleiten, der Stoff raschelt. Ihre Wangen werden heiß und rot. Er müsste doch rot werden, Menschenskind, er und nicht ich. Zieht sich hier einfach aus. Hab ich ja noch nie gesehen. Und … und der Penis da, der war auch nicht ganz weich.

„Wohin soll ich den tun?", fragt er.

„Wen?"

„Den Pyjama. Was dachten Sie denn, Schwester Elisabeth?"

Vorsichtig schaut sie in seine Richtung. Er lehnt am Fenster und hält den durchgeschwitzten Stoff in den Händen.

„Wenn Sie lächeln, Schwester Elisabeth, werden Ihre Augen zu sehr schmalen Schlitzen. Dazu diese langen schwarzen Wimpern. Das sieht wirklich ganz entzückend aus."

„Ich lächle nicht, Mr. Crane."

„Oh doch, gerade eben. Sie versuchen, das zu unterdrücken, atmen tief und dann … Hinreißend, Schwester Elisabeth."

„Mr. Crane, was soll das?"

„Ist mir schon immer leicht gefallen, Kontakte aufzubauen."

„Na, das glaube ich gerne. Und jetzt hören Sie mal auf, mit … mit diesen Sachen."

Sie zieht ihm das Stoffbündel aus der Hand. Er tastet sich an der Wand entlang und lässt sich ins Bett fallen.

„Wird es in der Nacht etwas kühler werden?"

„Sicher, was denken Sie denn." Mein Gott … Warum habe ich die Nachtschicht übernommen? Was mache ich hier überhaupt?

„Verzeihen Sie mir, Schwester Elisabeth. Ich habe Sie düpiert, ich war unhöflich, ein bisschen schweinisch, um genau zu sein. Aber Sie erscheinen mir so vertraut. Ihr Gesicht, Elisabeth … Ich habe keine Zeit. Ich muss noch ein paar Dinge loswerden. In meiner Tasche ist so ein gläsernes Gefäß mit Schraubverschluss, Schwester Elisabeth."

„Ein gläsernes Gefäß mit Schraubverschluss?"

„Eine Flasche Whiskey."

„Ja, von wegen, Mr. Crane."

„Herrgott, ich bin doch eh schon tot. Was soll das jetzt?"

„Wenn ich Sie hier mit Alkohol versorge, verliere ich meinen Beruf, Mr. Crane."

„Gnadenlose Schwester Elisabeth. Wissen Sie, welche Anstrengung es mich jetzt kostet, zu diesem Schrank da zu kriechen?"

„Sie werden nirgendwohin kriechen, Mr. Crane. Möchten Sie ein Glas Wasser?"

„Du lieber Himmel."

Er streckt sich aus und verschränkt die Hände hinter dem Kopf.

„Sie lächeln schon wieder, Schwester Elisabeth. Dunkle Schöne. So stellt man sich die deutsche Frau gar nicht vor. Warum lächeln Sie?"

Sie rückt einen Stuhl in die Nähe des Bettes, dreht ihn so, dass Mr. Crane ihre gute Gesichtsseite sieht. Was lässt sie lächeln? Das ist sie noch nie gefragt worden. Warum weinst du? Warum bist du traurig? So etwas wird gefragt, hin und wieder. Warum lächeln Sie?

„Ich weiß es nicht, Mr. Crane."

„Na, Schwester Elisabeth, denken Sie mal darüber nach. Ich wette, Ihnen fallen ganz viele Dinge ein. Angefangen bei Ihrem Spiegelbild. Also ich, Schwester Elisabeth, ich könnte Sie den ganzen Tag lang anschauen." Dann reibt er sich plötzlich die Stirn, scheint in Gedanken wieder wild durch sein Leben zu springen. „Es gibt keine Linie, wissen Sie, es gibt einfach keine. Ein Reißwolf, irgendwie." Seine Brust hebt und senkt sich heftig, seine Augen beginnen zu flackern. Elisabeth tupft ihm die Stirn ab. Er fleht sie an, ihm zuzuhören. Sie weiß nicht warum und es ist schwer, seinem Gerede zu folgen. Er streckt die Hand nach ihr aus, sie nimmt sie und legt sie zurück auf das wieder feuchte Bettzeug. „Wir kriegen keine Ordnung in die Welt", sagt er, „wir können uns nicht bescheiden. Ich habe mich immer nur wohlgefühlt, wenn es wirklich um etwas ging, so richtig, sonst nie. Aber ich habe mich auch geschämt. Und das andere? Wo ist die Tür, Schwester Elisabeth, wo ist die verdammte Tür? Ich sehne mich nach einem Ort der Ruhe."

5

Dritter Tag
27. September 1914

Ein Fragezeichen? Elisabeth tritt mit dem Blatt von Leutnant Fischer ans Fenster.

„Meinen Sie Mr. Crane?“ Fischer nickt.

„Ja“, sagt sie, „ja, meinen Mr. Crane könnte man als Fragezeichen charakterisieren. Er war ein komischer Vogel.“

Am Fußende von Fischers Bett steht eine zweite Staffelei. Elisabeth weiß nicht, wer sie aufgestellt hat, aber wenn sie jetzt durch das Zimmer sieht, ist auch diese Leinwand wie ein weiteres Fenster vor der hellblauen Wand. Als Mr. Crane hier war, hatten sich die Fenster der Villa mehr und mehr gefüllt mit Motiven aus seinen dahineilenden, sich überschlagenden Erinnerungen. Jetzt sorgt Fischer dafür, dass das Sanatorium die Zahl seiner Fenster erhöht.

„Herr Fischer, ich mag Fenster.“ Sie schmunzelt. „Diese Sanatoriums-Villa hier macht uns alle irgendwie verrückt. Ich mag Fenster – was für ein Satz. Darüber hätte ich mal mit Mr. Crane reden sollen. Ob man den Satz schreiben könnte? Aber – es ist schon etwas Schönes, aus dem Fenster zu schauen. Ich mag Kälte nicht, aber eine Winterlandschaft durchaus. Hier im Schwarzwald gibt es immer viel Schnee. Und wenn ich dann in meinem kleinen Häuschen sitze und im Ofen ein Feuer lodert – das Holz dafür hacke ich selber, Herr Fischer, im Garten – dann ist es toll, aus dem Fenster in diese ganz weiße Landschaft zu schauen.“

Er hebt die Brauen, aber sein Blick wandert unbeirrbar nach unten links weg. Durch ein Zucken mit dem Kopf versucht Fischer, seine Augen unter Kontrolle zu bekommen. Über Kranke lacht man nicht, denkt Elisabeth, wendet sich ab und wischt sich ein Grinsen aus dem Gesicht.

„Nach meinem Unfall habe ich viel aus dem Fenster gesehen“, sagt sie.

Fischer legt die Hände vor das Gesicht und schüttelt den Kopf. Seine knochigen aber breiten Schultern zucken. Weint er? Sie setzt sich auf die Bettkante, sagt „Sch…sch …sch.“ Der Oberarzt meint, Fischer sei verrückt, und auch die gute Victoria wischt sich immer mit der Hand vor der Stirn herum, wenn das Gespräch auf Fischer kommt. Bisher jedoch sieht es so aus, als verstehe er Elisabeth gut.

„Ist alles in Ordnung, Herr Fischer?“

Er lässt die Hände sinken, sieht erschöpft aus, die Wangen sind zu hohl für sein Alter. Manchmal kneift er die Augen ein wenig zusammen, als denke er nach, manchmal hebt er die rechte Augenbraue, als sei er skeptisch oder fühle sich überlegen, wenn dann sein Blick aber wieder haltlos nach unten rollt, mühsam hochkommt, um gleich darauf zur Seite zu schwenken, kribbelt ein Grinsen in Elisabeth, dessen sie sich schämt, das sie aber auch amüsiert. So viele waren schon hier, aber noch nie hat Elisabeth einen Mann behandelt, der nicht mehr spricht. Die meisten sprachen noch viel, oder versuchten es, wenn der tuberkulosische Husten sich nicht immer wieder einmischte. Mr. Crane erzählte ihr Geschichten, die so oder anders in seinem Leben passiert waren. Sie hat nie herauszufinden versucht, wie viel von all dem erfunden war oder wenigstens angereichert durch Mr. Cranes Vorstellungsgabe und seine blumige Ausdrucksweise. Ein Klopfen reißt Elisabeth aus ihren Gedanken. Fischer tippt auf das Buch von Mr. Crane, dann auf das Bett und fährt sich anschließend mit dem Zeigefinger über die Kehle. „Nein, er … wie auch immer, die Matratzen werden regelmäßig ausgetauscht, dafür sorge ich. Roviva-Matratzen. Seit 1748, das Beste, was es gibt. Mr. Crane ist nach jenen acht Sommertagen abgereist, ohne ein Ziel anzugeben, ohne je wieder von sich hören zu lassen. Ich bin böse auf ihn, nach allem, was …"

Fischer hebt den Skizzenblock und zeigt ihr eine Kohlezeichnung: ein Schützengraben, verfallen, einige Männer mit Helmen und wieder dieser Rauch. Die Zeichnung ist grob, unlebendig, alles sieht hölzern aus. Fischer tippt sich auf die Brust und dann auf den Graben.

„Da waren Sie?"

Er schüttelt den Kopf, lässt Zeige- und Mittelfinger durch die Luft laufen und tippt wieder auf das Bild.

„Dahin wollen Sie?"

Er nickt.

„Sie sind ja verrückt, Herr Leutnant." Er zeigt ihr zwei Briefumschläge. Einer trägt als Absender den Namen Fritz Ferdinand Fischer, der andere Oberst Harald Fischer. Wieder tippt der junge Mann auf den Schützengraben.

„Brüder? Oder Bruder und Vater, oder was? Dr. Fraenkel, unser Chefarzt zur Crane-Zeit, ist zu Beginn des Jahres zum Professor ernannt worden. 1906 hat er eine bahnbrechende Arbeit über intravenöse Strophanthintherapie geschrieben. Das könnte man auch einen guten Weg nennen, junger Mann. Finden Sie nicht? Nun, der Herr Doktor kommt jetzt gleich."

Sie beugt sich über Fischer und knöpft ihm die Pyjamajacke auf. Er hat kein Haar auf der Brust, genau wie Mr. Crane. Trotz seiner Verwundung spannt er die Brustmuskeln an, sie wölben sich. Ach Junge, denkt Elisabeth, streng dich doch nicht so an. Du bist doch ein ganz fescher Kerl. Sie nimmt die Schere und schneidet die Verbände los, wickelt sie ab und nimmt die bräunlich verfärbten Zellstoffkompressen von den beiden kugelrunden Wunden. Ist diese Brust je geküsst worden? Hat er schon ein Mädchen gehabt? Wirklich geliebt? Verrückt. Alles vollkommen aus den Fugen, immer schon, jetzt kracht es wieder und es wird immer krachen. Was sagten Sie, Mr. Crane? Es solle ja krachen, die Menschen wollen es doch so? Fehler. Nicht die Menschen, sondern einige ganz bestimmte Menschen. Und die Guten wehren sich nicht. Oder sehen zu. Geben Kommentare ab. Das ist das Dilemma.

Wenn ich jetzt deine Brust küssen würde, Bernhard Fischer, dann dächtest du nicht mehr an den Krieg und an Falkenhayns Niederlage an der Marne, ich könnte so lange an deinen Brustwarzen lecken, bis du gar nicht mehr denkst, sondern nur noch willst, mich willst und nichts anderes mehr. Du würdest mich anbetteln. Wie es sich gehört. Diese beiden Löcher da in deinem Oberkörper, da fehlten nur wenige Zentimeter und dein Herz wäre zerfetzt worden. Ein Herz, das für eine Frau schlagen muss, so wie seins für mich schlug.

Fischer stützt sich mit beiden Händen ab und stemmt sich mühsam aus dem Bett. Der Doktor ist ins Zimmer gekommen.

„Brav", sagt er. „Wie geht es dem jungen Herrn Leutnant?", fragt er an Elisabeth gewandt.

„Fragen Sie ihn, Herr Doktor."

„Schwester Elisabeth, bitte, Sie wissen, dass der junge Mann einen Schock zu verarbeiten hat. Also."

„Er will zurück in den Kriech."

„Krieg."

„Verzeihung."

Ein rhythmisches Geräusch lässt Elisabeth aus dem Fenster gucken. Einem Trommeltakt ähnlich, dumpf, viele gleichbleibende Schläge. Es wird lauter. Der Doktor und Fischer treten zu ihr ans Fenster, die nackte Schulter des jungen Mannes berührt Elisabeth. Absichtlich? Zufällig? Sie weicht nicht zur Seite, er auch nicht. Auch wenn sie nicht wüsste, dass seine Schulter nackt ist, würde sie es durch den Stoff ihrer Tracht hindurch spüren. Ah, da kommen sie, sagt der Doktor. Ein Offizier zu Pferd erscheint unten auf der Straße zwischen den Bäumen, der Säbelgriff so silbern wie das Stethoskop, mit dem der Doktor sich in die Handfläche schlägt. Fahnen hängen schlaff, Hunderte feldgrau uniformierte Männer mit geschulterten Gewehren und glänzendem Koppelzeug schwingen die Beine synchron. Die Truppen rücken ab. Die Grenze ist nah, die Vogesen hinter der Rheinebene seit einigen Monaten Gestein für den Feind. Elisabeth starrt auf die seltsame Maschinerie, die Bäume geben den Blick frei wie auf eine

Bühne. Offizier und Fahnenträger sind bereits wieder verschwunden – dem Blick entzogen, würde Mr. Crane jetzt sagen – immer mehr Männer folgen. Sind die zwei dabei? Diese Schweine? Woher sollten sie sonst gekommen sein? Und warum überhaupt marschieren die aus der Ebene herauf, statt gleich nach Westen in den Tod? Nur um sich den wenigen Einwohnern Badenweilers zu zeigen?

Die braven Jungs, sagt der Doktor. Elisabeth möchte ihm vor Wut am liebsten ins Gesicht schlagen.

Tod dem Franzmann, sagt der Doktor.

Elisabeth geht hinunter, in der Tür stehen andere Ärzte und Schwestern und sehen den Soldaten hinterher, ihre Schatten verzerren sich lang und schräg auf den Steinfliesen. Oberschwester Elisabeth fragt, ob die Krankenschwestern nichts zu tun hätten. Die Mädchen gehen sofort. Elisabeth stellt sich an die Straße. So viele Gesichter, keines ohne Bart. Im Gleichschritt unter den Pickelhauben kaum voneinander zu unterscheiden. Wo sind die beiden Mistkerle? Ich werde nicht viel tun können, aber anstarren will ich sie. Ihnen in die Augen sehen, damit sie wissen, dass es mir gut geht. Ich will ihnen zeigen, wer gewonnen hat. Die kleine Elisabeth, die immer zu allen hinaufgucken muss, die hat gewonnen.

Was haben sie gesehen? Was brannte sich ihnen ein? Meine Narben? Meine volle Unterlippe, die langen Wimpern? Meine kleinen Brüste? Haben sie über mich gelacht? Wie lange wird das Bild der kreischenden Frau in den zerrissenen Kleidern in ihren Köpfen bleiben? Sie haben meine Wut gesehen, aber auch meine Angst.

Da! Einer wenigstens? Der da, in der vierten Reihe der zweiten Abteilung? Hat der gerade geblinzelt, war der gerade eben für Sekunden der Einzige, der nicht geradeaus starrte auf den Rücken seines Vordermannes? Hat er sie angesehen? „Du? Du?“ Jetzt trauen sich noch ein paar mehr, kurz nach ihr zu schauen. Marschschritt, metallene Geräusche der Koppel mit den Bajonetten und Patronentaschen. Kein Einhalten, Schritt um Schritt ziehen sie an ihr vorbei, bis sie den letzten Rücken hinterhersieht, Gewehre auf der Schulter, sich bewegende Falten im Stoff. „Es hat auch Antikriegsdemonstrationen gegeben, eine ganze Menge sogar“, ruft sie. Sie geht um die Villa herum und sieht hinauf zum Fenster. Der Doktor ist verschwunden, Fischer steht dort am Fenster, hat die Pyjamajacke wieder an und blickt auf Elisabeth hinab.

„Ist es schlimm?“

Victoria steht hinter ihr auf der Wiese. „Dass die jetzt abhauen, ohne dass sie bestraft werden, meine ich?“

„Sie nehmen etwas von mir mit. Das ist schlimm, ja.“

„Du hast uns gerade ganz schön angemeckert.“

Elisabeth versucht, Victoria die Haube fester auf die Locken zu drücken.

„Für dich, Vicky, müssten ganz neue Kopfbedeckungen erfunden werden.“

„Der Fischer sieht eigentlich ganz gut aus“, sagt Victoria, „ich möchte nicht wissen, was der alles an den Kopf gekriegt hat.“

„Immerhin zeichnet er“, sagt Elisabeth.

„Ja, Kriegsbilder“, sagt Victoria, „großartig.“ Elisabeth

pflückt eine Tulpe, tippt Victoria damit auf die Nase und geht in die Villa zurück.

In Fischers Zimmer stellt sie die Tulpe in ein Wasserglas. Sie drückt dem Leutnant einen Stift in die Hand und weist auf die Blume. Fischer versucht, die Vorlage zu fixieren. Seine Hand kreist wild über dem Skizzenblock. Alles voller Rauch, keine Erde, kein Himmel, nur Rauch. „Ganz ruhig, junger Mann. Entscheiden Sie sich. Ganz ruhig. Man kann auch wegsehen. Die Augen zumachen. Das ist kein Fehler. Ganz bestimmt nicht."

Er schüttelt den Kopf.

„Abwarten", sagt Elisabeth.

Nachdem sie Bernhard Fischer am Mittag das Essen gebracht hat, bereitet sie den Rollstuhl vor. Sie hilft Fischer aus dem Bett und greift nach den Knöpfen seines Pyjamas. Der Leutnant wedelt mit der Hand und geht, ohne die Füße vom Boden zu heben, hinter den Wandschirm.

„Mr. Crane ist da etwas offensiver gewesen", sagt Elisabeth, „ich habe Ihnen ja erzählt, wie er sich …"

Fischers Kopf erscheint an der Schirmkante. Der Junge grinst. „Hoppla", sagt Elisabeth. Sie hört das Rascheln von Stoff, langsame Bewegungen, die unterbrochen werden, wahrscheinlich hat er noch immer große Schmerzen. Als Fischer vortritt, trägt er Uniform und zwei Orden haften an seiner Brust. Elisabeth weiß nicht, wie die heißen, und es interessiert sie auch nicht. Sie reicht ihm einen Kamm, mit unsicheren Händen fährt er sich durch das Haar und mit der Kammspitze über den Schnurrbart. Fischer hakt sich bei Elisabeth ein, und sie gehen langsam auf den Flur hinaus. Sie waren auch bei mir eingehakt, Mr. Crane. Keiner durfte uns sehen. Sie machten immer Witze, fühlten sich wieder wohl, weil alles verboten war und geheim. Haben Sie eigentlich je an mich gedacht bei all dem?

„Setzen Sie sich jetzt in den Rollstuhl, Herr Leutnant", sagt Elisabeth. „Kommen Sie, haben Sie sich nicht so. Ich werde Sie deshalb nicht für einen schwachen Mann halten. Das ist für euch Jungs ja immer das Schlimmste." Von der Luisenstraße schiebt sie Fischer zur Kaiserstraße und dann in den Kurpark Richtung Burgruine und Belvedere. Elisabeth kommt sich noch kleiner vor hinter dem Rollstuhl, der Schweiß nässt ihre Achseln. „Gute Luft, nicht wahr", sagt sie. Der Wald ist dicht, die Sonnenflecken auf den Wegen nur Spritzer von Gelb.

Wenn sie bisher jemanden im Rollstuhl durch den Kurpark geschoben hatte, konnte sie sich immer mit ihm unterhalten. Jetzt blickt sie auf Fischers blonden Schopf hinab, auf seine Schultern unter den Achselklappen und wenn sie den Kopf ein wenig neigt, sieht sie seinen klar abgesetzten Kieferknochen. Ein guter Zuhörer, der junge Mann, kann sich nicht einmischen, keine Kommentare abgeben und vor allem keine Folgerungen ziehen. Er zeigt auf die Burgruine.

„Wollen Sie da hinauf? Das ist ein bisschen viel verlangt. Das schaffe ich nicht." Er klopft ihr auf die Hand. Sie hält den Wagen an, tritt die Bremseisen hinunter und Fischer steht langsam auf. Was hat er bloß gesehen, dass es ihm die Sprache weggeschlagen hat? Hat er solche Dinge gesehen wie

Mr. Crane oder dessen Verfolger Richard Harding Davis? Ist die Welt so schlimm geworden, dass es keine Worte mehr für sie gibt? Das Leben sei schön, sagte Mr. Crane, es komme immer darauf an, wohin man sehe. Komme darauf an, wo das Rettungsboot sich gerade befinde, auf dem Wellenkamm oder im Tal, umschlossen von grauem Wasser.

An den schmiedeeisernen Säulen der Wandelhalle bleibt Fischer stehen und blickt Krankenschwestern hinterher, die hustende Männer spazieren führen. Dieses Husten ist das beständigste Geräusch im stillen Badenweiler. Irgendwann, denkt Elisabeth, muss ich wirklich von hier fort. Jetzt im Krieg geht das nicht, aber irgendwann. Nach Amerika? Zur Tante? Zur lebensfrohen Hörmeinie?

Langsam gehen sie die Serpentinen hinauf, nach der Hitze in der Sonne wirkt der Schatten für einige Sekunden kühl, bis die feuchte Haut die Täuschung zurückweist. Elisabeth sieht zu Fischer hinauf, er ist traurig oder nachdenklich und er weiß nicht, dass er in den Fußstapfen ihres Mr. Cranes zu wandeln verdammt ist. Wahrscheinlich wäre Fischer ein Patient wie jeder andere, wenn er nicht in dem Roman gelesen hätte, der Mr. Crane berühmt gemacht hatte. Wie war Bernhard Fischer vor dem Krieg? Was machte er gerne?

„Ist es nicht schön, jetzt hier so durch den Wald zu spazieren?“, fragt Elisabeth. „Ein toller Tag, alles voller Sonne, alles friedlich, wenigstens hier.“ Fischer sieht ihr kurz in die Augen. Sie registriert sofort, dass sein Blick nicht an den Narben hängen bleibt. Er ist ein hübscher junger Mann, aber ihr fällt erneut auf, dass die Falten auf der Stirn zu tief und die Wangen zu fleischlos sind. Dieses Ausgemergelte erinnert fast an einen Tuberkulosekranken.

„Was ist denn passiert, Herr Fischer? Was ist mit Ihnen geschehen?“

Er setzt sich auf einen Baumstamm und nimmt ein kleines Skizzenbuch und einen Bleistift aus der Seitentasche. Es wird wieder eine Art Schützengraben, Rauch, dann zittert seine Hand so sehr, dass er sie zwischen die Knie presst. Er blättert um, zeichnet und hält Elisabeth das Blatt hin: eine Weinflasche, Äpfel, ein Vase mit Rosen.

„Na also“, sagt Elisabeth, „geht doch.“

Sie brauchen noch 20 Minuten für das kurze Wegstück. Die Rheinebene liegt sonnengelb, Weinberge wölben sich grün unter dem Himmelblau. Von Müllheim kommt das Bähnle herauf nach Badenweiler. „Als Mr. Crane hier war, dampfte die noch“, sagt Elisabeth. „Zu Beginn des Jahres ist die Bahn elektrifiziert worden, oder wie immer man das nennt. In Amerika gibt es Eisenbahnlinien, die sind so lang, Herr Fischer, das können Sie sich nicht vorstellen.“

Hinter den Vogesen steigt Rauch auf. Fischer tippt mit dem Zeigefinger in die Richtung der braunen Wolken, die direkt aus dem Erdinnern aufzuquellen scheinen.

„Herr Fischer? Wollen Sie mehr Bücher von Mr. Crane lesen?“

Er nickt, ohne den Blick abzuwenden.

Nachdem sie Fischer wieder ins Bett geholfen hat, eilt sie zu ihrem Häuschen. Sie weiß nicht warum, aber sie will, dass Fischer die Bücher sofort bekommt. Sie nimmt sie aus dem Regal, legt sie behutsam in eine Tasche und läuft zurück. Als sie den Stapel auf die Kommode neben dem Bett legt, poltert ihr Herz, als hätte sie dem Jungen etwas Geheimes anvertraut, etwas gestanden, das sie nie aussprechen wollte. Vielleicht seien das die einzigen Worte, die sich wirklich lohnen, hatte Mr. Crane gesagt, die, die wir uns kaum auszusprechen wagen. Obwohl … er winkte ab, eigentlich auch Quatsch, was meinen Sie, Schwester Elisabeth? Fischer schaut sie belustigt an. Elisabeth wedelt mit dem Zeigefinger.

Unten kommt Victoria mit dem völlig abgemagerten Patienten Walter Vogler an ihr vorbei. Elisabeth denkt an den gestrigen Abend, als Victoria wie verabredet zu ihr gekommen ist und später fragte, ob Männer mit Frauen so etwas auch machen können. Ja, allerdings, hatte Elisabeth gesagt. Jetzt betritt Victoria mit Vogler ein Zimmer, die Tür schließt sich und der Flur liegt leer und von rechteckigen Sonnenfeldern gepuzzelt vor Elisabeth.

Mr. Crane, was war das alles? Ich habe nie mit jemandem geredet über das, was damals geschehen ist. Über das, was ich heute vor mir sehe wie eine Abfolge vergilbter Fotografien, die ein Unbekannter durcheinander gebracht hat. Ich habe es immer bei mir behalten. Habe keine Vertrauten, keine wirklichen Gefährten. Nur die Tante. Ihr habe ich es geschrieben. Sie schrieb zurück, ganz auf ihre Art, nur ein Wort: Gut. Sie, die ferne Beobachterin aus New York, hat mich nicht verurteilt, sie hat gesagt, es sei gut. Es war richtig, was ich getan habe, Mr. Crane. Es muss richtig gewesen sein. Die Schwester meiner Mutter geht einfach nach Amerika, zum Entsetzen der Familie, wird reich, lebt in New York, hat einen Mann und einen Liebhaber und drei Kinder und 5 000 Bücher und hat mich von klein auf ausgewählt, liebt mich, wie sie sagt, schreibt mir Briefe in zwei Sprachen und ich lerne Englisch, wie von allein. Kaiserreich, fragt sie, Deutschland, Mädchen, komm raus aus dem Mief, komm zu mir nach Amerika. Und dann kamen Sie, Mr. Crane, und Sie hatten große Koffer voller Geschichten dabei.

Am Nachmittag ist Elisabeth wieder bei Fischer. Er sitzt in Uniform am offenen Fenster und liest. Er hebt das Buch an: Stephen Crane, *The Monster.* Er sieht sie an, tippt sich auf die linke Wange.

„Es war ein Wohnungsbrand", sagt sie, „ich war fast draußen ..."

6

Dritter Tag
30. Mai 1900

Jedes Mal, wenn Elisabeth Mr. Cranes Zimmer betritt, ist Cora dort, Helen, die Krankenschwester und der Diener. Die Tür steht immer offen. Die Stille in der Villa wird gebrochen.

Mr. Cranes Augen sind müde, er diktiert Cora und sie sagt manchmal „Oh, wie schön". Wenigstens die Schwester und der Diener verlassen gegen Mittag die Villa Richtung Hotel. Manchmal lehnt Elisabeth sich in die Tür, Mr. Crane sieht dann an Cora vorbei in ihre Augen, Helen sitzt am Fenster und schaut sie ebenfalls an und Cora dreht hin und wieder den Kopf über die runde Schulter und mustert sie. So viele Leute sehen sie sonst nie an. Elisabeth hält das Gesicht nach links gedreht. Einmal fragt Cora sie, ob sie nichts zu tun habe. Mr. Crane hebt die Brauen, Elisabeth sagt nichts. Sie guckt durch das Zimmer aus dem Fenster. Geh endlich unter, Sonne, geh unter, lass es Abend werden und die anderen hier verschwinden. Mach die Tage kurz, ein paar Stunden nur. Ich will die Dunkelheit haben für Mr. Crane und mich.

Die Oberschwester hinkt ihr hinterher, das linke Bein steif, ihre Schritte sind stets die lautesten im Sanatorium.

„Ich vermisse ein wenig Ihre Disziplin, Schwester Elisabeth. Keine Duselei hier, Mädchen", sagt sie. Und Dr. Fraenkel, wenn er einmal das Arbeitszimmer verlässt und sein weißer Kittel in den Fluren leuchtet, sieht sie mit zusammengezogenen Brauen an. „Mädchen", murmelt er.

Schatten schleichen in die Villa, Lichter werden entzündet, die Elisabeth heimlich wieder löscht, Flure verlieren sich, Treppen führen ins Nichts. Mit der Dunkelheit kehrt die Ruhe zurück. Elisabeth schleicht die Stufen hinauf, will von niemandem gesehen werden. Sie späht um die Ecke, der Flur zieht sich, das Licht durch die Fenster nur noch ein weißlicher Schimmer. Die Tür zu Mr. Cranes Zimmer ist geschlossen. Auf Zehenspitzen, kurz innehalten – Schritte? Kommt da jemand? Nein. Sie spürt den Lack der Tür am Ohr, hört nichts aus dem Zimmer. Sie räuspert sich und klopft. Jeder Besuch sei willkommen – Cranes heisere Stimme.

„Ah, Schwester Elisabeth." Sein linker Arm hängt aus dem Bett, Crane liegt ohne Decke, Zettel auf Brust und Bauch.

„Mr. Crane. Wie geht es Ihnen?"

„Ich fühl mich nutzlos."

„Ach wo. Seien Sie nicht so streng mit sich."

Elisabeth rückt einen Stuhl ans Bett. Sie sieht aus dem Fenster, atmet die ein wenig abgekühlte Luft tief ein.

„Ich mag das nicht", sagt sie, „wenn ein Mensch sich für nutzlos hält. Ich mag solche Sätze nicht."

„Kleine Schwächeperiode, verzeihen Sie."

„Mr. Crane, was wollen Sie von mir?"

„Cora hört mir nicht zu. Diese Krankenschwester und der Diener … na ja. Und Helen, so ein junges Ding. Die soll sich einen guten Mann suchen. Helen ist klug. Sie sieht schön aus. Und was tut sie? Fährt mit ihrem dahinsiechenden Onkel nach Badenweiler. Denkt wahrscheinlich, sie sei in mich verliebt. Joseph Conrad ist in England geblieben. Aber auch er … ich weiß nicht, Schwester Elisabeth, ich … ich komm aus dieser gottverdammt heißen Kutsche und wer steht in der Tür und sieht mich an? Sie. Mit diesem Gesicht. Ich war wie vom Donner gerührt."

„Das hat man Ihnen aber nicht angemerkt, Mr. Crane."

„Darin war ich immer gut. Warum? Weiß nicht. Manchmal war mir, als wäre alles, was ich erlebe und sehe, schon da gewesen. So eine komische Unberührbarkeit. Kennen Sie das? Ja, Sie kennen das. Spätestens seit das mit Ihrem schönen Gesicht passiert ist. Stimmt es?"

„Ein wenig, vielleicht."

„Sie sind streng erzogen worden?"

„Natürlich."

„Haben meine Eltern auch versucht." Er setzt sich auf, hustet und trinkt aus seinem Wasserglas. „Wenn wir das Licht anlassen, kommen bestimmt Moskitos herein."

„Mücken sagt man bei uns. Mit einem schönen deutschen Ü."

„Gut, Mücken. Richtig so?"

„Sehr fein, Mr. Crane."

Elisabeth löscht die Lichter, der Kleiderschrank, der Fensterrahmen und die Karaffe mit den Gläsern schimmern. Mr. Cranes Blässe vermischt sich mit dem gedämpften Weiß des Bettzeugs.

„Unsere erste Nacht." Er kichert. „Gestern bin ich Ihnen

ja weggedämmert. Sie hätten mich wecken sollen, Schwester Elisabeth. Unbedingt."

„Der Schlaf hat Ihnen gut getan. Sie sahen so entspannt aus."

„Aha. Waren Sie noch lange hier, nachdem ich eingeschlafen bin?"

„Ja."

Er sieht sie an. In der Wüste, sagt er, habe er eine Gestalt gesehen, nackt. Sie hockte am Boden und hielt ihr Herz in den Händen. Sie habe es gegessen, das Herz. Und er habe gefragt, ob es schmecke. Es sei bitter, habe das Geschöpf gesagt, bitter sei gut – weil es das eigene Herz sei.

„Was meinen Sie, Schwester Elisabeth, sind Sie sich je so nahe gekommen?"

„Ich versteh' nicht ganz. War das eines Ihrer Gedichte? Aha. Was war das für ein Geschöpf, Mr. Crane?"

„Ich denke, es war ein Mensch."

„Und der isst sein Herz? In der Wüste?"

„Ja."

„Großartige Beschäftigung."

Von draußen kommt das unbeirrbare Zirpen der Grillen, der Brunnen plätschert in die Zeit und Elisabeth gießt zwei Gläser Wasser ein.

„Zum Wohl", sagt Mr. Crane, „darf ich noch einmal den Hinweis auf meine Tasche aussprechen?"

„Dürfen Sie. Ich werde dem aber nicht Folge leisten."

Er hustet heftig, Elisabeth sieht Wasser durch die Luft spritzen und auf Haut schlagen. Crane stöhnt.

„Viel trinken", sagt sie, „gut essen, viel Luft, Mr. Crane."

Er will etwas sagen, sein Oberkörper bäumt sich auf, er rudert mit den Armen, hustet, es hört sich an, als breche etwas. Elisabeth ist plötzlich über ihn gebeugt, hält sein Schütteln fest. Ihre Schulter wird feucht.

„Gottverdammter Mist", röchelt er. Das Blut ist dunkel. Elisabeth feuchtet einen Lappen an, spürt Mr. Cranes Hals durch den Stoff. „Verdammt, verdammt, verdammt", sagt Crane und sackt tief ins Bett zurück.

„Kommen Sie, Mr. Crane, Ihr Pyjamaoberteil ist ganz beschmutzt."

„Ihre Bluse auch, Schwester Elisabeth."

Er hustet wieder. Es spritzt einmal kurz.

„Das Leben ist so schön", sagt er.

Das Leben ist schön. Das Leben ist schön. Wie Tinte sieht das Blut auf ihrer Bluse aus. Ihre Hände zittern so heftig, dass sie es kaum schafft, die Knöpfe von Cranes Jacke zu öffnen. „Es tut mir leid", murmelt er. Sie zieht erst den rechten Ärmel von der Haut, rupft den Stoff unter Cranes Rücken durch und zieht ihn vom anderen Arm. Hände krallen sich um ihre Hände und legen sie auf die nasse Brust, sie schluckt, presst die Lippen aufeinander. Sie flüstert seinen Namen. Er hustet wieder, sein Oberkörper bäumt sich ihr entgegen, so wie sie manchmal ihren Oberkörper Küssen entgegenbäumen möchte, die sie nie bekommt. Vorsichtig zieht sie die Hände unter seinen weg, müsste sie jetzt eigentlich waschen, unterlässt das aber.

Sie stammelt, dass sie sich rasch etwas anderes anziehen müsse. „Tun Sie das hier, Schwester Elisabeth. Tun Sie das hier."

„Mr. Crane, bitte. Ich bin gleich wieder da."

Sie taumelt durch den Flur, ihr Schatten huscht durch das Mondlicht, wandert an der Wand entlang, sie zieht die Schuhe aus und schleicht die Treppe hinab. Atemlos, Hitze in den Wangen, das Herz dick in der Brust. Im Schwesternzimmer streift sie die Träger des Kleides ab und zieht die Bluse aus. Sie reinigt sich die Hände, schrubbt Blut, ihre Brustwarzen sind hart und fast schwarz im Dunkel. Oh Gott. Oh Gott. Auf Strümpfen rennt sie zurück. Crane stöhnt. Er hat seine Hose abgestreift, seine rechte Hand ... Oh gott, oh Gott.

„Lassen Sie mich nicht alleine, Schwester Elisabeth. Lassen Sie mich nicht allein." Ihr Atem bleibt stecken. Weg, weg, weg, denkt sie und bleibt mit dem Rücken gegen die Tür stehen.

„Elisabess, Elisabess, Elisabess."

„Mister ... Mister Crane."

Sein Stöhnen wird lang, noch länger, als hätte er Schmerzen. Gute Schmerzen. Sein Körper beschreibt einen Bogen. Elisabeth legt sich eine Hand vor die Augen. Das kann doch nicht wahr sein, denkt sie. Sie spreizt den Mittelfinger vom Ringfinger ab, schafft einen Sehschlitz. Mr. Crane stöhnt und sackt zusammen.

Elisabeth dreht sich zur Tür und drückt die Stirn gegen das Holz.

„Obwohl sich das männliche Geschlecht mit Vorliebe das Stärkere nennt, so ist es auf sittlichem Gebiete doch das Schwächere, teils weil die Natur in dieses den stärkeren Geschlechtstrieb ge-

legt hat, der es häufig seiner Selbstbeherrschung beraubt, teils weil die Frau in der Mutterschaft eine Stütze hat, die dem Manne fehlt."

Dr. med. Anna Fischer-Dückelmann, „Die Frau als Hausärztin"

„Unser Geheimnis, Schwester Elisabeth", flüstert Crane.

„Ich fasse es ja wohl nicht, Mr. Crane."

Auf seinem Bauch schimmern Flecken. Es gibt irgendeine Pflanze, die ganz ähnlich riecht. Sie reicht ihm einen feuchten Lappen. Guckt wieder hin. Das ist also … Aha. Tja. Oh Gott.

„Vor Blut haben Sie weniger Angst, Schwester Elisabeth." Seine Stimme ist weit weg. „Haben Sie schon viele Menschen sterben sehen?"

„Einige", stammelt sie.

„Aber nie haben Sie Menschen gesehen, die Liebe machen. Hm? Sich lieben.

Kriege, Schlachten. Bilder von Feldherren. Wir prügeln uns auf der Straße. Wir lieben uns versteckt." Er lacht heiser und mit einer unerwartet schnellen Bewegung schleudert er den Lappen aus dem Fenster. Elisabeth hört ihn Sekunden später unten auf die Steine klatschen.

„Vielleicht wächst da ja was", röchelt Crane.

„Sie sind ein unerhörter Bursche."

„Und Sie scheinen Ihre Fassung zurückzugewinnen", sagt er. „Obwohl … Ich sehe Sie kaum." Sie denkt, dass das auch besser sei, ihr Gesicht glüht, wahrscheinlich hat sie scharlachrote Wangen.

„Könnten Sie bitte sofort die Hose wieder hochziehen?"

„Oh, wie unachtsam von mir. Haben Sie einen Mann, Schwester Elisabeth?“

„Ja. Aber keine weiteren Fragen jetzt, Mr. Crane.“

„Eine vielleicht?“

„Nein. Keine. Was würde Ihre Frau zu dem hier sagen?“

„Cora? Die findet es gut, wenn Männer …“

„Oh Gott. Schon gut, schon gut, Mr. Crane.“ Elisabeth schlägt sich vor die Stirn, die Haube fällt. „Hören Sie sofort auf mit diesen … diesen Sachen. Ich werd’ gleich wütend.“

Sie legt die Hände vors Gesicht.

„Ich kann mich nicht wehren, Schwester Elisabeth. Gefällt Ihnen das?“

„Jetzt ist Schluss.“ Sie steht auf, stellt den Stuhl zurück, etwas klirrt, Wasser fließt durch einen Lichtschimmer auf den Dielen. Sie bückt sich nach dem Glas, vier eng beieinander liegende Berührungspunkte auf dem gekrümmten Rücken, Mr. Cranes Finger. Sie streichen leicht hin und her.

„Verzeihen Sie mir“, sagt er und nimmt die Hand wieder weg. „Verzeihen Sie mir. Es tut mir leid.“ Er hustet leise. „Also eigentlich nicht. Aber es tut mir leid.“

„Was denn nun?“

„Ganz so, wie Sie es möchten, verehrte Schwester Elisabeth. Wie ist Ihr voller Name?“

„Elisabeth T. Camphausen.“

„T steht wofür? Irgendetwas wundervolles, nehme ich an?“

„Sag ich nicht.“

Sie stellt den Stuhl wieder ans Bett. Zögert, sich zu setzen. Umgarnt der mich gerade? Fängt der mich? Benimmt sich hier wie … wie, was weiß ich und schmeichelt mir dann? Wieder legt sie die Hände vor das Gesicht. Die Narben erscheinen ihr größer als sonst. Samen, denkt sie, männliche Samen. Vor meinen Augen. Als hätte Mr. Crane ihre Gedaken gelesen, sagt er: „So wirklich weggeguckt haben Sie nicht, Schwester Elisabeth."

„Oh doch."

„Lügnerin."

„Gar nicht. Was bilden Sie sich ein?

Ich bin gleich wieder da."

Sie schleicht über den Flur, die Treppe hinab. Unter der Tür zu Dr. Fraenkels Arbeitszimmer liegt ein Lichtstreif. Coras Zimmer ist dunkel. Auf Zehenspitzen weiter, die Stufen hinab, an der Wand entlang um die Villa herum. Die Mauern strahlen warm. Der Lappen liegt wie ein totes weißes Tier auf dem Weg. Mit Daumen und Zeigefinger hebt Elisabeth ihn an, pendelt mit dem Arm und schleudert den feuchten Stoff so weit sie kann. In hohem Bogen segelt er durch die Nacht, spielt mit den Sternen, überschlägt sich einmal und bleibt mit einem leisen Klatsch in den Ästen einer Eiche hängen. Oh nein. Sie schaut sich um, überquert den Weg und hüpft nach dem Lappen. Zu hoch. Hängt da zwischen den Blättern und tropft vor ihre Füße. Jeder zweite Tropfen zieht Fäden. Warum bin ich so klein? Sie geht in die Knie, spannt die Muskeln und springt in die Höhe, streckt den rechten Arm empor. Da fehlt glatt ein Meter. Noch einmal, jetzt mit dem linken Arm. Wieder nichts. Der Lappen hängt unbeweglich und schlapp, es kommen keine Tropfen mehr.

Elisabeth sucht nach einem Stock oder irgendetwas anderem, womit sie herankommen könnte. Nichts. Sie sieht zwischen dem Baum und dem Fenster von Mr. Cranes Zimmer hin und her. Kann keiner drauf kommen, Verdacht kann abgewendet werden. Sie blickt hinauf zu der seltsamen Blüte der Eiche. Sie kichert und geht zur Villa zurück, die Stufen hinauf in die Eingangshalle. Ein gelbes Rechteck öffnet sich, Dr. Fraenkel mit leuchtendem Bart.

„Haben Sie ein wenig Luft geschnappt, Schwester? Warum tragen Sie keine Schuhe?"

Elisabeth schaut hinab, ihre Strümpfe sind vorne an den Zehen verdreckt.

„Elisabeth, achten Sie auf sich. Ist alles in Ordnung? Wie geht es Mr. Crane?"

„Er schläft. Ziemlich ruhig sogar."

„Recht so. Ich habe seine Erzählung *The Blue Hotel* gelesen. Sehr ordentlich, Psychologie – obwohl uns dieses Amerikanische ja doch äußerst fremd ist: Poker, Revolver, Schlägereien, Saloons. Crane geht in die Tiefe. Ohne viel zu erklären. Sehr beeindruckend. In unsere dunklen Seiten, könnte man sagen. Würden Sie mir weitere Bücher von ihm ausleihen?"

„*The Monster?*"

„*The Monster?* Ja, gut, warum nicht. Wahrscheinlich auch recht ... extrem?"

„Am Ende stehen 15 Tassen auf dem Tisch, es kommt aber kein Besuch."

Elisabeth kann es gegen das Gelb aus dem Zimmer nicht genau sehen, aber es scheint ihr, dass Fraenkel lächelt. Sie erzählt ihm die Geschichte von Henry Johnson, der den kleinen Jungen aus dem brennenden Haus rettet und dabei von den Flammen verstümmelt wird. Erzählt, wie die Kinder sich nicht trauen, ihn zu berühren, und Mutproben veranstalten, wer ihm am nächsten zu kommen wagt, erzählt von seiner Verlobten, die sich vor ihm versteckt, vom Vater des Jungen, der Henry daheim aufnimmt, und von der Mutter, die Freundinnen einlädt und keine erscheint, daher die unberührten Tassen. Das Monster ist im Haus. Fraenkel streicht sich den Bart.

„Deswegen, Schwester Elisabeth?", fragt er.

„Ich bringe Ihnen das Buch morgen mit."

Crane sitzt mit nacktem Oberkörper am Fenster, er lässt den linken Arm heraushängen.

„Der Wurf war nicht optimal", sagt er. „Aber Sie haben Ehrgeiz, alle Achtung. Ich habe immer gerne Baseball gespielt, war auch ganz gut, aber irgendwie ist mein Körper zu klein geblieben. Der kleine Stephen. Der … na ja, all so was eben. Hört sich nicht gut an. Also entwickelt man ein großes Maul. Übt, eine Augenbraue energisch und abenteuerlustig hochzuziehen. Hauchdünnes Fundament – nur, das sieht ja keiner. Und wenn die Muskelkraft nicht reicht, nimmt man eine Kanone. Ich hielt einen Revolver in der Hand, als die anderen Schüler ins Zimmer kamen, um mich zu piesacken. Die haben schön blöd geguckt. Ich stand am Fenster, die Horde in der Tür, jede Menge kräftige Jungmännerkörper. Ich hatte Angst. Nicht vor denen. Also doch, vor denen auch, aber hauptsächlich davor, dass ich den Finger krumm machen könnte. Es war da. Es war in mir. Ich habe den Revolver fallen lassen – oder nein, meine Hand öffnete sich einfach, wie von selbst und die Knarre klatschte auf den Boden. Das muss 1890 gewesen sein, Lafayette College in Pennsylvania. Ich frag mich manchmal, wen diese Jungs da gesehen haben, als sie die Tür aufstießen. War ich das? Wollte ich der sein? Ein kleiner, dünner Junge? Nein, Schwester Elisabeth, ich wollte nicht … der … sein."

Er trinkt ein Glas Wasser, räuspert sich und atmet tief.

„Einige dieser Jungs waren nachher gute Freunde von mir. Bolten, Witherman, der weitsichtige, gute, alte Gibbs. Amerika. Ein wunderbares Land. Ein schreckliches Land. Sie haben eine Tante dort?"

„Die jüngere Schwester meiner Mutter, die viel jüngere. Hermine. In New York."

„Himmel. New York. Das ist eine Stadt. Die Bowery, der Broadway, 4000 Saloons südlich der vierzehnten Straße: Bottle Alley, Cat Alley, Blind Man's Alley, sechs Cent für einen Rum, fünf für einen Sherry mit Ei. Gibt es große Städte in Deutschland? Durch Badenweiler kann man durchspucken."

„Ich komme aus Hamburg. Das ist eine große Stadt. Und sehr schön. Berlin ist groß. München auch."

„Wie kommen Sie dann in dieses Nest hier? Wegen des Feuers?"

„Ja."

„Verstehe. Als ich ungefähr fünf Jahre alt war, bin ich in den Raritan River gesprungen, obwohl ich nicht schwimmen konnte. Ich weiß noch, dass ich die ganze Zeit die

Augen offen behielt. Ich sah Luftblasen, von mir selbst erzeugt, die letzten Lebenszeichen aus meiner Lunge, ich sah dunkles Wasser und dann … dann sah ich mein eigenes Gesicht. Als gäbe es mich zweimal, als schwimme ich vor mir selbst, ich sah meine aufgeblähten Wangen, die großen Augen, die nicht fassen konnten, dass ich unter Wasser war und man da nicht atmen konnte. Ich hatte überhaupt keine Angst, keine Schmerzen. Aber mir war, als könne ich besser sehen als je zuvor. Fokussiert, alles wurde kleiner, bis ich nur noch meine Augen sah, groß und rund und weiß. Und in dem Moment fragte ich mich, was diese Augen, die ich ansah, ihrerseits sahen. Sahen sie wieder den anderen? Hat es den gegeben? Und dann kam sie doch – die Angst, die Qual. Keine Luft …

Mein Bruder Ed hat mich an den Haaren rausgezogen. Da war ich noch richtig blond. Und dann lag ich da, meine Geschwister um mich herum und alle haben mich angestarrt, waren besorgt, redeten durcheinander. Ich weiß noch, dass mir das peinlich war. Obwohl sie nur helfen wollten, obwohl sie Angst um ihren kleinen Bruder hatten – ich fand es fürchterlich. Ich glaube, in diesem Moment wollte ich zum ersten Mal spurlos verschwinden. Einfach nicht mehr da sein. Davis will mir das stehlen. Er ist ein Dieb, ein Dieb mit Kamera. Er wird kommen.“ Mr. Crane wischt sich mit flacher Hand den Schweiß von der Stirn.

„Verwundete, Schwester Elisabeth, verwundete Menschen … die anderen stehen um sie herum, glotzen sie an, tun hilfsbereit, aber eigentlich sind die nur froh, dass es sie nicht erwischt hat. Und das sieht man in ihren Augen.

Davis macht Fotos ... Sensationell nennt er das. Er lässt die Leute vor der Kamera sterben. Dabei kann man so dermaßen viele schöne Dinge fotografieren. Helfen Sie mir ins Bett zurück?"

Er legt einen Arm um ihre Schulter, sie hält sein dünnes Handgelenk und spürt seine Rippen an ihren. Er hustet, sie hört Flüssigkeit kommen und schnappt mit der freien Hand nach einem Tuch. Er presst es sich vor den Mund.

„Ich wäre Ihnen gerne unter anderen Umständen begegnet, Schwester Elisabeth T. Camphausen." Er klingt dumpf und weit weg durch den Stoff. Er behält das Tuch in der Hand, Elisabeth scheint es, als ob er auf die Matratze fließe.

„Ich bin in guten Händen bei Ihnen", sagt Mr. Crane. „Ihr Doktor Fraenkel hier, der braucht keinen Revolver, der braucht nur seine Stimme und eine kleine Geste ... Nicht schlecht. Wirklich, nicht schlecht. Wie alt ist der Mann? 50?"

„Er ist erst Mitte 30. Ein Mann ohne Kindheit und Jugend. Er ist tatsächlich erst Mitte 30."

„Tja", sagt Mr. Crane, „das was man sieht und das, was ist. Ist wirklich nicht immer dasselbe."

„Es ist manchmal so schwer, Ihnen zu folgen, Mr. Crane. Sie erzählen so viel durcheinander. Ein Schiffsuntergang anscheinend, eine Amy, Kuba, Untertauchen, Revolver in der Schule, fast ertrunken sein, ein Reporter ..."

„Ein böser Mann, Schwester Elisabeth, ein sehr böser Mann. Ist wahrscheinlich auf dem Weg hierher."

„Keine Ahnung. So geht das jedenfalls nicht. So. Geht.

Das. Nicht. Und dann auch noch diese … diese Sache eben. Und jetzt hängt der Lappen in der Eiche."

Crane kichert. Elisabeth kann nicht an sich halten und kichert ebenfalls. Sie sehen sich an, lachen leise und geheim verbunden.

Crane schließt die Augen, er atmet ruhig. Sie sagt seinen Namen. Nichts.

„Es müsste eine gewisse Ordnung her, Mr. Crane", flüstert sie. „Eine … Ordnung." Es ist das erste Mal, dass ihr dieses Wort fremd erscheint. Crane-Ordnung? Ordnung-Crane? Crane-Elisabeth-Ordnung?

Jetzt daheim sein, denkt sie. Bei meinem Mann Ferdinand, in unserer Wohnung, die Vorhänge waschen von mir aus, ein Buch lesen, Mutter besuchen, mit ihr in der *Gartenlaube* blättern oder in der *Berliner Illustrierten Zeitung* und diese idiotischen Artikel für Frauen lesen. Bilder vom Kaiser und seiner Familie angucken. Rezepte austauschen. Oh wie schön.

Sie schleicht die Treppe hinab. Unten wird eine Tür geöffnet, gelbes Licht fließt in die Halle. Cora zeigt auf Elisabeth.

„Waren Sie bei meinem Mann?"

„Ja, er schläft ruhig."

„Wenn jemand diese Krankheit überlebt, dann Mr. Stephen Crane", sagt Cora. „Stören Sie ihn bloß nicht. Ich hab ein gutes Gehör. In meinem *Hotel de Dream* in Florida waren die Türen zu den Zimmern der Mädchen dünn. Hat er Ihnen nicht erzählt, dass ich ein Freudenhaus geleitet habe? Nein? Nun, Schwester, für mich ist jede Tür dünn. Sie verstehen?“ Elisabeth nickt und verlässt die Villa. Auf der kleinen grauen Wiese unter Mr. Cranes Zimmer bewegt sich jemand. Es ist Helen, die mit auf dem Rücken verschränkten Händen und hängendem Kopf seltsam große Schritte macht, ihr Rock ein sich auf- und abspannendes Dreieck in der Nacht. Elisabeth will sie in ihrer Sehnsucht nicht stören, doch das Mädchen blickt auf und sagt Hallo.

„Was machen Sie denn hier? Um diese Zeit, Helen?“

„Wollte nur ein wenig spazieren.“

Sie schauen beide hinauf zu dem dunkelgrauen Fenster, hinter dem Mr. Crane fiebert und schläft, dann sehen sie sich an.

„Ich weiß nicht, Schwester Elisabeth, kann es sein, dass Onkel Stephen Sie oft anguckt?“

„Mich? Ach wo, Helen. Ach wo.“

„Also ich finde schon.“

Elisabeth legt ihr eine Hand auf den Oberarm. „Gehen Sie ins Hotel. Sie brauchen Schlaf. Die nächsten Tagen können anstrengend werden.“

Zurück in der Villa lauscht Elisabeth an der Tür zu Coras Zimmer. Stockendes, fast röchelndes Einatmen und dann ein Doppelpfeifer beim Auspusten der Luft. Elisabeth lacht: Cora schnarcht. Im Schwesternzimmer greift sie nach der Kanne, tintenschwarz und dampfend fließt der Kaffee in die weiße Tasse. Sie trinkt schnell, will zurück. Als sie leise in Mr. Cranes Zimmer tritt, murmelt er wieder im Schlaf. Ein Junge? Etwas über ein Kind? Feuer? Was, Mr. Crane, was sagen Sie? Was sehen Sie jetzt? Aber wieder ist es nicht zu verstehen. Er schlägt die Augen auf, als Elisabeth ihm das Gesicht abtupft. Diesmal will sie ihm zuvorkommen.

„Woher", fragt sie, „woher kennen Sie mein Gesicht, Mr. Crane? Wie konnten Sie über mich schreiben? Eine Zeit lang dachte ich, ich sei auch ein Monster, so wie der Mann in Ihrer Geschichte."

„Es gibt viele gesichtslose Menschen, Schwester Elisabeth", röchelt er. „Aber Sie, ich bitte Sie, Ihre Narben sind doch gar nicht so schlimm. Sie sind schön, Schwester. Ihre Nase, kräftig und hübsch geformt und wenn Sie tief atmen, werden Ihre Nasenflügel ganz energisch." Er tippt ihr auf die Nasenspitze. „*The Monster* habe ich geschrieben, nachdem ich im Griechisch-Türkischen Krieg war. Im Frühjahr 1897." Er lacht kurz auf. „Cora war auch dabei. Die einzige Kriegsberichterstatterin. Sie schrieb fürs *New York Journal*, ich hatte ihr diesen Job besorgen können. Damals war ich recht berühmt, Schwester Elisabeth. Ich hatte sogar bei weitem genug Geld. Aber irgendwie ist das nie bei mir geblieben. Sehen Sie, jetzt lächeln Sie wieder und Ihre Augen verschwinden fast völlig zwischen Ihren schwarzen, langen Wimpern. Ach Schwester Elisabeth, das waren Zeiten. Von Amerika nach Frankreich, um Spanien herum und dann durchs Mittelmeer nach Athen. In Griechenland lernte ich zum ersten Mal deutsche Männer kennen. Wahnsinnige Typen, sage ich Ihnen. Die liebten den Krieg: Offiziere, hervorragend ausgebildet und nichts anderes als angeheuerte Killer. Völlig von Sinnen. Unter denen war zum Beispiel ein Oberst, der eine Narbe von der

Stirn bis zum Kinn hatte. Viele Leute haben sich gefragt, ob es ein Vorbild für meinen verbrannten Henry Johnson aus *The Monster* gab. Mein Bruder William meint, es sei ein Kohlenfahrer aus Port Jervis, ein Mann mit entstelltem Gesicht, vor dem die Kinder immer wegliefen. Andere sagen, es sei ein Bürgerkriegsveteran gewesen und noch andere meinen, ich habe auf eine Geschichte zwischen zwei sich um einen Mann streitenden Frauen zurückgegriffen, bei der die eine der anderen Säure ins Gesicht geschüttet hat, geschehen irgendwann in Buffalo."

Er setzt sich auf und trinkt einen Schluck Wasser. Sein Gesicht ist ein helles Oval und Elisabeth möchte nach seinen Augenbrauen tasten.

„Aber braucht man Vorbilder, Schwester Elisabeth? Um etwas zu schreiben? Um sich etwas auszudenken? Um durch dieses gottverdammte, wundervolle Leben zu kommen? Muss man dafür irgendetwas gesehen haben? Sie sind kein Monster, Schwester Elisabeth, Sie sind eine ganz wundervolle, kleine Frau. Hat Sie jemand wegen der Narben verlassen?"

„Ja."

„Ein ignoranter Nichtsnutz."

„Er war ein netter Kerl. Lustig, hat mich oft zum Lachen gebracht."

„Er war ein Idiot. Streichen Sie ihn aus Ihrem Gedächtnis."

Crane streckt die zitternde Hand nach Elisabeths Gesicht aus. Elisabeth weicht zurück, aber Crane rollt die Finger ein, als streichle er einen Bart in der Luft. Elisabeth ist froh über die Dunkelheit. Ganz langsam neigt sie den Kopf wieder nach vorne. Mit den Fingerspitzen fährt Crane über die vernarbte Hälfte ihrer linken Augenbraue, über die Narbe auf der Wange, streichelt die Narbe auf ihrem Kieferknochen. Er hört gar nicht mehr auf, und Elisabeth schließt die Augen und atmet, als müsse sie weinen, und die sanften, dünnen Fingerspitzen streicheln sie immer weiter, gehen jetzt von den Narben weg, berühren ihre Nase, tasten hauchzart über ihre Lippen und wieder hinauf zu ihrer rechten Augenbraue, von der dünne, dunkle Härchen bis zum Haaransatz wachsen.

Es klopft einmal, die Tür geht auf und schiebt warme Luft.

„Was ist hier los?", fragt Cora.

„Nun, Schwester Elisabeth hat Nachtwache."

„So nah an deinem Bett, ja?"

„Wir haben uns unterhalten, Cora. Darüber, wie du auf einem Billardtisch geschlafen hast, als wir in Griechenland waren." Cora tritt ans Bett, steht ganz eng bei Elisabeth, die jetzt vom Stuhl aufstehen möchte, aber befürchtet, dabei diese Frau zu berühren.

„Du solltest schlafen, Stephen, Schatz. Und wenn du nicht schläfst, dann diktier mir weiter für dein Buch. Jedes Wort von Stephen Crane ist pures Gold, Schwester."

„Ich kenne die Bücher Ihres Mannes, Mrs. Crane."

„Ach, das auch noch? Na, ich bleibe jetzt bei Stephen, bis er wieder eingeschlafen ist."

Elisabeth rückt mit dem Stuhl ein Stück zur Seite, die Beine schrappen über den Boden.

„Wenn etwas ist, ziehen Sie nur an der Schnur, Mr. Crane. Dann läutet unten bei mir ein Glöckchen."

„Ja, ist gut, ich lasse die Glöckchen läuten, aber gerne doch."

Elisabeth muss grinsen und schürzt die Lippen, als sie Coras gerunzelte Stirn sieht.

Unten im Schwesternzimmer stellt Elisabeth sich vor den Spiegel, dreht ihm die linke Seite zu und betastet die Narben. Sie sieht ihre glatten, hellen Fingernägel über die Verkrustungen streichen, zieht sich die Haube vom Kopf und löst ihr Haar.

7

Vierter Tag
28. September 1914

Elisabeth will Fischer helfen, die Uniformjacke zuzuknöpfen, aber er schüttelt den Kopf. Mit dem Zeigefinger zeichnet er ein Rechteck in die Luft und weist dann auf die Bücher von Mr. Crane.

„Ob ich ein Bild von ihm habe? Natürlich, junger Mann." Sie tippt sich auf die Brust. „Ganz viele Bilder." Fischer greift nach dem Skizzenblock, seine Rechte zittert wieder heftig, er zerbricht den Kohlestift und kratzt sich am Kopf, schwarzer Kohlestaub bleibt in seinem Blond. Er ist viel größer als Mr. Crane, mindestens einsachtzig.

„Was ist denn, Herr Fischer? Was ist denn nur?"Er öffnet die Hände, als wolle er etwas Rundes aus der Luft greifen. Elisabeth fragt sich, warum dieser Krieg für sie so weit weg ist. In Badenweiler hängen mehr Reichsfahnen als je zuvor, im Schaufenster des Kolonialwarenhändlers hängt eine Landkarte von Frankreich, auf der täglich mit verschiedenfarbigen Nadeln der Frontverlauf markiert wird, alte Männer tragen ihre Uniformen aus vergangenen Kriegen, die Zeitungen berichten über nichts anderes mehr als die Schlächtereien zu Wasser und zu Lande und in der Luft. Die Berichte über die Antikriegsdemonstrationen in Berlin, München, Hamburg sind aus den Zeitungen verschwunden, als habe es sie nie gegeben. Aber für Elisabeth ist es beinahe, als finde dieser Krieg auf einem anderen Kontinent statt, so wie dieser vergessene Krieg auf Kuba, von dem Mr. Crane so seltsam berichtete. Als sauge das Sanatorium sie auf, als sei ihre Existenz in einer Unabdingbarkeit an diese Villa geknüpft, die die Außenwelt wegdränge. Elisabeth will das nicht, seit 14 Jahren will sie das nicht mehr. Als Mr. Crane verschwand, war der Zeitpunkt gekommen, an dem auch sie hätte gehen müssen. Aber Elisabeth rettete sich in die Villa. In die Ehe zu einem Mann, der kein Wort über ihre Narben sagte und sehr, sehr freundlich war. Sie suchte Zuflucht in der Enge des Kaiserreiches und ihrer Privilegiertheit als Arzttochter und der gleichzeitigen Chancenlosigkeit als Frau.

Sie legt Fischer eine Hand auf die Schulter.

„Lassen Sie uns ein Stück spazieren gehen. Schön langsam. Die Sonne scheint." Fischer streichelt kurz über ihre Hand auf seiner Schulter. Er zeigt auf die Bücher, zeigt auf Elisabeth und malt ein Herz in die Luft. Sein Blick bleibt auf Elisabeths Gesicht haften, ist ein wenig belustigt.

„Was meinen Sie?"

Jetzt hebt er beide Brauen, fragt damit, ob sie seine Frage wirklich nicht verstanden habe.

„Junger Mann, bei allem Respekt, das geht Sie nichts an."

Er grinst. Elisabeth findet das schön.

„Na, Sie sind mir ja einer", sagt sie. „Hoch jetzt, Herr Leutnant, Sie müssen gesund werden."

Vor der Villa blättern zwei Ärzte in den Frontberichten, Elisabeth merkt, dass sie ihr und dem Leutnant hinterhersehen. Fischer blickt zu Boden, sie hat Lust, den Männern die Zunge herauszustrecken, lässt es aber. Sie sieht sich nach ihnen um, schnell blicken die beiden in die sich umbiegenden Seiten der Zeitung.

„Ist irgendetwas, meine Herren?“

Ohne eine Antwort abzuwarten, geht sie weiter und hakt sich bei Fischer ein. Fischer tätschelt ihre Finger in seiner Armbeuge. Man müsste eine Geschichte der Blicke schreiben, denkt sie, eine Geschichte darüber, wer wann wohin sieht. Gar nicht so sehr über das, was die Menschen sagen, nein, sondern wohin sie ihren Blick wenden, heimlich oder offen, beschämt oder offensiv. In einem Blick liegt viel mehr Liebe oder Hass als in allen Worten. Mr. Crane hat so viel über meine Augen geredet, ich habe so oft in seine geschaut. Augen können weniger verbergen als Worte. Gibt es nicht immer ein Hauptwort in den Blicken der Menschen? Einen weiten Wunsch? Ist es nicht das, was Fischer im Krieg verloren zu haben scheint? Den eigenen Blick? Rollen seine Augen deshalb so unkontrolliert hin und her? Und Mr. Crane? War für ihn der Horizont noch zu nah?

Sie gehen am Markgrafen-Bad vorbei und Elisabeth sieht hinauf zu den nacktbrüstigen, schönnasigen Steinfrauen, die den Rundbogen des großen Fensters über dem Portal tragen. „Hübsch, nicht?“, fragt sie. Fischer zeigt auf Elisabeths Gesicht, beinahe berührt sein Finger ihre Nasenspitze.

„Herr Leutnant, war das etwa ein Kompliment?“ Fischer verbeugt sich.

„Die Damen da oben gab es im Crane-Jahr noch nicht. Das Bad ist zwischen 1906 und 1908 gebaut. Direkt neben das alte römische Bad. Schon komisch, nicht? Da ist Nacktheit so verpönt und hier dann das."

Sie schaut zu Fischer hoch. „Es gefällt mir, dass Sie aufbegehrt haben. Der Oberarzt hat mir das erzählt. Sie hätten sich einem Vorgesetzten widersetzt? Stimmt das? Manchmal muss man für eine Rebellion zwar teuer bezahlen, aber …" Elisabeth ist kurz davor, ihm zu erzählen, wie es zu dem Feuer kam. Der einzige Mensch, der das weiß, ist Mr. Crane.

„Ihr Bruder kommt heute Nachmittag?"

Fischer setzt sich auf eine Bank im Kurpark, zieht das Skizzenbuch aus der Jackentasche und zeichnet mit sicheren Bewegungen einige Margeriten ab. Er trennt das Blatt aus dem Buch und schenkt es Elisabeth.

Als am Nachmittag Fischers Bruder ins Zimmer marschiert, ist Elisabeth erstaunt über den Mangel an Ähnlichkeit. Hauptmann Fischer ist klein und kräftig. Der junge Fischer hustet, als sein Bruder ihm die Hand schütteln will. Fischers Hand tanzt in der Luft, bis die seines Bruders sie geschnappt hat. Nanana, sagt der Bruder, das wird schon wieder. Der Hauptmann sieht Elisabeth irritiert an, sie zuckt die Achseln. Er beginnt zu erzählen, was er an der Front alles getan hat, bevor ihn diese Kugel am Arm erwischte. Der Krieg warte auf Bernhard.

„Der Herr Leutnant komm schon noch in den Kriech, keine Sorge", sagt Elisabeth.

„Krieg."

„Verzeihung."

Hat Fischer gerade kurz gegrinst? Dem Bruder fällt das

nicht auf und er redet weiter. Als Elisabeth das Zimmer verlässt, fragt sie; „Was haben Sie an der Front gefühlt, Herr Hauptmann?“

„Gefühlt, Schwester? Wie meinen Sie, gefühlt?“

„Mr. Crane sagte, darum geht es.“

„Wer ist Mr. Crane?“

„Ein Freund“, sagt Elisabeth.

Der Hauptmann guckt zwischen seinem Bruder und Elisabeth hin und her und streicht sich den Bart. „Sehen Sie einfach zu, dass der Junge hier gesund wird. Deutschland braucht Männer wie ihn.“

Elisabeth blickt von einer weißen Leinwand zur anderen, die Skizzen sind auf der Kommode gestapelt. „Ja“, sagt sie, „Deutschland braucht Männer wie ihn.“

Sie geht die Treppe hinab, unten in der Halle redet der Oberarzt mit einer schmalen Frau in einem Sommerkleid. Es ist Fischers Mutter und Elisabeth begleitet sie hinauf.

„Ich bin zum ersten Mal in Badenweiler, recht hübsch. Ist Anton Tschechow nicht auch hier gewesen?“

„Doch, doch“, sagt Elisabeth. „Und Stephen Crane.“

„Wer ist Stephen Crane? Nun, wie auch immer. Haben Sie Tschechow mal gesehen?“

„Ich habe schon in Badenweiler gearbeitet, als er hier war.“

„Das war bestimmt sehr beeindruckend, nicht wahr? Auch wenn er aus einem Land kommt, dem wir jetzt feindlich und siegreich gegenüberstehen. Haben Sie in Frontnähe gearbeitet?“

„Nein, warum?“

„Nun, ich dachte …“

Elisabeth weist auf die offenstehende Tür, aus der die Stimme des Hauptmanns dröhnt so wie vor 14 Jahren Stimmen aus dem Zimmer kamen.

„Tschechow hat mich angesehen, und dann ist er gestorben.“

„Wie bitte?“

Elisabeth grinst, die Narben zwicken ihr ins Gesicht.

Im Schwesternzimmer sitzt Victoria und liest einen Brief.

„Von meinem Verlobten. Er klingt ein wenig … anders als sonst. Einer seiner Kameraden hat plötzlich nicht mehr sehen können, Elli, stell dir das mal vor. Einfach so, blind, für mehrere Stunden und dann sei alles wieder normal gewesen.“

„Kann ich verstehen“, sagt Elisabeth. Sie stellt sich hinter Victorias Stuhl und legt die Hände auf den Ansatz von Victorias Brüsten. Der Stoff der Bluse ist gestärkt und fühlt sich hart an. Sie sieht von oben Victorias Nasenrücken.

„Ich vermisse ihn so sehr, Elli. Aber irgendwie …“

„Was irgendwie?“

„Ja nun, das ist schwer zu sagen. Man traut sich nicht. Aber … es gibt ja auch andere. Und eine Zukunft gibt es immer.“

Victoria legt ihre Hände auf die Elisabeths. „Es ist doch eine elende Ungerechtigkeit, dass wir Frauen immer auf die Männer warten müssen. Und wenn die Männer dann da sind, Elli, dann … dann ist da trotzdem oft noch so eine Sehnsucht.“

„Mr. Crane“, sagt Elisabeth, „war sehnsüchtig wie eine Frau.“

„Was war denn mit ihm und dir? Willst du mir etwas erzählen, Elisabeth?“

„Du und Bernhard Fischer, ihr habt ihn zu mir zurückgebracht. Ich rede viel mit dem jungen Mann dort oben in dem Zimmer, weißt du. Ich werde es auch dir erzählen, irgendwann abends, ja, nur wir zwei.“

„Der Oberarzt hat gestern ein paar seltsame Bemerkungen über Fischer gemacht. Er habe da einen gewissen Verdacht.“

„Was für einen Verdacht?“

„Hat er nicht gesagt.“

Elisabeth sieht in die Krankenakte von Fischer. Sie weiß, dass der Oberarzt mit dem Vater von Fischer befreundet ist, wahrscheinlich ist der Leutnant deshalb der Vorläufer all derer, die noch hierher kommen werden, ohne von diesem Tuberkelbazillus ausgelaugt zu werden. Zwei Lungendurchschüsse, Rippen vorne und hinten, Austrittswunden faserig, kein Wundbrand, anfangs hoher Blutverlust, noch im Feldlazarett gestillt, hohes Fieber, langsam einsetzende geistige Verwirrung. Sprachverlust. Bevor er nach Badenweiler gebracht wurde, war er in Freiburg bei einem Doktor Peter Friedmann, der einen schweren Nervenzusammenbruch diagnostizierte. Dann durch Oberst Fischer nach Badenweiler. Was für einen Verdacht?

Sie bringt Fischer das Mittagessen hinauf, ein Stück Schweinebraten, Gemüse, Kartoffeln. Sie geht durch die schrägen Lichtfelder im Flur und sehnt sich nach Mr. Cranes Hand in ihrem Nacken. Fischers Bruder steht immer noch neben dem Bett, die Mutter sitzt auf dem Stuhl am Fenster und ihr Gesicht glänzt vor Schweiß.

„Ah, ja“, sagt der Hauptmann, „gutes Essen, kräftigt dich. Die Luft hier sicher auch. Obwohl es sehr heiß ist. Na, Junge, bei uns da vorne geht es auch heiß her, sag ich dir.“

Elisabeth stellt das Tablett mit den kleinen Beinen zu Fischer aufs Bett.

„Die Temperatur kann ich auch später messen. Heute Morgen ist das alles ja einigermaßen zufriedenstellend gewesen.“

„Ich habe mich durchaus gefragt, ob der gute Peter übertrieben hat“, sagt Fischers Mutter. „Peter Friedmann, der Arzt, der Bernhard, mithilfe meines Mannes, hierher geschickt hat.“

„Ein Schulkamerad meines Bruders“, sagt der Hauptmann. „Weiß nicht, ob der nicht auch bald an die Front geht.“

„Ein Freund, um genau zu sein“, sagt die Mutter. „Kommt schon lange in unser Haus.“

Es scheint Elisabeth, dass der junge Herr Fischer sein Fleisch seltsam hastig schneidet, als sei er nervös. Er bekommt rote Wangen, schwitzt jetzt wirklich.

Draußen hält Elisabeth die Hände kurz in den silbernen Strahl des Brunnens und geht die Straße hinab in den Kurpark, blickt zur Burgruine hinauf und ist allein. Warum auch immer, jetzt spaziert hier niemand anderes, keine Kurgäste, keine Krankenschwestern mit Männern an der

Seite, niemand, nur sie. Mr. Crane hatte sie damals gehen lassen müssen, diesen liebenswerten Mann, diesen verwirrten Jungen, der gedacht hatte, das Leben sei ein Abenteuer, der geliebt hatte, als sei jede Liebe die letzte, der bekümmert war und lustig und auf den Wellen ritt. Und Angst hatte er, Angst vor diesem obskuren Mr. Davis mit den Fotoapparaten.

„Ich brauche eine Waffe, Schwester Elisabeth. Wenn Davis in dieses Zimmer hier kommt – ich erschieße ihn."

„Übertreiben Sie nicht wieder, Mr. Crane."

„Besorgen Sie mir eine Waffe."

Sie geht die Serpentinen zur Burg hinauf, der Schatten tut gut. Er hatte ihr gesagt, was er für sie empfand und sie fragte sich bis heute, ob sie ihm das so wirklich glauben konnte. Er war schnell, er war euphorisch, er hatte mehr als einmal in seinem Leben gelogen und betrogen, er lief vor den Schuldnern weg und ließ andere seine Rechnungen bezahlen, er hatte ihr noch das Pokern beibringen wollen. Aber wenn dann wirklich um Geld, sonst bringe das nichts. Es ist windig hier oben und Elisabeth stützt sich auf die grobe Mauer und blickt über die Rheinebene. Trotz des Sonnenscheins kann man die Vogesen heute nicht sehen, ein ferner Schleier aus Licht und Dunst muss dort liegen, Richtung Krieg. Der dumme Junge Stephen Crane, hatte immer Angst, er könne kein richtiger Mann sein – so ein absurder Unsinn. Er war der Beste von allen. Womit kämpfen die Männer nur, welche Dämonen zerreißen sie? Und was führt Bernhard Fischer im Schilde – falls er etwas im Schilde führt?

Sie geht den Weg hinab, an der Ostseite der Burg entlang und streckt dem bronzenen Kopf von Tschechow die Zunge raus. Vier Jahre nach dem Weggang von Mr. Crane war das. Der berühmte russische Dichter kam nach Badenweiler. Die Tuberkulose trieb ihn, ohnehin scheinen die meisten Menschen nach Badenweiler zu kommen, weil sie krank sind. Welcher Gesunde verirrt sich schon hierher? Ist es ein Fluch, der über der kleinen Stadt hängt, der sich breit macht in all den Sonnenstunden? Eine Stadt des Todes und des Sterbens, in der man Männer und Frauen im Kurpark spazieren gehen sieht, Tag um Tag, und die Männer werden immer dünner und blasser und dann sieht man sie nicht mehr und ein schwarzer Vierspänner fährt an einem vorbei mit einem Sarg beladen.

Tschechow kam auch in einer Kutsche an ihr vorbei, auf der Kaiserstraße oberhalb der Baustelle des Markgrafen-Bades. Es war kein aufdringlicher Blick vom großen Anton Tschechow, es war keine Ablehnung in diesem Blick zu erkennen, nur ein kurzes Erstaunen und eine sofort einsetzende Scham wegen dieses Erstaunens, das nun durch einen offenen Mund und hochgezogene Brauen in die Welt gebracht worden war. Elisabeth sah ihm hinterher. Ihre Blicke trafen sich, ihre Köpfe bewegten sich Gesicht zu Gesicht, der Geschwindigkeit der Kutsche angepasst. Wieder ein Bart, dachte Elisabeth. Tschechow sackte zur Seite, die Frauen in der Kutsche schrien hell und stürzten sich auf ihn, zogen ihn in die Polster zurück, der Kutscher stoppte durch einen Riss an den Zügeln die Pferde. Eine der Frauen warf um irgendetwas Großes bittend die Arme in die Luft.

Elisabeth ging heim und setzte sich zu ihrer Mutter an den Nähtisch.

„Ich glaube, ich habe Anton Tschechow umgebracht", sagte sie.

Als sie zurück ist, nimmt der Oberarzt sie beim Arm und zieht sie zu einem Fenster. Die Bügel seiner Brille schneiden in das Fleisch an den Schläfen.

„Was halten Sie von Leutnant Fischer, Oberschwester Elisabeth? Diese geistige Verwirrung? Sie haben doch viel Erfahrung." Elisabeth spürt die durch das Fenster intensivierte Sonne auf ihrer linken Gesichtshälfte.

„Herr Fischer ist … beschädigt, Herr Doktor", sagt sie. „Außerdem heilen die Wunden nicht so gut, wie wir anfangs annahmen. Gerade heute haben sie auffällig genässt. Gefällt mir nicht. Heute Morgen hat Herr Fischer Blut gehustet. Ich trage das nachher noch in die Akte ein. Verstehen Sie mich bitte nicht falsch, Herr Doktor, aber ich muss auch sehr auf die jungen Schwestern achten. Die sind allesamt ziemlich überfordert wegen des Kriechs."

„Kriegs."

„Meine ich ja, Verzeihung. Sind Sie gleich in Ihrem Büro? Ich müsste Ihnen etwas zeigen."

Auf der Treppe begegnen ihr Fischers Mutter und der Hauptmann.

„Der Junge will einen Mittagsschlaf machen", sagt der Hauptmann, „so habe ich die Zeichen jedenfalls verstanden: Na, sei ihm gegönnt, hier in Badenweiler. Können Sie uns ein gutes Restaurant empfehlen, Schwester?"

„Das im *Hotel Römerbad*", sagt sie. Sie betritt Fischers Zimmer und tippt ihm auf die Schulter. „Geben Sie mir Ihr Pyjamaoberteil. Nun machen Sie schon, geben Sie mir das Oberteil."

Er zieht die Brauen zusammen.

„Herrje, Bernhard Fischer, selbst ein so kluger Mann wie Mr. Crane hat vieles nicht verstanden. Finden Sie sich damit ab, dass das bei Männern so ist. Und jetzt … geben Sie mir Ihren Pyjama."

Fischer zieht sich die Jacke über den Kopf, ohne die Knöpfe zu öffnen. Genauso hat Mr. Crane das auch gemacht. Sie legt den Stoff in eine Emailschüssel und deckt ihn mit einem Handtuch ab. Sie läuft hinab in das Zimmer des ausgemergelten Mannes, den sie an Victorias Seite gesehen hatte. Walter Vogler, 57, verheiratet, zwei Töchter, Polier. Sein Kopf ist knochig, das Fleisch aufgefressen, die Haut wie der Wachs einer hellen Kerze. Er röchelt. Elisabeth greift ihm in den Nacken und hält ihm den Pyjama vor den Mund.

„Husten Sie."

„Was?"

„Nun, husten Sie schon. Schön hier rein."

Er hustet und es ist, als werde eine Flasche mit Schnappverschluss geöffnet.

„Danke", sagt Elisabeth, „ich schicke Ihnen eine Schwester. Das hier muss ich untersuchen."

Sie gibt Victoria Bescheid, eilt hinauf, befiehlt Fischer aus dem Bett, betupft das Bett mit dem durchnässten Pyjama und sagt Fischer, er solle sich umkleiden. Danach geht sie mit der Schüssel ins Zimmer des Oberarztes und hebt das Handtuch an.

„Das ist von Leutnant Fischer, Herr Doktor."

Sie fachsimpeln. Manchmal, denkt sie, hat Blut doch etwas sehr Beruhigendes.

Mit desinfizierten Händen bezieht sie Fischers Bett frisch, der junge Mann sitzt am Fenster und sieht sie ernst an. Es erstaunt Elisabeth, wie vielsagend die Mimik eines Menschen ist, der nicht mehr sprechen kann. Er schnellt hoch, stöhnt und reißt den Skizzenblock von der Kommode. Hastig kritzelt er auf das Papier, die Kohle quietscht. Warum versucht er eigentlich nicht einmal, etwas aufzuschreiben? Sind nur noch Bilder in seinem Kopf, die dort nicht sein sollten? Die in keines Menschen Kopf gehören? Er hält ihr das Blatt hin. Ein Schützengraben, Stahlhelme, Stacheldraht, Gewehre. Schon wieder. Ein einziges Motiv. Mit der flachen Hand schlägt er sich auf die Brust, will stark und willensvoll sein, fängt aber sofort an zu röcheln, sackt auf den Stuhl und stöhnt vor Schmerz.

„Dummerchen", sagt Elisabeth. Er stöhnt noch lauter, reißt den Mund auf, als wolle er lauthals fluchen.

„Ist es wegen Ihres Bruders?"

Er nickt.

„Wahrscheinlich haben Sie auch Freunde an der Front. Sie wollen sie nicht allein lassen?"

Elisabeth zieht das Blumenbild aus der Schürzentasche und hält es ihm hin.

„Sie müssen sich entscheiden, Herr Fischer. Ich glaube,

Mr. Crane hat das nie gelernt. Sie müssen sich entscheiden. Die nächsten Kugeln sind nicht so freundlich zu Ihnen. Ich denke, Sie wissen das."

Die Stärke, die Elisabeth in den letzten Tagen in sich spürte, scheint aus ihren Händen zu fließen, die Narben schmerzen. Sie kann nicht glauben, was Fischer ausdrückt. Er ist hin und her gerissen, er findet keine Entscheidung, denkt sie, er weiß nicht, was er will. Sie will jetzt zurückschlagen, aber sie schafft es nicht. Vielleicht würde ein Lächeln helfen, aber auch das bewerkstelligt sie nicht. Sie hat sich getäuscht. In der Tür blickt sie sich um, sieht aber nicht Fischer mit seinem Papiergesicht an, sondern das Bett. Mr. Crane hatte dort gelegen, besudelt mit Blut, besudelt mit ihren Küssen, alles umsonst, alles zwecklos, alles wundervoll und unübertroffen. Hatte sie damals ihr ganzes Leben in acht Tagen gelebt? Ein Parallelleben geführt neben all dem Vorher und Nachher? Sie hatte Mr. Crane nicht halten können. Tschechows Karriere war zu Ende gegangen, nachdem er ihr in die Augen gesehen hatte. So viele andere waren gestorben, gute Männer, unauffällige Männer, in der Krankheit böse gewordene Männer. Meyer, Schanzler, Detmold, Riesenhuber, Strohmeier, der jüngste war 24 gewesen, Detlef Breuer, der älteste 72, Joseph Baumeister. „Darf ich Ihre Brüste anpacken, bevor ich sterbe?", fragte er. Strohmeier weinte, nie habe eine Frau ihn geküsst. Doch jetzt, sagte Elisabeth. Minuten später war er tot. Die Liste in ihrem Kopf ist lang. Dieser Ort im Schwarzwald mit all den schönen Fachwerkhäusern, mit dem mondänen *Hotel Römerbad,* dem Markgrafen-Bad, der Wandelhalle aus grünem Schmiedeeisen – dieser Ort ist Himmel und Hölle, sie will keine Minute mehr hier sein und sie will nie aus Badenweiler fort. Manchmal meint sie, Mr. Crane am Brunnen vor der Villa sitzen zu sehen, dann sieht sie ihn oben auf der Burg, er lässt die Beine baumeln und winkt ihr, dann geht er durch den Kurpark und schnippt eine Zigarette in die Büsche.

Daheim in ihrem Sessel fallen ihr die Augen zu. Sie weiß nicht, warum sie so erschöpft ist. Nach den Tagen mit Mr. Crane war sie todmüde gewesen, so müde und leer wie nie zuvor.

Es klopft, es ist Victoria.

„Hat dich jemand gesehen, Vicky?“

„Nein, niemand. Ich habe aufgepasst.“

„Schön, dass du da bist, du Hübsche.“

„Ich freu mich auch. Ich bin aufgeregt, so ein bisschen. Jedes Mal, wenn ich zu dir komme.“

„Das ist doch schön.“

„Ja, das ist schön.“

Sie umarmen sich.

„Manchmal frag ich mich, ob ich nur eine von vielen war“, sagt Elisabeth. „Irgendwie wollen wir doch immer die Einzige sein. Oder, Victoria? Das stille Bedürfnis, die Einzige zu sein?“

„Ich habe viele stille Bedürfnisse. Aber, wobei warst du nur eine von vielen?“

„Na, bei ihm, Victoria. Bei Mr. Crane. Er war nur acht Tage lang hier. Ich hab ihn nie wieder gesehen.“

„Geschrieben hat er auch nicht?"

Elisabeth könnte jetzt einfach sagen, was geschehen war. Aber sie will nicht. „Wenn Mr. Crane sagte, er geht, dann ging er wirklich", sagt sie.

„Ich weiß nicht, Elli. Aber die paar Dinge, die du so über ihn erzählst, diesen mysteriösen Amerikaner – so richtig sympathisch wirkt das nicht."

„Du hättest ihn gemocht."

Elisabeth zündet sich eine Zigarette an. Victoria beobachtet sie dabei.

„Kann ich es auch einmal versuchen?"

„Bitte, nur zu", sagt Elisabeth. Sie sieht zu, wie die junge Krankenschwester die Zigarette zwischen die Lippen nimmt, die Wangen hohl zieht und zu husten beginnt. Der Rauch kommt stoßweise.

„Huihuihui", keucht Victoria, „da muss man sich aber ganz schön dran gewöhnen."

„Mr. Cranes Fingerspitzen waren gelblich vom Nikotin und schlechte Zähne hatte er auch. Ich rauche ganz selten, nur so zum Genuss mal, und um die Männer zu erschrecken."

„Du bist schon so lange alleine, Elli."

„Komm her, Vicky. Komm zu mir."

8

Vierter Tag
31. Mai 1900

Der Diener sitzt unter dem offenen Fenster und betrachtet seine Fingernägel, die Krankenschwester hockt links des Bettes am Boden und liest in einem zerfledderten Buch, Helen lehnt am Schrank und spitzt die Lippen, zieht sie ein, spitzt sie. Cora sitzt schräg auf der Bettkante, die Beine übereinandergeschlagen, die Hände im Schoß und es sieht aus, als rutsche sie jeden Moment zu Boden.

Mr. Crane sitzt in den Kissen und hebt ein Glas mit Fruchtsaft an, als Elisabeth hereinkommt. Ganz toll, sagt er. Elisabeth möchte sagen, dass das hier kein Feldlager in der Prärie sei, sondern ein Sanatorium, aber sie lässt es bleiben.

„Ich müsste jetzt bitte einen Augenblick mit dem Patienten alleine sein", sagt sie.

„Ich kann ja wohl bleiben", sagt Cora.

„Cora, bitte", murmelt Mr. Crane, „ich will nicht, dass jemand hier ist, wenn die Schwester ihre Arbeit macht. Ich kann das nicht leiden. Manchmal frage ich mich, wie es wäre, in einer Stadt von Blinden zu leben."

Der ist verrückt, denkt Elisabeth.

„Oh Stephen, Schatz", sagt Cora, „nicht immer diese komischen Vorstellungswelten, nicht jetzt, nicht hier. Wir beide haben so viel gesehen ..."

In Elisabeth zuckt etwas. Es darf nicht wahr sein, dass

Cora an der Seite dieses Mannes in Griechenland war und in Florida und wer weiß wo noch überall.

„Geh mit den anderen spazieren, Cora. Ist doch hübsch hier im Schwarzwald."

„Ach, und die", Cora weist mit dem Daumen über die Schulter auf Elisabeth, „die darf bleiben, ja? Ich bin deine Frau."

„Tante Cora, jetzt lass doch", sagt Helen.

Cora stellt sich vor Elisabeth und verengt die Augen zu Schlitzen, wie mit einer Nadel fährt ihr Blick über die Narben. Elisabeth will sich abwenden, aber sie hält es aus, sieht ihrerseits in die runden blauen Augen von Mrs. Crane.

„Haben Sie mal Stephens Geschichte *The Monster* gelesen, Schwester?"

„Ja, Mrs. Crane, habe ich." Elisabeth möchte sie ohrfeigen, eine Klatsche auf die dicken Wangen geben, dass es knallt. Bevor Cora noch etwas sagen kann, murmelt Mr. Crane: „Die Gezeichneten verstehen sich blind." Der Satz hängt so seltsam in der Wärme, dass alle im Zimmer auf Mr. Crane schauen. Der hebt die Brauen und zuckt die Achseln.

„Ich bleibe hier", sagt Cora. „Keine Diskussion."

„Raus!", sagt Mr. Crane. Seine rostige Stimme ist so nachdrücklich, dass Cora zusammenzuckt, ihr schießen Tränen in die Augen. Sie schafft es nicht, sich nach ihrem Mann umzusehen, sondern verlässt hoch erhobenen Hauptes das Zimmer. Die anderen folgen ihr.

Mr. Crane lacht, muss husten, streckt ihr eine Hand entgegen, ob sie ihm zum Umkleiden aus dem Bett helfe. Sie zieht und erstaunlich schnell ist Mr. Crane auf den dünnen Beinen und drückt sich gegen sie. Sie spürt seinen Schweiß und hört seinen Atem, der heute schön ruhig ist, ein guter Atem. Mr. Crane ist auch nicht blass. Er verschlingt die Arme auf ihrem Rücken.

„Mr. Crane“, sagt sie. „Mr. Crane, ich verliere meinen Beruf, wenn ich hier …“

„Wir verlieren noch viel mehr, wenn wir uns nicht mehr umarmen dürfen, Schwester Elisabeth.“

Ihr Verlobter in Hamburg drückte sich auch so an sie, seitdem aber hat das keiner mehr getan. Und nach den Flammen waren die Umarmungen ihres Verlobten rücksichtsvoller geworden, dabei durfte eine Umarmung nicht rücksichtsvoll sein. Ihr Gatte Ferdinand nahm sie immer so vorsichtig in den Arm, als könne sie zerbrechen – ausgerechnet sie.

Elisabeth löst sich aus Mr. Cranes Umklammerung.

„Ich muss das Bett beziehen. Und Sie einen frischen Pyjama anlegen. Aber hinter dem Schirm, Mr. Crane. Wie es sich gehört. Nicht wieder einfach so.“

„Ausziehen ist eine feine Sache, Schwester Elisabeth.“

„Hinter den Schirm, Mr. Crane, wenn ich bitten darf. Haben Sie gut gegessen, genug getrunken, Ihre Tabletten genommen?“

„Hatten Sie ein paar gute freie Stunden, Schwester Elisabeth? Haben Sie sich vergnügt? Mit Ihrem Mann?“

„Hören Sie mal, ich darf ja wohl bitten. Sie sind ein unverschämter Kerl.“

„Lily habe ich gesagt, dass ich früh sterben werde und

einfach nur ein paar Jahre von wirklichem Glück leben will."

„Lily? Sie meinen Amy."

„Nein, Lily. Lily Brandon Munroe. Fast so schön wie Sie, Schwester Elisabeth. Fast. Verheiratet mit einem Geologen, der seltsamerweise gar nicht gut auf mich zu sprechen war. Lily und ich, wir haben oft gemeinsam auf den Ozean geguckt. Sehen Sie gerne aufs Meer, Schwester Elisabeth?"

„Ja, natürlich, aber seit ich aus Hamburg fort bin … Damals waren wir ab und zu am Meer."

Crane kommt im sauberen Pyjama hinter dem Schirm hervor, Ärmel und Hosenbeine sind ihm zu lang.

„Kommen Sie mal her", sagt Elisabeth und schlägt ihm den Stoff um. Männerkörper sind eine fremde Welt, außer wenn sie im Krankenbett liegen, wenn sie schlecht riechen, nach Schweiß und Angst, manchmal nach Blut und Urin, der nicht mehr zu halten war. Elisabeth weiß, wie die Krankenschwester mit Männerkörpern umzugehen hat. Aber als sie sich jetzt bückt, wird ihr bewusst, dass ihr Kopf auf der Höhe von Mr. Cranes Scham ist. Er weicht keinen Zentimeter zurück. Dieser Mann ist alles andere als ein Athlet, aber trotz Krankheit von ungeheurer körperlicher Präsenz. Er ist hart wie Eisen.

„Die Familie von Lily war gegen mich. Ein armer Schriftsteller, oh Gott, oh Gott. Ich hatte ihr eine ganze Menge meiner Manuskripte anvertraut, und wissen Sie, was ihr Gatte getan hat? Er hat sie in den Kamin geworfen. Ich sage Ihnen, ganz gleich wie groß eine Feindschaft ist, so etwas tut man nicht. Wäre Richard Harding Davis dabei gewesen, hätte er wahrscheinlich ein Foto von den brennenden Blättern gemacht und wieder so merkwürdig gelacht."

Elisabeth blickt zu ihm auf und sie weiß wieder nicht. Dieses Nichtwissen, so scheint es ihr, ist es, was sie seit Mr. Cranes Ankunft in einer Art und Weise begleitet, wie es stärker nicht sein könnte. Sie stellt sich Dinge vor, die sie sich nicht in Worte zu fassen traut. Nackte, sich ineinanderwühlende Körper, ein Schiff auf der Fahrt nach Amerika, sie an der Heckreling. Sonst war die Villa immer ein Ort der Ruhe, trotz all derer, die hier sterben mussten. Ein schönes Haus, in dem sie jeden Winkel kennt, durch das sie auch nachts im Dunkeln gehen kann, ohne irgendwo anzuecken. Aber jetzt? Florida, New York, Kuba und dieser Mann, der all das hier so achtlos hineinschüttet und immer weiterprescht, ohne auf sie zu warten. Das Haus wird immer größer. Elisabeth ist erlöst, als Dr. Fraenkel ins Zimmer kommt und „Donnerwetter" sagt und dass Mr. Crane recht erholt aussehe.

„Es scheint, dass das Rettungsboot gerade auf einem Wellenkamm dümpelt", sagt Crane. Fraenkel schaut sich die Fiebertabelle an, er horcht Crane ab und klopft ihm mit drei zusammengelegten Fingerspitzen auf den Rücken.

„Die Tuberkulose wohnt in New York und London", sagt Crane.

„Nach allem, was wir wissen, sind es die am heftigsten befallenen Städte", sagt Fraenkel.

„Ich habe einige Menschen sterben sehen", sagt Crane, „aber nie einen, der gerade zur Welt kam. Haben Sie Kinder, Schwester Elisabeth? Nein? Warum nicht?"

Elisabeth möchte sagen, dass sie von dem Mann, mit dem sie verheiratet ist, keine Kinder haben möchte, sie möchte sagen, dass Kinder ausschließlich aus tiefer Liebe kommen sollten und sie nicht weiß, was das ist, tiefe Liebe. Sie habe gedacht, sie hätte eine Liebe mit ihrem Verlobten in Hamburg gehabt und dann hatte der sich hinter der Tür versteckt. Heute, da will sie sich sicher sein, würde sie ihn aus seinem Versteck zerren. Als in diesem Moment, völlig aus dem Zusammenhang gerissen, Fraenkel sagt, draußen in einem der Bäume hänge ein Frotteelappen, von dem keiner wisse, wie er dorthin gekommen sei, muss sie losprusten. Fraenkel ist irritiert und Crane murmelt etwas über Baseball. Fraenkel sagt, er sei doch höchst erfreut darüber, wie es heute um Mr. Crane stehe. Weitermachen, sagt er, und auch heute wieder unbedingt raus, spazieren, tief atmen, der Schwarzwald sei ein ganz besonderer Ort. Als der Doktor fort ist, fragt Crane: „Gibt es einen Hinterausgang? Dann könnten wir den anderen entwischen und ein Stück gehen. Ich schaffe heute sicher ein, zwei Meilen. Ich müsste mich dann halt nur schon wieder umkleiden. Hinter dem Schirm selbstverständlich."

„Tun Sie das, Mr. Crane", sagt Elisabeth und als er fertig ist: „Ich gehe vor, Sie folgen." Sie späht hinaus auf den Flur, Staubteilchen schweben in den Lichtbalken. Sie tappt bis zur Treppe, horcht und winkt Mr. Crane. Sein schwarzer Anzug wirkt verstaubt, der Stoff schlottert, Crane hat beide Hände in den Hosentaschen und Strähnen hängen ihm in die Stirn. Sie schleichen die Treppe hinab und Elisabeth schaut in die Halle.

„So vorsichtig hätte Roosevelt mit seinen Reitern auf Kuba mal sein sollen“, murmelt Crane.

„Seien Sie still, Mr. Crane“, zischelt Elisabeth. Sie greift nach seiner Hand und zieht ihn quer durch die Halle zum Schwesternzimmer, öffnet vorsichtig die Tür und sagt „Los, los.“ Vorbei an Regalen mit weißen Handtüchern und Emailschüsseln eilen sie durch den Raum auf eine weiß lackierte Holztür zu. Elisabeth zieht einen Schlüssel aus der Tasche, er fällt zu Boden und Mr. Crane stößt gegen ihren gebeugten Po, als sie sich bückt. Sie verfehlt das Schlüsselloch, weiß nicht, warum sie so aufgeregt ist, aber sie schwitzt und der Schlüssel klackt erneut gegen den Lack.

„Darf ich bitten?“, flüstert Mr. Crane. Sie gibt ihm den Schlüssel. „Wissen Sie eigentlich, wie ich auf die Geschichte dieses jungen Soldaten im Bürgerkrieg gekommen bin? Ich wohnte damals im …“

„Mr. Crane, nicht jetzt. Um Himmels willen, nicht jetzt.“

„Ein andermal, meinen Sie?“

„Herrgott, ja, nun machen Sie schon diese Tür auf. Sie kosten mich noch meinen Beruf und meine … meine Ehe. Sie … Sie bringen mich in Teufels Küche.“

„Schwester Elisabeth, man kann nicht ins Feld ziehen ohne Verpflegung.“ Elisabeth schnappt einen der Leinensäcke für die Reinigungswäsche und steckt zwei Flaschen Wasser und zwei Äpfel hinein. Crane schließt die Tür auf und verbeugt sich, als er sie für Elisabeth aufhält.

„Den Weg hier hinauf“, sagt Elisabeth, „bis zu den Bäumen. Dann sind wir in Sicherheit.“

„Gelände ist vom Feind einsehbar. Himmelfahrtskommando, würde ich sagen."

„Mr. Crane, sputen Sie sich."

Sie laufen den Pfad hinauf, ein schmaler Streifen festgetretenen Sandbodens in einer knöchelhohen Wiese. Als sie den Waldrand erreicht haben, lehnen sie sich hinter eine Tanne. Mr. Crane stützt sich auf den Knien ab, sein Atem kommt pfeifend.

„Geht es, Mr. Crane?"

Er antwortet nicht, sondern hebt die Hand und nickt. Sie gehen den Hügel hoch in den dichter werdenden Wald. Es ist windstill und Sonnenflecken liegen bewegungslos auf dem Weg, kleine Äste und einzelne Steine leuchten auf. „Das Leben ist so schön", sagt Mr. Crane.

„Wir kriegen den Bogen noch, Mr. Crane. Wir schaffen das. Heute geht es Ihnen doch gut. Sie sind nicht zu spät nach Badenweiler gekommen, Sie sind gerade rechtzeitig gekommen. Ganz bestimmt."

Er legt ihr eine Hand auf die Schulter und sie legt ihre Hand darauf. Mit dem Daumen streichelt sie seine Haut, spürt Sehnen und Knochen und hat Angst um das Blut, das durch die Adern pulsiert und krank ist. Mr. Crane geht schweigend neben ihr her, guckt oft nach oben in die Baumkronen und das Puzzle von Licht und Schatten.

„In den dichten kubanischen Wäldern kann man Menschen oft gar nicht sehen", sagt er, „bis sie direkt vor einem stehen. Es ist so schrecklich und schön gewesen. Und dann dieser große Mann mit der Fotokamera. Davis. Verdammter Dreckskerl. Das Leben festhalten, den Tod festhalten und das Sterben. Das geht doch alles gar nicht. Davis hat Männer fotografiert, die sich vor Schmerzen am Boden krümmten. Er stand da hinter seinem Apparat und hat … Ich weiß nicht, worauf diese Leute achten müssen, ich kenne mich mit diesen Apparaten nicht aus, will ich auch gar nicht. Es gab Soldaten, die haben solche Bilder rumgereicht und gelacht, Bilder von sterbenden Männern, die irgendwer zu ihrem Feind gemacht hatte. Als diese Bilder von Hand zu Hand wanderten, waren die Männer auf den Fotos längst tot, aber mir war immer, als tue man ihnen furchtbares Unrecht an. Davis ist ein Freund von Roosevelt, er hat zum ersten Mal von mir gehört, als ich in New York wegen der Dora Clark Affäre vor Gericht stand. Roosevelt war damals Polizeipräsident. Ich war berühmt, *The Red Badge* war auf dem Markt. Jemand von der *Detroit Press* schrieb, *The Red Badge* würde den Leser beten lassen, nie mehr die brutale Wirklichkeit sehen zu müssen. Stellen Sie sich das vor, Schwester Elisabeth, ein Buch zum Augenschließen. Und dann kommt Davis. Statt zu helfen, macht der Fotos."

Er bleibt stehen und atmet durch, als hätte er einen weiten Weg hinter sich. „Ich habe immer gerne nachts geschrieben, dann fühlte ich mich so allein auf der Welt. Allein mit mir, nicht einsam."

„Was hat dieser Mann Ihnen getan, Mr. Crane? Dieser Davis?"

„Er hat mein Gesicht gestohlen. Das vom guten, alten Gibbs auch. Und das des kleinen, blinden Jungen auf Kuba. Na ja, und ich, ich habe es zurückgeholt. Davis ist stinksauer. Er ist mir auf den Fersen. Wahrscheinlich steht er jetzt an Bord eines Schiffes, das den Kanal überquert, und er wartet nur darauf, mich zu finden. Er weiß, wie es um mich steht. Wahrscheinlich lacht er jetzt, denkt, dass er den kleinen Stephen schon noch erwischen werde, um Bilder vom Sterbenden zu machen, die er dann seiner Privatsammlung einverleibt oder höchstbietend verkauft.

Die anderen glauben mir das alle nicht, Schwester Elisabeth. Cora, Helen …" Er beugt sich nach vorne, und Elisabeth hat Angst, dass wieder Blut strömt, aber der Husten bleibt trocken. „Er wird kommen. Solche Männer kommen immer. Sie glauben mir doch, Schwester, Sie glauben mir, nicht wahr?"

„Haben Sie keine Angst, ich passe auf Sie auf, Mr. Crane. Niemand wird Ihnen zu nahe kommen."

„Sie passen auf mich auf?" Mit leicht zur Seite geneigtem Kopf sieht er sie an, freundlich und erwartungsvoll, als ob es ihm gefalle, was sie sage.

„Das ist schön, Schwester Elisabeth. Ich hätte Sie schon früher gebraucht. Sie, die Sie auf mich aufpassen." Er streichelt ihre Wange. „Manchmal", fügt er hinzu. „Ich war im Höllensommer von Nebraska für Irving Bachellers Magazin unterwegs, ich war am Rio Grande. Sombrero, Smith and Wesson, gute Stiefel, Hitze. Was braucht man mehr."

„Smith and Wesson? Was ist das?"

„Ein Waffenhersteller. Hauptsächlich Revolver."

„Ach, Mr. Crane."

Er reicht ihr den Arm und sie hakt sich bei ihm ein, legt ihre Hände ineinander. Sie gehen langsam den Weg hinauf, der sich in langgezogenen Serpentinen windet und die Stadt verschwindet hinter Stämmen und Licht, das in den Sträuchern liegt.

„Roosevelt war der größte Mann in New York. Ich fühlte mich so erbärmlich, wenn ich ihn sah. Davis ist auch so ein Berserkertyp. Furchtbar, wenn man anders sein will, als man ist. Na, allmählich gewöhne ich mich daran. Darf ich Ihnen gestehen, dass ich bei den Damen – wie sagt man – immer einen Stein im Brett hatte."

„Bilden Sie sich darauf bloß nichts ein."

Sogar zu ihm muss Elisabeth aufsehen. Ihre Lebensperspektive: nach oben gucken, in Gesichter blicken, die sich nach unten senken, um sie sehen zu können.

„Als Roosevelt mich noch nicht persönlich kannte, mochte er mich. Er hatte *The Red Badge* gelesen und war ganz begeistert. Ich meine, jeder war begeistert von diesem Buch. Heute frage ich mich, ob ich den jungen Soldaten nicht hätte weiter desertieren lassen sollen, statt ihn seine Angst überwinden zu lassen. Vielleicht hätte der Junge wirklich ganz und gar weglaufen sollen. Wie dem auch sei, Roosevelt fand mich toll, und Davis auch und dann passierte diese Geschichte mit Dora Clark. Und danach mochten die Jungs mich nicht mehr so gerne, Roosevelt jedenfalls nicht. Davis war eher belustigt, nehme ich an. Roosevelt ist ein Moralapostel. Ich nicht."

„Kann ich mir denken."

Sie setzen sich auf eine Bank und trinken Wasser.

„Jetzt ein Zigarettchen", sagt Crane.

„Ja, sicher. Wer ist Dora Clark?"

„Eine Prostituierte. Eine von den ganz Wilden. Das sind Geschichten. Können Sie sich nicht vorstellen. Ich kannte viele Prostituierte in New York. Vagabunden, Straßenköter, gescheiterte Künstler, Tagelöhner.

Ich kam mit Dora Clark aus irgendeiner Spelunke auf der Bowery und dann stand da dieser Polizist und wollte Dora verhaften, weil sie aus professionellen Gründen Männer anspreche. Ich war damit nicht einverstanden."

Er legt eine Hand auf Elisabeths Oberschenkel, sie neigt den Kopf auf seine Schulter. Die Welt ist fort, sie sind allein hier in der schattengemilderten Hitze und der Schwarzwald wird immer größer, Baum um Baum weitet er sich aus und keiner wird sie jemals finden.

„Nach dieser Dora Clark Sache war mein guter Ruf ruiniert. Also nicht, dass ich darauf jemals Wert gelegt hätte, aber ein guter Ruf ist hin und wieder recht hilfreich."

„Was haben Sie getan, Mr. Crane?"

„Mich mit der Polizei angelegt, mit Mr. Theodore Roosevelt persönlich sozusagen. Ich schließe jede hohe Wette darauf ab, dass der Mann noch sehr weit kommt. Vielleicht wird er sogar Präsident."

„Mr. Crane, Mr. Crane", sie streichelt seine Schulter, „bitte, langsamer, der Reihe nach, ja. Wo waren wir jetzt stehen geblieben?"

Er küsst ihr Haar und lacht.

„Verzeihung", sagt er. „Wie ist denn dieser Kaiser so?"

„Die Schulkinder haben frei, wenn er Geburtstag hat, am 27. Januar. Und er hat einen verkrüppelten Arm. Den sieht man auf Fotos aber nie. Und ..."

„Es war Officer Charles Becker. Und wissen Sie was, Schwester Elisabeth, er beugte sich zu mir hinab und raunte mir ins Ohr, dass ich gleich ein paar auf die Fresse bekomme, wenn ich ihn nicht diese Verbrecherin verhaften lasse. Da standen eine Menge Leute im diffusen Licht der paar Straßenlaternen und alle sahen uns an. Sahen mich an. Neugier, Lust, Achtung, Ekel, Solidarität, Gier … Hundert Geschichten in hundert Augenpaaren. Natürlich war Becker größer als ich und er hatte einen Schlagstock. Ich hatte unglaubliche Angst, ich wusste, wozu New Yorker Polizisten fähig waren, hatte Artikel über sie geschrieben. Und trotzdem: Die Worte kamen einfach. Ich sagte sie so laut, dass all die Zuschauer mich hörten. Aber jetzt fragen Sie mich nicht, was ich gesagt habe. Ich meine, ich habe mir fast in die Hosen gepinkelt. Irgendetwas wie: Mach doch, oder Ohje, jetzt hab ich aber Angst oder so. Dora Clark sah mich an, sie hatte Pickel im Gesicht. Sie sagte: Jungchen, Jungchen. Aber Becker war irgendwie gehemmt, er hatte so etwas nicht erwartet. Menschen, die blöd sind vor lauter primitiver Selbstsicherheit, können Sie immer schnell außer Gefecht setzen, wenn Sie sich vehement gegen sie wehren.

Ich bin dann mit zum Polizeirevier. Ging die ganze Zeit neben diesem Becker. Furchtbar, solch einem Menschen körperlich so nah zu sein. Ich hörte ihn durch die Nase atmen, ich sah seine muskulösen Schenkel in der Uniformhose, ich roch seinen Ärger. Und ich sah, wie er ab und zu sämtliche Augenmuskeln anstrengte, um nach mir zu gucken, ohne den Kopf dabei zu bewegen. Jedes mal, wenn er das tat, lächelte ich ihn an. Das war ein Spaß.“

Er fährt mit dem Zeigefinger über ihren Nasenrücken, streichelt mit der Rückseite der Finger ihre Wange.

„Sie haben volle Wangen", sagt er, „und ganz besonders im Profil ist Ihre Nase wahnsinnig schön."

„Meine Nase?"

„Perfekt. So ist's. Nun, der Richter kannte mich natürlich auch. Ich gefiel ihm gar nicht. Abgetragener Anzug, völlig ruinierte Schuhe, unrasiert ... so eine Künstlerexistenz. Von ordentlichen Menschen oft nicht nur nicht verstanden, sondern instinktiv abgelehnt. Als ob wir denen etwas tun wollten. Wie auch immer, ich machte also meine Aussage zugunsten von Mrs. Dora Clark, die immer wieder eine Hälfte ihres Pos vom Stuhl hob, weil sie ständig pupsen musste."

„Mr. Crane, bitte!"

„In Ordnung. Der Richter also ... ich meine, allein wie der diese Frau angesehen hat. Welche Welten zwischen diesen beiden Menschen lagen. Von woher die sich ansahen ... Die konnten sich nicht verstehen, niemals. Der Richter entschied also, sie in Gewahrsam zu halten. Ich war stinksauer. Ich wusste nicht, dass Dora Clark in den Wochen zuvor bereits drei-, vier-, fünfmal eingebuchtet worden war. Hurerei, Sauferei, Pöbelei. 'Ne echte Klassefrau. Das war Ironie, Schwester Elisabeth. Aber gefallen lassen konnte ich mir das nicht. Ich bin am nächsten Morgen wieder hin und hab erneut für sie ausgesagt ... Der berühmte Schriftsteller kämpft um das Wohlergehen eines gefallenen Engels. Die Presse hatte das mitgekriegt. Die Zeitungen waren voll davon. Einige bewunderten mich, die Artikel habe ich alle gelesen. Andere versuchten, mich fertigzumachen: der versoffene Schriftsteller, der mit Huren rummachte, der rumlief wie ein Vagabund. Volle Breitseiten, sag ich Ihnen. Aber damit nicht genug. Irgendwie hatte ich Mrs. Clark wohl Mut gemacht. Denn anderthalb Wochen später verklagte die ihrerseits Officer Becker wegen Belästigung oder so. Ich natürlich voran, wollte erneut für sie aussagen. Zehn Stunden, Schwester Elisabeth, zehn Stunden haben die mich warten lassen. Keinen Drink, nichts zu essen, nichts zu lesen dabei. Zehn Stunden. Dann durfte ich unter den strengen Blicken desselben Richters meine Aussage machen. Becker wurde trotzdem freigesprochen, er habe einen Fehler im Dienst gemacht, sonst nichts. Becker und Kollegen waren jetzt natürlich erst recht scharf auf mich. Meine Wohnung wurde durchsucht, ein Opiumbesteck gefunden …"

„Ein Opiumbesteck, Mr. Crane?"

„Ja. Tja. Ähm also, ich … ich hatte einen Artikel über Opiumhöhlen in New York geschrieben. Becker setzte sich in meinen einzigen Sessel und kaute genüsslich Pistazien, während seine Gehilfen in meinen Sachen rumstöberten. Ich sagte, er solle gefälligst aufstehen. Er tat das nicht. Das sind so Momente, Schwester Elisabeth … Tadellose dunkelblaue Uniform, die Beine übereinander geschlagen, ein dämliches Grinsen im Gesicht und so voller Sicherheit, dass … Zum Heulen."

Sie sind jetzt weit oben auf dem Berg, der Wald dicht, dunkle Pfade stoßen ins Gestrüpp. Sie setzen sich auf einen Baumstamm, Crane legt die Hände auf die Knie, atmet und scheint erfreut, dass er nicht husten muss.

„Einer von denen nahm mich sogar bei den Schultern und schob mich zur Seite. Ich stünde im Weg, sagte er. Und Becker lachte. Gottverdammt, Schwester Elisabeth, gottverdammt … Auf den Kerl losgehen? Mir körperlich weit überlegen, gut ausgebildet, brutal, Herrgott, ich hätte meine Zähne verloren oder mir die Nase gebrochen oder sonst etwas. Das war klar. Und dazu hatte ich überhaupt keine Lust. Und trotzdem fühlte ich mich miserabel, als die Männer dann irgendwann gingen und Becker mit meinem Opiumbesteck wedelte. Diese Männer sahen mir ins Gesicht, sie sahen meine Angst, befürchte ich, und sie sahen meine Wut. Dieses Bild von mir ist jetzt deren Erinnerung. Sein Leben lang wird Becker davon erzählen. Wie er den kleinen Stephen Crane fertiggemacht hat. Sein Leben lang."

„Der vergisst das wieder", sagt Elisabeth, „außerdem kann einem solch ein Mann doch egal sein, oder?"

„Ja, könnte er", sagt Mr. Crane, „die Dummköpfe könnten uns egal sein. Aber sie sind es, die die Welt beherrschen. Die sind frei von jedem Selbstzweifel. Wenn die in den Spiegel gucken, dann sind die zufrieden. Und das verleiht denen ungeheure Macht. Wen sehen Sie im Spiegel, Schwester Elisabeth?"

„Oh", sagt sie, „ich … ich habe mir Hüte mit Schleiern gekauft nach dieser Sache in der Wohnung."

„Na ja, nach der ganzen Dora Clark Sache rieten Freunde mir, die Stadt zu verlassen. Roosevelt, der Große, bezeichnete mich als einen Mann von schlechtem Charakter. Tja, Schwester Elisabeth, da hatten mich ein paar Leute auf dem Kieker."

Sie nimmt seine Hand.

„Können Sie noch?“

„Ein Stück noch. Nach oben.“

Sie gehen weiter, sind immer noch allein, niemand begegnet ihnen. Mr. Crane kleben Strähnen in der Stirn und hinter seinem Profil verschwindet der Schwarzwald, er ist in Mexiko, Kakteen, er reitet durch jenen Höllensommer von … von wo? Rettungsboot, Kuba. In Griechenland mit dieser Cora. Es brennt in ihr zu fragen, was er an dieser Frau finde. Trotzdem ist sie glücklich, jetzt hier, in diesem Moment in der waldigen Wärme, in den Sonnenstrahlen, die durch das Laub stechen und Mr. Cranes Gesicht manchmal ganz hell machen. Sie ist glücklich und sie weiß, was sie von Anfang an gewusst hat: Mr. Crane wird es schaffen, er ist nicht zu spät gekommen, dieser drahtige Körper kann es noch einmal abwenden, kann es noch einmal wegkämpfen und sie wird Mr. Crane sagen, wie er zu leben hat, damit er möglichst lange gesund bleibt. Wie wäre es, wenn sie ihn anstatt dieser schweigsamen Krankenschwester aus England zurückbegleiten würde nach Brede Place, in das kalte, große Haus, wie Helen gesagt hatte? Wenn sie ihn pflegen würde, unter den runden Augen von Cora?

An einer Lichtung bleiben sie stehen, trinken Wasser und sehen auf die Burgruine. Mr. Crane legt von hinten die Arme um Elisabeths Schultern.

„So möchte ich jetzt ganz lange stehen bleiben“, sagt sie.

„Dann tun wir das doch, Schwester Elisabeth.“

Sie legt die Hände auf seine Unterarme, neigt den Hinterkopf an seine Brust und irgendwo gibt es ein Sanatorium und einen Mann, mit dem sie verheiratet ist, und das, was man eine geregelte, sichere Zukunft nennt.

„Sind Sie jetzt glücklich? Mr. Crane?"

„Ja, jetzt bin ich glücklich, Schwester Elisabeth."

Elisabeth weiß nicht, wie lange sie dort beinahe unbeweglich stehen. Ihr Rücken wird warm, sie spürt den Schweiß zwischen den Schulterblättern und merkt, dass Mr. Cranes Brust nass ist. Er atmet fast geräuschlos. An seinem Unterleib bewegt sich etwas, ganz langsam, drückt gegen den Stoff und sie lässt es geschehen und Mr. Crane sagt kein Wort. Sie beugt einen Moment das Becken vor, damit sich das da hinter ihr aufstellen kann und schmiegt sich wieder an und spürt es jetzt ein wenig schief an ihrem Steißbein.

„Ich werde dafür nicht um Verzeihung bitten", sagt er.

„Das brauchen Sie auch nicht." Das braucht er nicht, denkt sie, das fühlt sich gut an, das hat sie so noch nie gefühlt. Sie dreht sich zu ihm um und legt die Hand zwischen seine Beine. Diesmal ist er es, der „Huch" sagt, so wie sie in seinem Zimmer, als er plötzlich nackt am Fenster stand. Er nimmt ihr Gesicht in die Hände, zieht sie heran und küsst sie auf den Mund. Ich werde mich anstecken, denkt sie, ich werde ganz bestimmt krank. Nein, nein, werde ich nicht. Ich ernähre mich gesund, ich bin viel an der Luft, ich habe ein stabiles Immunsystem. Nur jeder Zehnte, der infiziert wird, erkrankt auch. Ich werde nicht krank. Ich nicht.

Warum küsst der Mann mich? Warum lasse ich das zu? Mycobacterium tuberculosis.

„Ich hoffe", sagt er, „ich habe Sie nicht zu spät kennengelernt. Schwester Elisabeth, ich möchte Ihnen ein Stück meines Herzens schenken. Tragen Sie es bei sich."

Sie verlassen die Lichtung, verlassen den Weg, steigen durch Gestrüpp, Äste knacken. Mr. Crane redet heiser über ihre Nase und ihre dunklen Augen. Er sagt Dinge über ihren Mund, die sie nie gehört hat, die an ihr vorbeirauschen, schön und schnell und sie kann sie nicht halten. Es gehe jetzt nur um sie, um Schwester Elisabeth T. Camphausen, sagt Mr. Crane. Er wolle ihr zu Diensten sein, voll und ganz.

„Ein liebendes Weib ersehnt den Mann seiner Wahl gerade so heiß, wie umgekehrt der liebende Mann das erwählte Weib. Es schäme sich also keine Frau ihrer natürlichen Triebe, wohl aber hüte sie sich, ihre Selbstbeherrschung zu verlieren, ihre Würde zu opfern und alle Zurückhaltung aufzugeben."

Dr. med. Anna Fischer-Dückelmann, „Die Frau als Hausärztin"

Sie liegt mit ausgebreiteten Armen auf Mr. Cranes Jacke. Sonnenflecken auf ihrer Haut, der Schatten von Laub, sie stützt sich auf die Ellenbogen, eine Brust ist ganz weiß im Licht, die Brustwarze ein bräunliches Tellerchen, die andere Brust ist dunkel, auf ihrem Bauch bewegen sich spitze Blattschatten. Mr. Cranes Hände liegen auf ihren Rippen direkt unter den Brüsten, sein Dunkelblond vermischt sich mit dem Schwarz ihres Schamhaars. Seine Zunge beginnt etwas zu machen, das noch nie jemand gemacht hat. Er hört gar nicht mehr auf und sie legt seine Hände auf ihre Brüste. Mr. Crane hustet. Erschrocken fährt Elisabeth hoch, nein, bitte nicht, nicht jetzt. Er zupft sich ein Härchen zwischen den Lippen hervor, sagt, das komme vor, macht weiter und Elisabeth sieht ihm zu. Bis sie nicht mehr kann. Bis sich ihr Hals streckt, sie den Kopf nach hinten beugt, nicht mehr sein Haar sieht, sondern die Blätter und die Sonne und den Himmel und ihr ganzer Körper sich unendlich anspannt, immer weiter. Sie stöhnt in den Wald, stöhnt in den Boden und in Mr. Cranes Gesicht hinein.

„Das … das hat noch nie jemand gemacht“, flüstert sie. Mein Gott. Mein Gott. Sie greift nach seinem Penis, ganz ungeniert. Mr. Crane lächelt. „Entspannen Sie sich, Schwester Elisabeth. Ich muss ein klein wenig mit meinen Kräften haushalten. Bin nicht ganz auf der Höhe.“ Sie schmiegt sich an ihn, umarmt ihn ganz, genießt die Nacktheit. Er fährt mit der Fingerspitze über die Öffnung ihrer Scheide. Elisabeth breitet die Arme aus, will liegen bleiben, immer und immer, genau so, sie drückt Mr. Cranes Kopf an ihre Brust und atmet tief und sein Kopf hebt und senkt sich in ihrem Atem.

Auf dem Rückweg zur Villa schweigen sie. Das Ereignis auf der Lichtung hängt an Elisabeth, der Betrug, der Ehebruch, der Orgasmus direkt in sein Gesicht hinein. Sie fühlt sich himmlisch und verdorben. Sie denkt, sie müsse sich schämen, aber sie schämt sich nicht. Wenn sie Mr. Crane küsst, riecht sie ihre Vagina in seinem Bart.

Sie gehen Hand in Hand, je näher sie dem Haus kommen, desto lockerer lassen ihre Finger. Das rote Dach der Villa tupft zwischen Bäumen hervor, sie lösen ihre Hände ganz voneinander, gehen, tasten und umfassen sich wieder, bleiben stehen und umarmen sich.

„Sollten wir jetzt ein wenig Abstand nehmen?“, fragt Mr. Crane.

„Unbedingt“, sagt Elisabeth. Sie sieht nach links, er nach rechts, die oberen Fenster der Villa spiegeln die Sonne.

„Noch einmal kurz?“, fragt Mr. Crane.

„Ja, unbedingt.“

Sie umschlingen die Arme auf dem Rücken des Anderen.

Als sie Mr. Cranes Zimmer betreten, sind die anderen alle dort. Elisabeth schießt das Blut ins Gesicht, die Narben jucken. Cora verengt die Augen zu Schlitzen, Helen legt unwillkürlich die Hände an die Wangen. Aber bevor jemand etwas sagen kann, meint Mr. Crane: „Der Schwarzwald ist eine dolle Sache. Aber ehrlich.“

„Wo wart ihr?“, fragt Cora.

„Na, Luftkur, soll ich doch, oder?“

„Niemand hat euch gesehen“, sagt Cora.

Oh Gott, denkt Elisabeth, oh Gott. Meine Knie zittern. Aber es ist nicht Cora, die sie anstarrt, sondern Helen. Ihr Gesicht ist hell im Sonnenlicht und Elisabeth hält dem Blick der jungen Frau nicht stand. Sie muss hier raus. Rückwärts geht sie zur Tür, schielt kurz nach Cora, die immer noch ihrem Mann in die Augen starrt. Der zieht sich die Jacke aus und wirft sie auf den Stuhl.

„Komischer Laden hier", sagt Cora, „Die Patienten verschwinden und draußen hängt ein Lappen im Baum. Schwester …"

„Ich werde mich jetzt um das Mittagsmahl für Ihren Mann kümmern, Mrs. Crane."

„Also, falls es jemanden interessiert, ich fühle mich gut heute. Der Spaziergang war ganz wundervoll. Cora, hol deinen Block, ich diktiere dir."

Gut gemacht, Mr. Crane, denkt Elisabeth. Und jetzt geh unter, Sonne, mach den Tag kurz, kurz, kurz. Geh unter. Geliebte Sonne, verschwinde, mach dich weg. Auf der Treppe hört sie, dass ihr jemand folgt. Es ist Helen, sie steht über ihr und blickt auf sie. Elisabeth schweigt und geht weiter die Treppe hinab. Helen folgt ihr, wenn Elisabeth stehen bleibt, bleibt sie auch stehen, immer drei Stufen über ihr. Elisabeth geht hinaus und setzt sich auf die Bank am Brunnen. Sie spürt Helens Blicke im Nacken, bis die junge Frau sich neben sie setzt.

„Bist du verheiratet, Elisabeth?"

„Bin ich."

„Was ist er für ein Mann?"

„Freundlich, zuvorkommend. Ein belesener Mediziner, der auch in der Forschung tätig ist."

„Das sollte dich glücklich machen. Und es geht Onkel Stephen richtig gut heute, nicht wahr?"

„Ja, sehr gut. Er kommt hier wieder raus. Ganz sicher."

„Weißt du, dass Cora gar nicht seine Frau ist? Die beiden sind nicht verheiratet."

Elisabeth presst die Hände ineinander. Sie sind nicht

verheiratet, Mr. Crane ist Junggeselle. Cora ist irgendwer, aber nicht seine Frau.

„Wenn ich herausfinden sollte", sagt Helen, „dass du irgendetwas tust, das Onkel Stephen schwächt, dann werde ich das publik machen. Ich werde es Doktor Fraenkel sagen. Deinem Mann. Ich werde es jedem sagen. Ich werde dafür sorgen, dass du nie wieder zu ihm darfst." Helens Kleid raschelt, als sie aufsteht. Sie geht die Straße Richtung Kurpark hinab, die schmale Gestalt wird von der Sonne aufgelöst. Elisabeth müsste schockiert sein, aber woher auch immer es kommt, sie beginnt zu grinsen, klopft sich auf die Schenkel, als ob es gut wäre, mehr und mehr Feinde zu haben, jetzt sogar die nette Helen.

Sie wird alles verlieren, wenn sie so weitermacht mit diesem Unbekannten. Wenn sie ertappt wird. Eine einsame, vernarbte Frau im Kaiserreich. Eine Tuberkulosekranke in diesem Sanatorium, die erste Frau hier? Aber Herrgott, Mr. Crane ist nicht verheiratet.

Das Fenster zu seinem Zimmer ist von hier aus nur ein schmaler Streifen, es steht offen, aber sie hört nichts. Sie geht die Straße Richtung *Hotel Römerbad* hinauf und betritt den Kolonialwarenladen. Der Mann hinter dem Verkaufstresen blickt wieder sofort auf ihre Schulter, wie immer. Elisabeth sagt, sie möchte Zigaretten kaufen und ein Etui dazu. Es ist das erste Mal, dass er ihr in die Augen sieht, und dann wandert sein Blick auf die Äste und er fragt sie, ob sie Zigaretten kaufen möchte. Sie sagt, ja, habe sie doch eben klar und deutlich formuliert. Zigaretten?, fragt er. Und ein Etui, sagt sie, silbern bitte. Die Gattin des Mannes tritt neben ihn, beide sehen sie an. „Nun?" Der Mann zieht eine Glastür hinter sich auf, während die Frau weiterhin Elisabeth ansieht, den Blick aber senkt, als Elisabeth nicht aufhört sie anzustarren. Der Mann legt die Zigaretten und Streichhölzer auf den Tresen und zwei verschiedene Etuis daneben. Elisabeth entscheidet sich für das schlichte, bezahlt und geht. In der Tür dreht sie sich um, sofort sehen die beiden weg.

„Ist irgendetwas?"

Keiner antwortet, Elisabeth lächelt und weiß, dass Mr. Crane jetzt wieder sagen würde, ihre Augen würden zu dunklen Schlitzen.

Sie geht zum Sanatorium zurück, als plötzlich eine Hand ihre Schulter berührt. Es ist die Frau des Kolonialwarenhändlers, ihr pechschwarzes Haar glänzt in der Sonne. Sie drückt ihr eine zweite Packung Zigaretten in die Hand. „Ich bin Franziska. Machen Sie weiter so, Kind." Sie dreht sich um und geht wieder und ihr Mann steht in der Tür des Ladens und presst die Lippen aufeinander. Er sagt etwas, als die Frau an ihm vorbei will, aber die wischt mit der Hand durch die Luft, als wolle sie eine Fliege verscheuchen.

Am Brunnen entzündet Elisabeth ihre erste Zigarette. Der Rauch beißt ihren Hals, sie hustet Wolken aus. Dr. Fraenkel kommt aus der Villa, hält Papiere unter dem Arm und hebt erstaunt die Brauen.

„Was machen Sie denn da, Schwester? Sie überraschen mich."

„Na, deshalb ja", röchelt Elisabeth.

„Was haben Sie bloß mit Mr. Crane gemacht, Schwester? Der Mann ist wie ausgewechselt."

„Gute", sie hustet, „Luft", hustet nochmal, „Herr Doktor."

„Erstaunlich. Kümmern Sie sich weiter, Schwester, vielleicht kriegen wir das doch noch hin. Er ist zäh, dieser Junge. Seltsamer Kerl. Seine Bücher scheinen mir dem zu entsprechen. Als wandle der Mensch ständig über ein ganz dünnes Seil und auf der einen Seite ist das pure Leben und auf der anderen … tja. Nun, wie dem auch sei, ich muss weiter. Sie wissen, dass Rauchen ungesund ist?"

„Sie rauchen doch auch, Herr Doktor."

„Zigarren, Schwester, das ist wahrer Genuss. Würde Ihnen aber nicht stehen."

„Herr Doktor? Sie haben wirklich … richtig Tuberkulose gehabt? Voll und ganz? Und sind wieder ganz gesund geworden?"

„Ja, warum?"

„Wegen … wegen Mr. Crane."

Fraenkel reibt sich den Bart, nickt langsam und geht.

Als sie das Essen zu Mr. Crane hinaufbringt, sitzt Cora auf dem Bett und streichelt seine Wange. Am liebsten würde Elisabeth das Tablett mit den Schüsseln und Gläsern zu Boden knallen und Cora an den Haaren aus dem Zimmer zerren. Quietschen würde sie, mit den plumpen Beinchen strampeln … Und Mr. Crane, was geht in diesem Mann vor, den sie vor kurzer Zeit gespürt hat wie nie jemanden zuvor? Was denkt er? Was fühlt er?

Cora starrt sie an. Mein Gott, die weiß alles, denkt Elisabeth.

„Wir brauchen Sie jetzt hier nicht", sagt Cora. Sie klemmt sich kurz den Daumennagel zwischen die Zähne, es knackt. Warum sagt Mr. Crane jetzt nichts? Sie schaut ihn an: keine Regung, vollkommen ruhig. So blass und hübsch, sie kennt sein Gesicht auswendig.

Sie geht hinaus auf den Flur. Aus dem Nebenzimmer wird eine Leiche getragen. Martin Kiefer, 38, Bauer. Selten, dass jemand, der so viel draußen ist, Tuberkulose bekommt. Das Bett ist rot, auch der Boden ist voller Blut, dunkelrot im Schatten, fast golden, wo es von der Sonne beschienen wird. Die Oberschwester winkt sie herein, sagt, Elisabeth wisse, was zu tun sei, und hinkt aus dem Zimmer. Dann ist Elisabeth allein mit dem Blut. Sie schließt die Tür, setzt sich ans Fenster und sieht hinaus. Würde sie sich jetzt hinausbeugen und Mr. Crane täte das ebenfalls, könnten sie sich anlächeln, dann wären nur ein, vielleicht anderthalb Meter zwischen ihnen. Sie legt eine Hand an die Tapete. Wie dick mag die Mauer zwischen ihr und Mr. Crane sein? Wie dick sind diese Steine, aus denen das große, schöne Haus gebaut ist? Was macht Mr. Crane jetzt? Was hat er dort oben im Wald mit ihr gemacht? Mein Gott war das schön. Mein Gott … Sie legt die Hände vors Gesicht, Lichter flimmern vor ihren Augen, der Mann, mit dem sie verheiratet ist, küsst ihr Nachthemd, der Kaiser marschiert an den Truppen vorbei, sie ist beinahe aus dem Zimmer heraus, als der brennende Balken auf sie zukippt, der Fotograf lässt die Hintergrundbilder hochschnellen,

Mr. Crane steigt aus der Kutsche und sieht sie lange und ruhig an, Cora krabbelt nackt und auf allen vieren die Treppe hinauf …

„Schwester Elisabeth?"

Sie schreckt auf. Dr. Fraenkel sieht sie an, er hat die Tür verschlossen. „Schwester, Sie haben geschlafen. Muten Sie sich nicht zu viel zu, Mädchen. Was ist denn los mit Ihnen? Wenn die Oberschwester Sie so findet, dann … nun, dann wird es sehr ernst für Sie." Fraenkel holt den zweiten Stuhl, macht einen weiten Schritt über das Blut und setzt sich zu ihr.

„Es geht schon wieder, Herr Doktor. Verzeihen Sie bitte. Eine kurze Schwächeperiode."

„Ich glaube Ihnen nicht, Schwester", sagt er. „Wohin soll das führen, Elisabeth? Sterbenskrank, verheiratet …"

„Cora ist nicht seine Gattin."

„Sie sind noch jung, Elisabeth. Sie müssen an die Zukunft denken. An Ihre Zukunft."

„Morgen ist Zukunft, übermorgen auch und der Tag danach."

„Mein Gott, Sie … Sie …"

„Ja, nun sagen Sie es doch, Herr Doktor."

Er öffnet die Hände.

„Ich wusste nicht, wie das ist … Ich wusste es nicht", sagt sie.

„Sie sind verheiratet."

„Haben Sie eine Frau, Herr Doktor?"

„Die Medizin. Und eine lebendige, samt zweier Töchter." Er schüttelt den Kopf, nimmt ihre Hand. „Machen Sie keinen Unsinn, Elisabeth. Bleiben Sie ruhig. Und verlassen Sie sich darauf, dass ich niemandem etwas erzählen werde. Keine Sorge. Aber im Bereich Ihrer Arbeit müssen Sie funktionieren, Mädchen. Sie sind Teil eines Apparates, aus dem ich etwas machen will. Ich will den Tuberkel töten, und Sie gehören zu der Maschine, mit der ich daran arbeite. Sie sind eine kluge, schöne Frau, Elisabeth, überlegen Sie sich genau, wofür Sie Ihre Energien einsetzen, wohin Ihr Weg führen soll."

„Haben Sie schon einmal wirklich geliebt, Herr Doktor?"

Fraenkel lehnt sich zurück und verschränkt die Arme. Er blickt auf das Blut, blickt aus dem Fenster, atmet tief.

„Machen Sie keinen Unsinn, Schwester. Ich bitte Sie."

Er geht zur Tür, dreht den Schlüssel und legt eine Hand auf die Klinke.

„Ich hatte übrigens letztens Besuch von einem Fotografen ..."

„Was? Aus Amerika? Davis? Richard Harding Davis?"

„Wer soll das denn sein? Aus Berlin, Schwester. Kein Aufregung. Der Mann kommt aus Berlin. Also, er habe da ein Projekt im Kopf, über das er mit mir reden wolle. Er möchte Fotos machen von unseren Patienten, kurz bevor sie sterben und nachdem sie gestorben sind. Er will dann diese jeweils zwei Bilder nebeneinander in einer Ausstellung präsentieren, um, wie er sagt, dem Tod den Schrecken zu nehmen. Er meinte, im Tode sehen Menschen immer so entspannt und zufrieden aus. Was halten Sie davon?"

„Ich weiß es nicht, Herr Doktor. Ich meine ... Ich mache jetzt meine Arbeit. Und ich danke Ihnen für Ihre Diskretion“, sagt Elisabeth.

Bevor die Nachtwache beginnt, geht Elisabeth heim, nimmt ein Bad und legt sich ins Bett. Ihr Mann setzt sich auf die Bettkante. „Rechte Seite, gute Seite“, sagt er. Er küsst ihre Wange und legt eine Hand auf ihre Brust.

„Ach Schatz“, hört Elisabeth sich sagen, „nicht jetzt, ja, ich muss gleich wieder los.“ Sie sieht ihm seine Enttäuschung an, obwohl er versucht sie zu verbergen. Er erblickt das Zigarettenetui auf dem Nachttisch.

„Was ist das, Betty?“

„Zigaretten.“

Er lacht. Damit hat Elisabeth nicht gerechnet.

„Du bist mir ja eine“, sagt er.

Er sieht sie an, senkt den Kopf. „Bist du böse mit mir, Elisabeth? Habe ich etwas getan, das dich gekränkt hat? Falls ja, dann tut mir das sehr leid. Ich möchte immer gut für dich sein.“

Er tut ihr leid, er kann nichts dafür, gar nichts.

„Es ist alles in Ordnung, mein lieber Mann“, sagt sie. „Ich stehe nur sehr unter Druck momentan. Das ist alles.“

„Soll ich eine Zeit etwas Abstand zu dir nehmen, Betty?“

Sie streichelt seine Wange. „Was für ein grundanständiger Mann du doch bist“, sagt sie.

Als sie zur Villa zurückgeht, steht die Sonne tief und das Licht ist weicher als am Mittag. Die Schwesterntracht fühlt sich enger an als sonst, der gestärkte Stoff ist hart, Elisabeth ist gefangen und um sie herum verschwört sich die Welt gegen sie. Sie möchte sich auf Mr. Crane freuen, aber sie ist sich unsicher wegen seines Blickes am Nachmittag, als sie das Zimmer verlassen hatte. Sie verflucht die Sonne, tritt nach Steinchen auf dem Kiesweg im Kurpark und die englische Krankenschwester kommt ihr entgegen, gefolgt vom Hausdiener. Als der Mann Elisabeth erblickt, bleibt er stehen und steckt die Hände in die Hosentaschen.

„Gehen Sie ihr hinterher, Sie Idiot", sagt Elisabeth. Er starrt sie an, räuspert sich und ruft im Loslaufen den Namen der Frau: Ernestine! Ernestine!

In der Villa ist es still, Elisabeth sieht den Plan für die Nachtwache durch und geht leise die Treppe hinauf. Die Tür zu Mr. Cranes Zimmer ist geschlossen. Elisabeth schleicht. Sie lauscht. Nichts. Sie klopft an und hört ganz leise Mr. Cranes Stimme.

„Schwester Elisabeth."

„Mr. Crane."

Sie erschrickt. Crane ist kreidebleich und er schwitzt übermäßig. Er sitzt im Bett, Zettel und Stift auf den Knien und seine Augen sind weit in die Höhlen zurückgesunken. Es ist, als breche etwas in Elisabeth.

„Aber, aber, Schwester Elisabeth, kleine Müdigkeit. War schließlich ein kräfteraubender Spaziergang, den wir gemacht haben."

Sie beugt sich zu ihm hinab und umarmt ihn, hält ihn fest und will ihn nicht mehr loslassen. Sein Körper glüht.

„Wasser trinken", flüstert sie, „trinken, trinken, trinken, Mr. Crane. Bitte."

„Bleiben Sie denn bei mir, wenn ich …"

„Ja. Ja, ich bleibe. Ich bin hier." Augenblicklich schließen sich seine Augen. Elisabeth greift nach seinen Füßen und zieht ihn hinunter, damit er nicht im Sitzen schläft. Er wird davon nicht wach. Er murmelt irgendetwas. Wie elend er auch aussieht, wie sehr er schwitzt und wie schlecht er auch riecht. Jetzt hat sie Einzug gehalten in seine Träume, in seine Fieberfantasien, denn jetzt sagt er ihren Namen: Elisabeth. Er spricht ihn englisch aus. Ich bin hier, sagt sie.

9

Fünfter Tag
29. September 1914

Victoria blieb über Nacht. Elisabeth erzählte ihr von Mr. Cranes Geschichten. Gelogen, erfunden, geschönt? Das sei Elisabeth gleich. Sie hört das Brodeln des Wassers vom Herd und geht in die Küche. Sie öffnet eine Dose, fächelt sich den Duft der Bohnen zu und kocht Kaffee.

Sie geht ins Schlafzimmer zurück und setzt sich zu Victoria.

„Wird Zeit aufzustehen. Man braucht uns im Sanatorium."

Victoria richtet sich auf und streckt die Arme in die Luft.

„Oh", sagt Elisabeth. „du hast so hübsche Sommersprossen."

„Na, da hast du jetzt aber nicht hingeguckt. Wenn uns mal keiner erwischt."

„Paperlapapp, du tizianischer Engel", sagt Elisabeth.

„Und du hast wirklich nie wieder von ihm gehört? So ein Blödmann. Entschuldige."

Elisabeth lässt den Kopf hängen. Warum sagt sie es nicht einfach? Es war doch kein Fehler. Sie hat das Richtige getan.

„Er hat nie seine Ruhe gefunden", sagt sie. „Er sagte zwar, er sehne sich nach einem Ort der Ruhe, aber wenn er den jemals gefunden haben sollte, ist er bestimmt ganz schnell wieder abgehauen.

Weißt du, ich kann mich noch an den Tag erinnern, als

du bei uns zu arbeiten anfingst. Du kamst mit der Oberschwester in den Flur und man sah dir an, dass dir die Schwesterntracht Probleme machte, und als du da so an der Blumentapete vorbei auf mich zukamst … Ich dachte, Helen sei zurückgekehrt. In dem Licht und auf die Entfernung sahst du ihr ziemlich ähnlich."

„Helen? Die Nichte von deinem Mr. Crane? So hübsch wie ich? Nee, oder?" Victoria dreht eine Locke um ihren Zeigefinger. „Sag mal, wegen des Häuschens hier. Warum liebt sie dich so, Elli? Deine Tante, meine ich. Schickt dir seit Jahrzehnten Geld, eine Menge Geld, wie du sagst."

„Weil ich als kleines Mädchen immer weggelaufen bin. Ganz gleich, wo wir waren, ich bin immer weggelaufen. Papa und Mama hinter mir her, während Tante Hermine nur lachte und rief: Schneller, Elisabeth, schneller. Einmal bin ich meinen Eltern an den Landungsbrücken in St. Pauli verloren gegangen. Die Polizei hat mich abends heimgebracht, Tante Hermine war auch dort. Lag auf dem Sofa, mit nackten Füßen. Und während meine Eltern mich entsetzt und erleichtert zugleich ansahen, sagte sie: Klasse, Kleines."

„Ich will auch manchmal weglaufen", sagt Victoria.

Sie steht auf und Elisabeth schaut ihrer jungen Nacktheit hinterher.

„Weißt du was, Vicky? Jetzt würde ich gerne ein Foto von dir machen." Victoria legt eine Hand vor die Lippen, eine an den Po und kichert.

„Wenn wir gleich wieder in der Stadt sind und uns jemand sieht …", sagt Elisabeth.

„Haben wir uns zufällig getroffen. Ist doch klar, Elli."

Victoria zwängt sich in die Unterwäsche, schließt winzige Knöpfe und sieht Elisabeth an.

„Du hast mich verführt, Elli."

„Hm", sagt Elisabeth.

Als sie auf dem Weg zur Villa ihren lang dahingestreckten Schatten hinterhergehen und am *Hotel Römerbad* vorbeikommen, tritt ein älteres Ehepaar aus dem Portal. Die Frau breitet die Arme aus, als stünde sie auf einer Bühne, und sagt „Ah, Badenweiler" und der Mann sagt: „Hier ist Anton Tschechow gestorben." Elisabeth stampft mit dem Fuß auf. Die beiden sehen sie an, der Gehstock des Mannes schwankt. „Ich hab ihn umgebracht", sagt sie. „Wie bitte?", fragt der Mann. „Außerdem", sagt Elisabeth, „wird seine Büste eingeschmolzen. Ehrlich wahr. Nicht gelesen? Zu Kriegszwecken. Kanonengießen oder so was. Find ich richtig gut." „Also …", sagt der Mann, aber Elisabeth zieht Victoria weiter. Victoria kichert und fragt, wie sie das meine, ihn umgebracht? „Na", sagt Elisabeth, „der große, weltberühmte Anton Tschechow … Stell dir mal vor, das letzte, was ihm vor Augen kam, war ich. Nicht schlecht, oder? War bestimmt ein schöner Tod."

„Manchmal bist du mir richtig unheimlich, Elisabeth."

„Ich mir auch."

Im Sanatorium instruiert Elisabeth die anderen Schwestern für den Tag, zieht die Tracht glatt und geht hinauf zu Fischer. Er sitzt in Uniform am Fenster und sieht hinaus. Mein Gott, denkt sie, der will gehen. Der will in den Krieg. Irgendetwas stimmt doch hier nicht.

„Fieber gemessen, gut gefrühstückt, genug getrunken, Herr Fischer?“

Er sieht sie nicht an und streicht sich über das Kinn. Sie will das Zimmer wieder verlassen, als Fischer ein Buch von Mr. Crane anhebt und dann auf eine der Skizzen mit den Kriegsbildern zeigt.

„Er war nie Soldat, Herr Fischer. Er hatte mindestens ein Mal im Leben die Möglichkeit, auf andere Menschen zu schießen, vielleicht sogar mehrmals, ich weiß es nicht. Aber er hat es nicht getan. Solche Männer gibt es auch, Herr Leutnant. Sonst noch etwas?“

Er steckt die Hände in die Hosentaschen und schüttelt den Kopf. Elisabeth denkt, dass die Unterhaltung zwischen ihnen recht gut funktioniert, obwohl sie sich nie sicher sein kann, Fischer zu verstehen. Er ist auf ihren Gedankentransport angewiesen, kann auf ihre Worte reagieren, aber selbst nie etwas sagen. Was soll er auch tun? Irgendwie versteht Elisabeth ihn, der Bruder ist im Krieg, der Vater, Freunde und Bekannte. Einige werden überleben, werden wiederkommen, und wenn er dann nicht dabei war, werden sie fragen, wo er gewesen sei. Aber, Elisabeth greift sich an die Narben, eigentlich interessiert sie das alles nicht. Weil es falsch ist, verachtend, grausam.

„Herr Fischer“, sagt sie, „ich denke viel an Sie.“

Erst jetzt bemerkt Elisabeth, dass er sich den Schnurrbart abrasiert hat. Er sieht jünger und verletzlicher aus.

„Über Sie wird geredet.“

Er sieht sie an, seine Wangen werden schmal. Er öffnet den Mund. Wird er etwas sagen? Findet er die Sprache wieder?

„Was ist, Herr Fischer? Hm?"

Er dreht sich um und sieht aus dem Fenster in die Wälder.

„Nichts? Vielleicht kommen Sie sogar in ein Buch, wenn Sie so richtig böse erwischt worden sind. Mr. Crane kannte solche Fotos, wissen Sie. Vielleicht sehe ich Sie eines Tages auf einem Foto wieder, das was von Ihnen übriggeblieben ist, meine ich. Ein Haufen Matsch. Offiziell darf es solche Bilder natürlich nicht geben, aber sie existieren. Werden weitergereicht, unter der Hand. Ich werd dann sagen, oh schaut mal, den kannte ich."

Elisabeth verschränkt die Arme, jetzt, da Fischer sich wieder hinsetzt, muss er ein wenig zu ihr aufschauen. Mr. Crane sagte immer, so von unten betrachtet wäre sie am allerschönsten. Da sitzt jetzt also dieser junge Mann und fragt sich, was er tun soll. Elisabeth weiß vom Dämon Frau, aber die Dämonen in den Männern bleiben ihr fremd. Sie sind gewalttätiger, böser, wollen vernichten, sich selbst und andere. Und wenn sie nicht vernichten wollen, dann wollen sie an der Vernichtung teilhaben, wollen es sehen.

„Es ist Ihre Aufgabe, es zu sagen, Mr. Crane. Verzeihung, Herr Fischer."

Jetzt wachsen seine Brauen hoch in die Stirn.

„Sie wissen schon. Ich meine, Sie müssen nicht zurück in diesen Wahnsinn. Ich kann Ihnen helfen. Verstehen Sie?"

Als Elisabeth gehen will, stößt sie mit dem Oberarzt zusammen. Der Mann bittet um Verzeihung und sieht Fischer an.

„Herr Fischer, Sie sehen recht gut aus."

Fischer hustet.

„Fieber?", fragt der Arzt Elisabeth.

„Heute morgen ja, jetzt nicht", lügt sie.

„Machen Sie sich bitte frei, Herr Fischer."

„Ich lasse Sie dann allein", sagt Elisabeth.

Fischer berührt Elisabeth an der Schulter. Der Oberarzt guckt zwischen den beiden hin und her, er tippt mit dem Stethoskop auf seine Hand, als sei es eine Waffe.

„Herr Fischer, Ihr Freund, Doktor Friedmann in Freiburg …"

„Was ist mit ihm?", fragt Elisabeth.

„Er ist verhaftet worden."

„Weshalb?"

„Gefälschte Krankenpapiere. Er hat einem jungen Mann ein falsches Attest ausgestellt. Aber der Mann ist kerngesund, wie sich zufällig durch einen Militärarzt herausstellte. Das macht doch nachdenklich, finden Sie nicht? Und Sie, Schwester Elisabeth?"

„Das wäre nun wirklich unsäglich. Wir befinden uns im Kriech."

„Krieg."

„Verzeihung. Aber Sie wissen, dass Herr Fischer gestern noch blutigen Auswurf hatte."

Der Oberarzt hört auf, sich mit dem Stethoskop in die Hand zu klopfen, schiebt die Brille auf die Nasenspitze und blickt auf Elisabeth hinab. Fischer hustet, Elisabeth findet, dass das jetzt ein wenig zu szenengerecht ist. „Hm", sagt der Doktor. Er lässt den halb entkleideten Bernhard Fischer stehen und geht den Flur hinab, an der Treppe dreht er sich zu Elisabeth um und hebt den Zeigefinger auf Stirnhöhe. Dann verschwindet er. Elisabeth zittern die Knie, sie nimmt die Haube vom Kopf und starrt Fischer an.

„Machen Sie den Oberkörper frei und legen Sie sich hin."

Sie sieht ihm beim Ausziehen zu. Er legt sich hin. Elisabeth setzt sich auf die Bettkante, sieht ihm ins Gesicht, Angst und Trotz hausen in seinen Augen. Die beiden Löcher auf seiner linken Seite sind groß und dunkel.

„Das wird jetzt wehtun", sagt sie. Sie legt drei Finger aneinander und klopft auf die Wunden. Fischer stöhnt. Sie hält ihm ihren Zeigefinger vor die Augen.

„Was meinen Sie, wie tief krieg ich den da rein?"

Fischer krallt die Hände ins Bettlaken.

„Meine Finger sind ja nicht so lang. Ich bin eine kleine Frau." Sie nimmt den Zeigefinger in den Mund, feuchtet ihn an und holt dann aus.

Elisabeth eilt durchs Schwesternzimmer, schließt die Hintertür auf und geht über die Wiese. Der Pfad, über den sie mit Mr. Crane gegangen war, ist zugewachsen. Sie hastet den Waldweg hinauf, Serpentine um Serpentine, verlässt den Weg an genau der Stelle, an der sie ihn mit ihm verlassen hatte und kommt zu der kleinen Lichtung. Sie setzt sich auf die Wiese, auf der sie mit Mr. Crane gelegen hatte.

Sie erinnerte sich an die Schatten auf ihrer Brust und ihrem Bauch und das Gefühl, das damals zum ersten Mal ihren Körper überschwemmt hatte. Ihn hatte sie nicht halten können … nein, ihn hatte sie … Was? Hatte sie ihn …? Sie fingert nervös nach einer Zigarette. „Sie wollten es doch auch so, Mr. Crane“, murmelt sie. „Verdammt noch mal! Sie wollten es doch.“ Sie hört seine Stimme von vor 14 Jahren, als er sagte, sie, Elisabeth, sei die Frau seines Lebens.

Ja, denkt sie, ich war die Frau seines Lebens. Für ein paar Tage. Unmissverständlich. Und für Bernhard Fischer soll es solch eine Frau auch eines Tages geben.

Sie geht zurück, blickt nach der Burgruine. Sogar dort weht eine Reichsfahne, als könne Badenweiler die ureigene Ruhe nicht ertragen, während Krieg herrscht. Im Schaufenster des Kolonialwarenhändlers hängt eine große Landkarte mit roten und blauen Nadeln, Namensschildchen für die Generale: Heeringen, Kronprinz, Albrecht, Foch, Dubail. Die Frau, Franziska, kommt heraus und schüttelt Elisabeth die Hand, ihr Haar ist ganz grau geworden. Damals sagte sie „Machen Sie weiter so, Kind.“

„Franziska, meine Gute. Eine Frage: Wenn ich zu dir käme und dich darum bäte, der Polizei, falls die Fragen stellt, zu sagen, du habest nachts ein Auto aus Richtung des Sanatoriums wegfahren hören – würdest du das tun?“

„Worum geht es, Elisabeth?“ Sie sieht sich nach der Tür des Ladens um und greift sich beidhändig an den Dutt.

„Ums Leben. Wie immer, Franziska, hm?“

„Sag mir, was ich wann wem sagen soll und ich mache es. Keine Sorge.“

Im Sanatorium geht sie sofort hinauf zu Fischer. „Die Luft wird dünner, junger Mann. Ein verhafteter Arzt. Gefälschte Papiere. Muss ein guter Mann sein, hat sich aber erwischen lassen. Sie müssen sich entscheiden." Fischer verschränkt die Arme. Eine Geste der Abwehr und des Schutzes, denkt Elisabeth. Sie möchte ihm helfen, aber jetzt ist da kein Rankommen.

„Mr. Crane hat späterhin übrigens in Zweifel gezogen, ob er den Soldaten aus *The Red Badge* nicht endgültig hätte weglaufen lassen sollen. Verschwinden, Herr Leutnant. Sich weigern, an dem Schwachsinn teilzunehmen."

Sie will gehen, doch Fischer greift nach ihrem Arm. Er schließt die Tür. Er sieht auf sie hinab, seine rechte Hand nähert sich ihrem Gesicht, zittert. Jetzt kniet er sich vor Elisabeth und umarmt ihren Leib. Ach Gott, denkt Elisabeth. Sie schließt die Hände um den Haarschopf des Mannes und drückt ihn sanft. „Ist doch gut, mein Junge, ist doch gut." Schluchzt er? Das wäre ihr jetzt doch peinlich. Aber nein, er atmet nur schwer. Und dann, typisch Mann, steht er auf, nimmt Haltung an, die Schultern gespannt, das Gesicht hart, er schlägt die Hacken zusammen, verbeugt sich und hält ihr die Tür auf.

„Augenblick noch." Elisabeth schlägt ihm vor die linke Brustseite. Er stöhnt und geht in die Knie. „Ihre Wunden verheilen gar nicht gut", sagt sie. Sie verlässt das Zimmer und sieht zu, wie Fischer aus tief gebückter Haltung und mit verzerrtem Gesicht die Tür schließt.

10

Fünfter Tag
1. Juni 1900

Der Uhrzeiger federt auf Mitternacht vor, Klack, Klack, Klack. Elisabeth hat das Fenster von Mr. Cranes Zimmer geöffnet. Seit Stunden sitzt sie bei ihm, wie sie es versprochen hat, als er sagte, er wolle einen Moment ruhen. Einmal nur ist sie gegangen, hat geschaut, ob in Coras Zimmer noch Licht brennt, ist hinausgeschlichen, um zu sehen, ob Helen in ihrer Verzweiflung wieder um die Villa streicht.

„Davis hat ein Essen für mich gegeben", murmelt Mr. Crane jetzt. „Aber da … da war das Schiff schon versunken."

„Mr. Crane, der Reihe nach."

Sie tupft ihm die Stirn ab und reicht ihm ein Glas Wasser. Es ist das erste Mal, dass sie die Eintönigkeit der sich immer wiederholenden, stark beschränkten Handlungen stört. Sie will mehr tun für Mr. Crane. Aber was? Allmählich wird ihr klar, dass dieser junge, hübsche Schreiber ein verzweifelter Mann ist, immer gewesen wahrscheinlich. Und sie spürt, dass sie langsam beginnt, ihm das vorzuwerfen.

„Davis würde bestimmt in diesem großen Hotel hier absteigen, das ich von der Kutsche aus gesehen habe. Wissen Sie, ob …"

„Mr. Crane, wenn ein Amerikaner nach Badenweiler gekommen wäre, hätte ich davon gehört. Er ist nicht hier."

Wie gerne sie sich jetzt ausziehen würde und sich zu

ihm legen, sich an seinen dünnen, schwitzenden Körper schmiegen. Aber Mr. Crane sieht so elend aus, seine Augen flackern und die Hand, die sich nach ihrem Gesicht ausstreckt, zittert.

„Vielleicht verlässt er morgen früh in Calais das Schiff, hievt seinen Schrankkoffer eigenhändig auf eine Kutsche und macht sich auf den Weg. Die Kamera im Arm, eine Sitzbank nur für ihn. Oh Gott, Schwester Elisabeth, warum bin ich so klein?“

„Na, da sind Sie bei mir aber an der richtigen Adresse“, sagt Elisabeth. Crane lacht heiser und sie nehmen sich bei den Händen, lachen gemeinsam.

„Wenn alles anders wäre, als es ist … Wir wären so ein schönes Paar gewesen“, sagt er.

„Aber das sind wir doch, Mr. Crane. Das sind wir doch.“

Stille, Dunkelheit, Schimmern von Stoff und lackiertem Holz. Ein schönes Paar? Elisabeth reibt sich die Nase, wartet darauf, dass Mr. Crane etwas dazu sagt, aber er lässt den Satz stehen und betritt seine Erinnerungen.

„Nach dieser Dora Clark Geschichte, als alle mir rieten, New York zu verlassen, da kam mir mein guter Ruf noch einmal zugute. Das Bacheller-Syndikat beschloss, Stephen Crane nach Kuba zu schicken, um über den dort aufbrandenden Krieg zwischen den Einheimischen und den spanischen Besatzern zu berichten. Crane sollte zum ersten Mal den Krieg wirklich sehen. Amy hat mich ein ganzes Stück …“

„Erzählen Sie mir nichts über Amy, Mr. Crane, wer immer das auch ist.“

„Auf nach Jacksonville, Florida. Das Nizza Amerikas, benannt nach einem General. Tropisches Klima, weißer Sandstrand, schöne Häuser, sauteure Hotels. Aber, Schwester Elisabeth, keine vernünftige Bibliothek und lediglich ein einziges Theater. Egal, jedenfalls war dort zu dieser Zeit viel los. Jede Menge Presseleute, Spione der Spanier, Sympathisanten der kubanischen Rebellen, Waffenhändler. Also ganz meine Angelegenheit, Sie verstehen, Schwester Elisabeth?"

„Ja, Mr. Crane, ich verstehe schon. Sie sind mal ein waschechter Angeber. Wissen Sie eigentlich, dass Sie mir manchmal ungeheuer auf die Nerven gehen?"

„Ja, natürlich. Nun, ich nannte mich Samuel Carleton."

Crane setzt sich auf, schiebt das Kissen im Rücken zurecht und hustet. Er rückt ein Stück zur Seite und klopft auf das Bett.

„Und wenn Cora kommt?", fragt Elisabeth.

„Dann sagen wir, Sie hätten im Dunkeln den Stuhl nicht gefunden."

Elisabeth setzt sich in die Glut des Krankenbetts, Mr. Crane nimmt ihre Hand und seine Schulter berührt ihre.

„Samuel Carleton. Immer noch auf der Flucht vor der Polizei, die wegen meiner New Yorker Zeugenaussage sauer war. Außerdem gingen Gerüchte um, die spanischen Spione hätten es auf jeden Amerikaner abgesehen, der irgendwie mit der Unterstützung der Rebellen auf Kuba zu tun haben könnte. Ich wartete dort also auf eine Passage nach Kuba, auf irgendein Schiff, das mich hinüberbringen könnte. Warten hieß dann: Poker spielen." Sie hört die Spielkarten auf den Tisch schnipsen. „Mit Bekannten ein paar Drinks nehmen.“ Sie hört das Klacken der Gläser und sieht Mr. Cranes Gesicht auf der Oberfläche des Whiskeys verschwimmen. „Am Strand spazieren.“ Sie nimmt die Haube ab und ihr Haar fliegt im Wind von Florida. „Die Stadt erkunden.“ Sie geht um eine Straßenecke. „Einmal, als ich wieder am Hafen herumstromerte, meinte ich, in der Menge wieder diesen großen Mann gesehen zu haben. Ich sah ihn nur kurz, aber sein überragender Körper und dieser große, runde Kopf … Davis musste mich ja in New York schon gesehen haben. Ich habe nie herausgefunden, ob er zu Beginn dieser ganzen Kuba-Sache auch in Jacksonville war, keine Ahnung. Das *St. James Hotel* wurde mir zu teuer, meine Spesenrechnungen an den Bacheller Konzern waren immer riskant. An der Ecke Ashley und Hawk fand ich dann das *Hotel de Dream.* Der Name überzeugte mich. Bitte glauben sie mir, Schwester Elisabeth, ich wusste nicht, dass es ein besseres Bordell war, wirklich nicht. Ich also rein, Drinks nehmen, Pokern, ein preisgünstiges Zimmer bekommen … und am zweiten Abend traf ich da jemanden von der *Harald Tribune* und der enttarnte mich als Stephen Crane. Na, und wer leitete das *Hotel de Dream* und hatte alle meine Bücher gelesen?“

„Die Dicke. Ich meine Cora.“

Er lacht sie von der Seite an, und sie guckt starr auf ihre Zehen. Ohne dass sie es will, stellt sie sich vor, wie dieser zarte, sehnige Mann, der nicht zart sein will, mit dieser rundlichen Frau im Bett liegt. Es erscheint ihr absurd, diese beiden Körper passen nicht zueinander, sie sieht ihren Mr. Crane geradezu zappeln auf den kühlhäutigen

Massen. Mit ihr, Elisabeth, mit ihr passt das. Ihr kleiner dunkler Körper, sein etwas größerer, schlanker Körper. Das geht gut. Er sagt ganz sanft: „Diese Frau, Schwester Elisabeth, ist so ungeheuer lebensfroh. Hätten Sie sie zu anderen Zeiten kennengelernt, Sie würden sie mögen. Das Lachen ist ihre Sprache, eigentlich. Sie liebt mich wirklich. Durch und durch."

„Und mich hasst sie."

„Cora kann nicht hassen. Sie ist ein vitaler Mensch, sehr belesen übrigens. Nein, sie hasst Sie nicht. Täuschen Sie sich nicht in dieser Frau. Ihr Herz ist groß, größer als jedes andere, das ich kenne."

„Größer als meins?"

„Sie sind egozentrisch, Schwester Elisabeth."

„Wie bitte?"

„Macht ja nichts. Cora hörte also, dass der berühmte Stephen Crane bei ihr im Hotel wohnt … Sie sagte mir später, sie habe sich sofort in mich verliebt."

„Und Amy?"

„Ich denk, ich soll nicht über Amy sprechen."

„Jetzt schon."

„Nun, wie soll ich sagen, Amy war ja nicht da …"

„Menschenskind, Mr. Crane."

Wohin ist die Kraft und die Vitalität vom Vormittag, als er sie … sie hatte ihn auch … aber er sagt, ihr Orgasmus sei seine Befriedigung. Was kann sie tun? Dieses Auf und Ab hier macht sie wahnsinnig. Wie lange wird er noch in Badenweiler sein? Wann wird er gehen müssen?

Nacktheit, denkt sie, Liebe. Als sie nach dem oberen

Knopf ihrer Bluse fingert, beginnt Mr. Crane weiterzureden. Er will sein Leben loswerden, denkt sie, er macht mich zu seiner Autobiografin.

„Es war die *Commodore,* ein Transportschiff, Kapitän Murphy. Wir mochten uns auf den ersten Blick. Sie kennen so etwas ja, Schwester Elisabeth: Seelenverwandtschaft. Sofortiges gegenseitiges Verstehen, selbst wenn man noch kein Wort miteinander gesprochen hat. Ja, wir mochten uns. Nur dieses Schiff, das mochte uns nicht. Das mochte sich nicht einmal selbst, wette ich. Diese Insel dort unter dem Horizont, Kuba, sie wurde für mich zu einem Fieberbild. Sie war anders als alles andere, anders als das bisherige Leben. Ich hatte mir immer so viel ... vorgestellt. Dabei, Schwester Elisabeth, dabei hätte ich bleiben sollen. Die sogenannte Realität ist auch nicht mehr als ein Nebelhauch. Und wenn dann diese Fotografen ihre Bilder machten, während Schiffe mit Waffen beladen wurden und stolzbrüstige Männer sich da wie die Gockel benahmen ... was haben diese Fotos festgehalten? Den Bruchteil einer Sekunde voller Lüge. Kein Mensch verhält sich normal, wenn er weiß, dass er fotografiert wird. Die Intelligenz eines Menschen erkennen Sie daran, ob er sich vor eine Kamera drängt oder nicht."

„Sie übertreiben, Mr. Crane. Maßlos. Mal wieder."

„Jaja. Die *Commodore* also beladen mit 200 000 Patronen, 500 Kilogramm Dynamit, 40 Bündel Gewehren, 300 Macheten, Abfahrt am 31. Dezember 1896."

Er streichelt ihre Wange, öffnet seinen Pyjama und sagt ihr, wohin sie ihre Hand legen soll. Sie macht das gerne. Er knabbert an ihrem Ohrläppchen und streichelt ihr Gesicht. Dann ist seine Hand auf ihrer Brust, hat sich schnell und zielgerichtet einen Weg gesucht durch die Tracht, durch die Bluse, unter den Büstenhalter, der die Hand feucht auf ihre Haut drückt.

„Nebel“, sagt er. „Die Landschaft verschwand, wir fuhren ins Nichts. Ich war bei Kapitän Murphy auf der Brücke, wir sahen gemeinsam hinaus und ich kam mir vor, wie in einem wirklich guten Buch. Nun und was muss in einem wirklich guten Buch geschehen? Ganz einfach, der Held muss daran gehindert werden, sein Ziel schnell zu erreichen. Also fuhr die *Commodore* ganz gemütlich auf eine Sandbank. Es knirschte, das Heck trieb noch ein wenig herum und wir saßen fest.“

Seine andere Hand hat einen weiteren Weg gefunden und die Spitze seines Mittelfingers liegt genau an der richtigen Stelle, sie hat es da einfacher und als sie zugreift, verändert sich seine Stimme, als falle der Rost aus seiner Kehle.

„Wir wurden am nächsten Tag freigeschleppt. Und so sehr ich den Kapitän ...“ Er atmet tief, räuspert sich, stöhnt ein wenig. „So sehr ich Murphy auch mochte, ich weiß nicht, woher der Mann sein Patent hatte. Er setzte die *Commodore* gleich auf die nächste Sandbank. Jetzt fühlte ich mich wie in einem weniger guten Buch. Wiederholungen, immer falsch. Murphy gab dann auch einen fachkundigen Spruch von sich. Er sagte ‚Tja‘, sorgte aber diesmal dafür, dass das Schiff mit Schleppankern selbst wieder freigezogen werden konnte. Und dann ging es weiter, Schwester Elisabeth.“

„Ja, weiter, weiter."

„Raus aufs Meer. Wellen grau wie alter Stein und hoch wie die Strandhäuser in Jacksonville. Murphy lachte, sein Mund ein Loch im Bart. Jetzt würde er mir mal zeigen, wie man mit einem Sturm fertig werde. Kleinigkeit, sagte er, ein richtiger Spaß." Mr. Crane stöhnt und Elisabeths Hand wird nass. Wenige Sekunden später stöhnt sie und sackt tiefer ins Bett, windet sich ein wenig, ihr Körper lässt etwas los. Mr. Cranes Atem rasselt, er beginnt zu husten, rollt sich zusammen und stöhnt jetzt ganz anders. Elisabeth schließt ihn in die Arme, liegt an seinem feuchten Rücken und sie hört die Rebellion in seinen Lungen.

„War dann auch wieder nichts", röchelt er. „Das mit dem Sturm, das mit Murphy, meine ich."

Das Dickflüssige an ihrer Hand stört Elisabeth nicht, es wird dünner, läuft zwischen ihren Fingern her und ihre Vagina zuckt noch immer ein wenig. Ihre Schwesterntracht ist zerdrückt und kneift unter den Armen und an den Lenden. Es ist still, auch von draußen durch das offene Fenster kommt kein Laut herein. Elisabeth steht auf und gießt zwei Gläser Wasser ein. Sie zieht ihre Kleider zurecht, zupft am Büstenhalter, der ihr in die Brust schneidet, und sieht hinaus in die Nacht.

„Murphy fuhr geradewegs in die Wellen hinein, dann versuchte er, zu wenden und den Sturm abzureiten. Ich sagte, so eine Wende bei diesem Wetter würde in mir dann doch den leichten Anflug kleinerer Sorgen aufkommen lassen. Junge, sagte er, alles kein Problem. Und dann, Schwester Elisabeth, dann war es wieder wie in einem guten Buch, denn dann erschien der Chefingenieur und meldete Probleme im Kesselraum. Da sei irgendetwas geplatzt und außerdem dringe Wasser ein. Ich glaube, in diesem Moment erkannte ich ein erstes Anzeichen von Verunsicherung bei Murphy. Er trank ein bisschen flotter aus seinem Flachmann und ich dachte, was der Fachmann tut ist immer richtig. Na ja."

Crane legt sich wieder auf den Rücken und sieht sie an. Elisabeth fragt sich, was er in der Dunkelheit von ihr erkennt, sie möchte jetzt im Licht stehen, möchte sich ihm ganz und gar zeigen, will, dass ihr Gesicht beleuchtet ist, von allen Seiten. Ihr schönes Gesicht mit den paar kleinen Narbenzweigen. Als sie das letzte Mal daheim war, hatte sie sich vor den Spiegel gestellt und ihren Taschenspiegel seitlich gehalten und ihre Nase im Profil betrachtet und sie hatte verstanden, warum Mr. Crane diese Nase so mochte.

„Es war so laut, Schwester Elisabeth", sagt Mr. Crane. „Die Wellen, Sie können sich nicht vorstellen, welchen höllischen Lärm Wellen machen können. Es war dunkel, das Wasser schwarz, der Schaum grau, das Schiff überspült und glänzend wie ein Sarg. Na also, dachte ich, jetzt ist es soweit. Das war's. Ich hatte keine Angst – ich hatte keine Angst, Schwester Elisabeth. Warum nicht?"

„Weil Sie mich noch nicht kannten, Mr. Crane."

Wieder sagt er nichts, bleibt in dieser anderen Welt der gesprochenen Wörter, die irgendetwas umreißen, das in seinem Leben geschehen ist, sie ziehen ihn mit, überschwemmen ihn, er kommt da nicht raus, so nah ihr sein Körper auch ist, wenn ihre Hand auch nach seinen Samen riecht und ihre Scheide feucht ist von seinen Berührungen, er geht einfach weiter. Elisabeth begreift das nicht. Mr. Crane kennt keine Rücksicht.

„Sie hatten Angst, Mr. Crane. Sie geben es nur nicht zu. Sie hatten Angst, so wie damals in diesem Fluss, aus dem Ihr Bruder Sie noch so eben rausgefischt hat."

„Die Maschine versagte. Die *Commodore* ließ sich nicht mehr steuern. Tja, sagte Murphy wieder und saugte den letzten Tropfen aus seinem Flachmann. Und dann: Panik. Herrgott Schwester Elisabeth, panische Menschen. Zum Kotzen. Sie verlieren ihr Ich. Ein ganz anderes kommt zum Vorschein, hässliche Fratzen, purer Egoismus, Tötungslust, bodenlose Dummheit. In Gefahrensituationen muss man Ruhe bewahren. Aber an panische Menschen ist kein Rankommen, es sei denn, man schießt ein paar nieder oder hält ihnen einen Spiegel vor. Hätte vielleicht schießen sollen, hab ich aber nicht. Die zerrten an den Rettungsbooten, dass völlig klar war, dass sie die so nicht zu Wasser lassen konnten. In der Rangelei sind die ersten Leute dann über Bord gestoßen worden. Geschrei überall, aufgerissene Mäuler. Panische Menschen beißen, Schwester Elisabeth, die beißen den anderen in den Hals. Einer hatte sich an der Reling festgebunden, um nicht über Bord gespült zu werden, und jetzt kriegte er den Knoten nicht mehr auf. Er schrie um Hilfe, zerrte ein Foto aus der Tasche und küsste es und dann flog das Bild weg, taumelte durch den Sturm. In dem Moment kam der Kerl darauf, dass er ein Messer am Gürtel trug, schnitt sich los und sprang dem Bild hinterher. Weg war er. Nie wieder gesehen.

Crane, lallte der Kapitän, für das mit der Maschine könne er ja nun nichts. Er plädiere jetzt nachdrücklich dafür, das Schiff zu verlassen. Ich versicherte ihm, dass er den Sturm locker gemeistert hätte, wenn diese verdammte Technik nicht versagt hätte, und stimme ihm ansonsten zu. Er, der Steuermann, ein Maschinist und ich brachten ein Rettungsboot zu Wasser und schafften es, unverletzt da rein zu gelangen. Die anderen waren alle fort. Keine Ahnung, wo die geblieben sind." Er wischt sich den Schweiß aus dem Gesicht, ist klein in dem Bett und das Bett riecht nach Samen und Schweiß. Cranes Augen sind geschlossen, er hustet und stöhnt. „Das Meer", murmelt er, „hat uns fürchterlich geschlagen. Stockfinster war es. Wir waren so klein, Schwester Elisabeth, so kleine Menschlein. Vier Männer in einem Boot. Rudern, Wasser schöpfen, vollkommen fertig sein …" Sein Atem wird ruhiger, er schläft jetzt tief.

Elisabeth weiß, dass sie ihn schwächt, dass er mehr schlafen müsste, statt ihr zu erzählen, dass er seine Kräfte behalten müsste, statt sich in ihre Hand zu ergießen, sie weiß das. Sie verlässt das Zimmer, schließt behutsam die Tür und geht hinunter. Sie murmelt einen Fluch, als sie Cora mit verschränkten Armen auf dem Flur stehen sieht.

„Wie geht es ihm?"

„Er schläft. Er hat von dem Untergang geträumt, aber ich habe ihn beruhigen können."

„Was ist mit Ihren Kleidern passiert?"

„Nichts weiter, die Arbeit."

„Eine Zeit lang dachten alle, er sei ertrunken. Die Zeitungen waren voll davon. Aber dieser Mann kommt nicht so schnell um, Mädchen, der nicht. Mein Gatte."

Elisabeth möchte ihr ins Gesicht sagen, dass er nicht ihr Gatte sei, aber sie lässt es.

„Ich gehe einen Moment hinaus", sagt Elisabeth, „eine Zigarette rauchen."

„Ein so junges deutsches Fräulein raucht?"

„Neuerdings."

„Darf ich Sie begleiten?", fragt Cora.

Nein, denkt Elisabeth. „Bitte", sagt sie.

Sie gehen hinaus. Das schwarze Nachtwasser des Brunnens plätschert laut.

„An der Mosquito Coast haben sie ihn aus dem Wasser gefischt", sagt Cora und ihre Wangen leuchten orange auf, als sie heftig an der Zigarette zieht. „Einer der Männer, die mit ihm im Boot waren, hat es nicht geschafft. Ich bin sofort dorthin, als ich von Stephens Rettung hörte. Hab ihn zurückgeholt nach Jacksonville. Wenn man dem Tod so knapp von der Schippe gesprungen ist, liebt man noch besser, Schwester Elisabeth."

„Schön", sagt Elisabeth.

„Stephen braucht mich. Ich halte ihm den Rücken frei, sorge dafür, dass er schreibt, schreibt, schreibt. Ich weiß, welche Wirkung er auf die meisten Frauen hat, ich weiß es nur zu genau. Schwester, Sie als … Halbmedizinerin: Wäre es schlecht für ihn, Geschlechtsverkehr zu haben? In seinem Zustand?"

„Sehr schlecht. Tut mir leid. Tuberkulose ist eine auszehrende Krankheit."

Hinter ihnen raschelt ein Gebüsch, ein heller Schatten bewegt sich und eilt die Wiese hinab zur Straße.

„Wer da?", ruft Cora.

„Das war Helen", sagt Elisabeth und schämt sich sofort dafür.

„Helen? Was macht die hier im Gebüsch?"

„Ach, lassen Sie sie doch. Lassen Sie sie."

„Ich glaube es ja nicht. Sie meinen, das war …" Cora geht ein Stück hinab, um die Straße entlang sehen zu können. „Helen", murmelt sie und kommt zu Elisabeth zurück.

„Ich wollte immer Theaterschauspielerin werden", sagt Cora, „aber das hier geht doch ein wenig weit in seiner Theatralik.

Diese ganzen anderen Weiber da, die interessieren ihn nicht wirklich.

Er murmelt manchmal etwas von Amy, nicht wahr? Er habe sie so sehr geliebt – dass ich nicht lache. Er schuldet Amy heute noch mehrere hundert Dollar und wenn diese Frau in New York auf Stephen Crane angesprochen wird, dann wird sie immer wütend. Ich bin seine Erde. Seine Wurzel. Mich hat er geheiratet, keine andere. Und dieser Mann weiß, was er tut. Nicht immer. Aber oft."

Wieder will Elisabeth sagen, Cora sei nicht Mr. Cranes Gattin, aber sie schafft es nicht. Jetzt im Dunkeln hat diese rundliche Frau etwas seltsam Verletzliches an sich, wirkt wie eine Großmutter, die gerne Kuchen isst und der man nichts Böses möchte.

„Wenn wir von hier weggehen, werden Sie ihn nie wiedersehen, Schwester Elisabeth."

„Das haben unsere Patienten so an sich … Mrs. Crane."

Unten an der Straße taucht jetzt ein Mann auf, kommt um die Ecke und bleibt still stehen, als er die beiden Frauen vor der Villa sieht. Elisabeth kneift die Augen zusammen, die Figur kommt ihr bekannt vor. Ferdinand? Ihr Gatte? Der Mann macht ganz langsam Rückwärtsschritte und die Dunkelheit saugt ihn auf.

„Was ist hier eigentlich los?", fragt Cora. Sie geht in die Villa zurück und Elisabeth folgt ihr nach einigen Minuten. Das Sanatorium ist zu klein, als dass es einen Pförtner hätte, und gerade als Elisabeth die Tür schließt und den Schlüssel im Schloss umdreht, erscheint Helen vor der Scheibe. „Lass mich rein", sagt sie und ihre Stimme ist gedämpft durch das Glas. Elisabeth legt den Zeigefinger senkrecht vor die Lippen und wendet sich ab.

Die Tür zu Coras Zimmer steht offen, das Bett ist aufgewühlt, auf dem Nachttisch und am Boden liegen Bücher und gerahmte Bilder zeigen Elisabeth den Rücken. Auf Zehenspitzen schleicht Elisabeth in das Zimmer und guckt die Bilder an. In hellem Anzug sitzt Mr. Crane auf einem Pferd und wendet sich der Kamera zu, eine Zigarette im Mundwinkel. Er sitzt an einem Schreibtisch, Hunderte Zettel darauf, raucht und schreibt, er sitzt auf den Stufen von Brede Place, weiße Hose, weißes Hemd, Kragenbinder, Zigarette, er hat beide Hände in den Hosentaschen und blickt über die Schulter in die Kamera und sein Blick sagt, dass er weit weg möchte, dass er sich überflüssig fühlt und allein, dann mit weißem Stift markiert „1898 on the way to Cuba": ein völlig zerzauster, verdreckter Mr. Crane, dünn, rauchend, unrasiert, schnauzbärtig und absolut amüsiert und dann noch auf diesem gefälschten Felsen nahe Athen, 1897 und Mr. Crane ist so hübsch. Auf jedem Bild sieht er anders aus. Elisabeth könnte glauben, es seien mehrere Männer, die hier fotografiert worden sind. Sie greift nach dem Athen-Bild, der verzierte Metallrahmen ist warm, sie möchte es einstecken, an ihre Brust drücken und für immer behalten. Sie hört Schritte auf der Treppe, stellt das Bild ab und eilt ins Schwesternzimmer. Sie trinkt eine Tasse Kaffee, wünscht, es gäbe Apfelkuchen mit Sahne, guckt, ob es bei Cora wieder dunkel ist, und geht hinauf. Ohne anzuklopfen betritt sie Mr. Cranes Zimmer und setzt sich auf das Bett. Sie berührt ihn an der Schulter.

„Sie sagten, er habe ein Essen für Sie gegeben, Mr. Crane. Der große Mann. Davis. Sie wollten mir das erzählen."

Er murmelt, dreht das Gesicht ins Kissen, Elisabeth meint etwas von Wüste zu hören und dann von einem Schneesturm in New York. Sie berührt ihn fester.

„Ah, Schwester Elisabeth."

„Mr. Crane. Er hat ein Essen für Sie gegeben. Der böse Mann. Der, der Sie verfolgt." Sie reicht ihm ein Glas Wasser, tupft sein Gesicht ab und knallt den Lappen auf den Boden.

„Was ist los, Schwester Elisabeth?"

„Ich will mehr für Sie tun, als Ihnen das Gesicht abtupfen und ..."

„Ist doch gut, es ist doch gut. Ich könnte mir das Gesicht zwar auch selber abtupfen, aber es fühlt sich sehr schön an, wenn Sie das machen, Schwester Elisabeth.

Cora hat nie daran geglaubt, dass ich bei dem Untergang ertrunken sei. Nie. Das müssen Sie ihr lassen, Schwester Elisabeth. Nur … als sie mich abholte, als wir zurück sind nach Jacksonville, nun, da hat sie mich erdrückt. Ich bin ihren liebenden Armen nicht entkommen. Cora hat mich geradezu ausgequetscht, wenn Sie verstehen, was ich meine. Ich bin zurück nach New York, um zu arbeiten. Alte Freunde wiedersehen. Polizisten die Zunge rausstrecken. Ich schrieb *The Open Boat.* Ein Meisterwerk. Finde ich."

„Geht es auch mal ein wenig kleiner, Mr. Crane?"

„Wie dem auch sei … aber dieser verfluchte Hai, Schwester Elisabeth, er war ganz nah an der Oberfläche. Obwohl das Wasser so wild war, sah ich diesen langen, grauen Körper sich schlängeln. Mein Magen brannte, meine Kehle war wie Holz und Staub, auf den aufgerissenen Händen brannte das Salz."

Er hustet, stöhnt und hält sich die Brust. „Ich hab solche Angst vor Haifischen, Schwester Elisabeth. Diesen Anblick hätte ich mir verdammt noch mal sparen sollen – aber ich konnte nicht. Statt mich sofort abzuwenden, habe ich diesen Fisch angestarrt … Sie müssen unbedingt nach New York. Kommen Sie mit mir dorthin, ich zeige Ihnen die Stadt, was halten Sie davon?"

„Viel, Mr. Crane, ich halte viel davon."

„Nachdem ich *The Open Boat* beendet hatte, bin ich zurück nach Florida. Aber es gab erneut keine Chance, hinüberzukommen nach Kuba, wo die Rebellen mehr und mehr gegen die spanischen Besatzer vorgingen und auf Hilfe warteten. Aber irgendwer im Bacheller Konzern wollte mich im Krieg haben, wollte, dass ich schreibe. Also schickten sie mich nach Griechenland. Cora war Feuer und Flamme, sag ich Ihnen. Auf der *Etruria* nach England, nach London. Dort musste Davis irgendwie erfahren haben, dass ich auf dem Weg ins Mittelmeer war. Er selbst war als Kriegsberichterstatter losgeschickt worden und jetzt wollte er den berühmten Stephen Crane kennenlernen. Obwohl … es war noch gar kein Krieg ausgebrochen, Schwester Elisabeth. Nur kümmerte sich niemand um die diplomatischen Möglichkeiten, sondern alle warteten gespannt auf den großen Knall. Dickes Theater. Dramatik. Vernichtung. Schön weit weg von der eigenen Heimat und schön nah dran in den Berichten und den Fotos."

Er hustet wieder, dreht die Beine aus dem Bett, drückt sich hoch und stellt sich ans Fenster.

„Läuft da unten jemand herum?"

„Es ist kein Amerikaner nach Baden…"

„Den meine ich nicht. War schlanker und kleiner."

Elisabeth stellt sich neben Mr. Crane und er legt einen Arm um ihre Taille.

„Hinter den Büschen", sagt er.

„Ich sehe niemanden", sagt Elisabeth.

„Und das, was da schimmert? Ist das der … Lappen?"

„Das ist er", sagt Elisabeth.

Crane lacht heiser. „Moderne Kunst", sagt er, „ein Stephen-Crane-Schwester-Elisabeth-Gedächtnislappen." Seine Knie knicken ein, er hängt schwer an Elisabeths Schulter und sie kann ihn nicht halten, sinkt mit ihm zu Boden.

„Ich finde, jetzt wäre es wirklich Zeit, die Flasche Whiskey aufzumachen."

„Ihr Galgenhumor geht mir auf die Nerven, Mr. Crane, wirklich." Sie lehnen sich unter das Fenster, Mr. Crane erscheint Elisabeth so dünn, als säße nur ein Pyjama neben ihr.

„Davis. Ein Mann, der einen ganzen Raum beherrscht. Nachhallende Stimme, laut, aber nicht unangenehm, ein großer Mann, voll, ohne dick zu sein. Ah, Crane, sagt er und mir ist, als wolle seine Stimme mich verschlingen. Seine Augen sind zu klein für den großen Kopf, als würde er ständig blinzeln und etwas ganz intensiv betrachten. Ich weiß kaum noch, wer alles an dem langen Tisch im *Savoy* saß, irgendwelche Literaten und Berichterstatter. Davis hatte einen Auftrag von der *Times*, nach Griechenland zu gehen. Er war ein bekannter Kriegsberichterstatter und er hatte sehr schmeichelhaft über *The Red Badge* geredet.

Als ich den Saal betrat, stand er auf und kam auf mich zu. Ich wurde immer kleiner. Mist. Na ja. Crane, Junge, sagte er und schüttelte mir die Hand. Nein, er schüttelte sie nicht, er zerquetschte sie beinahe und legte die andere Hand auch noch auf. Er freute sich, mich zu sehen. Warum auch immer. Er freute sich. Ich drückte so fest ich konnte zurück. Das rang ihm Respekt ab, er nickte. Schön, sagte er, schön, schön, endlich würden wir zusammentreffen.

Wir saßen uns an den Kopfenden der Tafel gegenüber, drei, dreieinhalb Meter zwischen uns, und doch bestimmten wir das Gespräch. Die anderen sagten gar nichts, so jedenfalls kommt mir das jetzt vor.

Ich habe Dinge gesehen, Crane, sagte er. Brennende Männer auf dem Kamm einer Düne …

Ich habe einen gesehen, der sein Herz gegessen hat, in der Wüste, es sei bitter, aber er möge es, weil es bitter sei und weil es sein Herz sei.

Schweigen. Das war toll, Schwester Elisabeth. Stephen Crane sagt einen Satz und alles verstummt."

„Sicher, dass das so war, Mr. Crane?"

„Jaja. Davis begann zu lächeln und griff nach seinem Weinglas. Wir seien die Augen der Welt, sagte er. Crane, mein Junge, die anderen brauchen uns. Ob ich mich mit Fotografie auskenne? Dieser Erfindung zur Entmachtung der Zeit?

Nein, sagte ich, aber ich kenne mich aus mit Leuten, die merken, dass sie fotografiert werden.

Er schlug vor, dass wir uns zusammentun sollten, er mache die Bilder und ich solle die Texte schreiben. Subtexte zu seinen Berichten, gefühlsmäßige Anreicherungen, in *The Red Badge* sei ich damit doch weit gekommen. Er stellte eine stabile Ledertasche auf den Tisch. Hob den Zeigefinger und schnallte die Tasche auf. Mit beiden Händen griff er hinein, sah fast aus, als wolle er eine Giftschlange hervorholen. Aber von wegen, ganz behutsam nahm er eine Fotokamera heraus und stellte sie neben sein Weinglas. Was ich nun sage? Das sei eine Folding Pocket Kodak Nummer Eins, mit einem faltbaren, vierteiligen Lederbalg und Rollfilm für bis zu zwölf Aufnahmen. Ob ich übrigens wisse, dass Dora Clark im Gefängnis sitze … Er sah mich über die Gläser und Kerzen hinweg an, seine Augen wurden kleiner und dann begann er, schallend zu lachen. In New York, prustete er, gebe es jetzt einen Polizeijournalisten, der sich darauf spezialisiere, Mordopfer zu fotografieren. Er trank seinen Wein in großen Schlucken. Dann sagte er, dass er sich immer frage, warum ein Haufen Leichen auf einem Foto uns so fasziniere. Ich müsste das doch wissen, es gehe das Gerücht, ich sei auf *The Red Badge* gekommen durch Bürgerkriegsfotos, die ich in Linsons Maleratelier in New York entdeckt habe. Meine Frage sei gewesen, was hinter den Fotos war, sagte ich. Junge, sagte er, das was dahinter war … waren Ihre Gedanken. Ihre Welt, Crane, nicht die Welt. Und wieder lachte er. Ich glaube, die Herren haben mich alle angesehen, den langhaarigen, unrasierten, ständig rauchenden … Herrgott, was haben die gesehen? Hat Davis mich unter den Tisch geredet? Als ich ging, rief er mir hinterher, Theodore Roosevelt, der kommende Mann in Amerika, halte nun aber wirklich gar nichts von mir. Aber das sei mir sicher gleich. Finde er gut. Wir sehen uns im Krieg. Bei der Arbeit, sagte ich. Ach hör doch auf, Junge, du willst doch dahin. Du willst es doch. Kuba hat nicht geklappt, dein Schiff ist abgesoffen, also springst du auf den nächsten Zug direkt ins Getümmel. Wir sehen uns, Crane, wir sehen uns, wir ziehen gemeinsam los. Ich freue mich."

Mr. Crane küsst Elisabeths Wange und die Außenseite ihrer Nase.

„Davis hat mich gemocht. Wir sind gemeinsam nach Marseille gereist und dort an Bord der *Guadiana* gegangen. Cora immer dabei, meinte, das sei ein beeindruckender Mann. Vier Tage Fahrt nach Griechenland. Davis Mantel wie eine Flagge im Wind, das Schaukeln des Schiffes hat dem überhaupt nichts ausgemacht.

Er darf mich nicht finden, Schwester Elisabeth. Er wird alle täuschen, auch Cora. Und dann wird er in dieses Zimmer hier kommen und ich kann mich nicht mehr wehren. Der Mann weiß, wie man ans Ziel kommt. Der kann Spuren aufnehmen. Er darf mich nicht finden. Ich will nicht, dass es Bilder von mir gibt, die dann herumgereicht werden und mich zeigen, wie ich sterbe. Die Kameras, Schwester Elisabeth, die werden die ganze Welt verändern. Sie werden den Menschen verändern. Am Ende werden sie uns die Würde nehmen. Ob wir sterben, gefoltert werden oder kopulieren, es wird eine Kamera dabei sein und wir, wir werden keine Menschen mehr sein, sondern Statisten."

„Ich habe mein Gesicht fotografieren lassen und das Bild meiner Tante in Amerika geschickt. Ich beginne gerade, das zu bedauern. Ich glaube, ich hätte dieses Bild gerne."

„Wohin hat Ihre Tante es gestellt?"

„Oh", sagt Elisabeth. „Weiß ich gar nicht."

„Hm, Schwester Elisabeth, Kaminsims? Nachttisch … nein, Nachttisch ist für Geliebte geeignet, nicht für Nichten. Steht es, hängt es? Was denken Sie?"

„Keine Ahnung. Aber jetzt möchte ich es gerne wissen. Der Fotograf war so ein netter Mann …"

„Ein netter Fotograf? Dass ich das noch erleben muss."

„Nun hören Sie aber auf. Sie haben sich ja auch fotografieren lassen. Und Sie haben dabei ganz sicher darauf geachtet, gut auszusehen. Solche Verallgemeinerungen, die passen nicht zu Ihnen."

„Rechnen Sie mir meinen Mangel an Zeit an, Schwester Elisabeth.“

Sie hilft ihm ins Bett zurück und deckt ihn zu. Sie gibt ihm Wasser, reinigt sein Gesicht mit einem feuchten Lappen und küsst seine Augen.

„Athen“, murmelt er. „Für uns Amerikaner sind antike Säulen etwas ganz besonderes. *Hotel d'Angleterre,* prima Außenterrasse, kühler, harziger Wein, Leute zum Kartenspielen. Davis sagte, ich solle mit ihm kommen, dem Krieg entgegenreiten, ihn sozusagen empfangen. Ich verzichtete und sah zu, wie er zwei Maulesel belud. Diese Kameras mit den schwarzen Tüchern und den Stativen, oder wie auch immer man die Beine einer solchen Kamera nennt, hingen wie Leichengerippe an den Flanken der Tiere. Die Kriegserklärung der Türken an die Griechen kam erst Tage später, am 17. April, glaube ich. Es wurde noch gemutmaßt, ob sich der Krieg abwenden ließe, aber Davis ... Davis holte ihn, ritt ihm entgegen, gut gelaunt und viel zu groß für sein Pferd, Sonne im Gesicht, immer den Horizont abspähend. Das, was da komme, sagte er, sei kein amerikanischer Krieg, also würden wir auch schreiben und fotografieren können, was wir wollten. Ob das sonst nicht so sei, fragte ich. Er lachte. Junge, sagte er, natürlich nicht. Amerikanische Kriege müssen wir schön machen.“

Er dreht sich auf die Seite und zieht die Beine an.

„Kaffee, Mr. Crane? Eine schöne Tasse Kaffee?“

„Das wäre wirklich nett.“

Sie schleicht hinunter, im Treppenhaus sieht sie aus dem Fenster, die Wälder müssten jetzt allmählich in erstes graues Licht getaucht sein, aber es ist ein Schiff, das durchs Mittelmeer fährt, Sonnenschein, und Mr. Crane steht an der Reling und winkt ihr. Schwester Elisabeth, ruft er, kommen Sie, kommen Sie her, fahren Sie mit mir. Lassen Sie uns nach Athen fahren, wir erobern die Stadt, nehmen uns ein schönes Hotel. Schwester … Schwester, kommen Sie doch. Elisabeth schlägt die Hände vors Gesicht und rennt ins Schwesternzimmer, stößt an, ein Kessel scheppert zu Boden. Das Klirren und Knirschen ist so laut, dass Elisabeth beinahe aufschreit. Als hätte dieses Poltern etwas in ihr umgestoßen, setzt Elisabeth sich und reibt sich die Augen. Sie möchte schlafen, sich jetzt zu Mr. Crane legen und einfach ein wenig schlummern. Aber sie weiß, wenn sie das jetzt macht, schläft sie tief ein und Cora oder eine der Krankenschwestern würde sie im Bett neben Mr. Crane finden. Dann wäre alles vorbei. Aus, Ende. Mit nervösen Händen macht sie den Kaffee fertig, der Geruch, der aus dem Schublädchen der Mühle steigt, muntert sie ein wenig auf. Ich werde alles verlieren. Ich kann Tante nicht fragen, ob sie mir mehr Geld schickt. Nimm es für deine Freiheit, sagt sie immer, die allerbeste Hermine der Welt. Ich ruiniere mich. Ich ruiniere mich für einen todkranken Mann aus Amerika, der in England lebt und verschuldet ist und wahrscheinlich keine Zukunft hat und ich hole mir Tuberkulose.

Genau das ist es, was ich tue. Und nie, niemals zuvor bin ich so glücklich gewesen. Zum Zerreißen glücklich, verzweifelt glücklich. Glücklich. Sie gibt einen Schluck Milch in ihre Kaffeetasse und rührt einen Löffel Zucker hinein. Das Fenster ist jetzt hellgrau, die Sonne wird bald wieder da sein und einen langen Tag im Schwarzwald machen, und Elisabeth wird kaum eine Minute mit Mr. Crane alleine sein. Cora wird sie beäugen, Helen und Dr. Fraenkel ebenfalls, die Oberschwester wird ihre Arbeit überprüfen. Sie hat sich ohnehin schon bei Fraenkel beschwert, dass Elisabeths Nachtwachen nicht mit ihr abgesprochen waren, aber Fraenkel hat diesen Eifer als Elisabeths Ehrgeiz dargestellt, eine noch bessere Krankenschwester werden zu wollen, und die Oberschwester beschwichtigt. Und wer weiß, vielleicht hat er ihr sogar gesagt, dass Mr. Crane bald … Mit geschlossenen Augen trinkt Elisabeth die Tasse Kaffee, bereitet eine weitere für Mr. Crane und schleicht hinauf. Durch die Fenster ist der Tag ihr auf den Fersen, die Fensterkreuze legen erste Ahnungen von Schatten auf die Treppe und oben in den Flur. Stufe um Stufe wird Elisabeth klar, wie kurz das alles erst her ist. Griechenland, das war gerade drei Jahre her, aber immer wenn sie Mr. Crane lauscht, fühlt sie sich viel weiter in eine schleierhafte Vergangenheit versetzt, auch in eine andere Welt, die nicht mit ihrer zusammengehen will. Es ist die Crane-Welt. Ein kleiner, neugieriger, besessener Mann, der an großen Ereignissen vorbeischrappt und sich ständig zu wundern scheint. Alles erscheint ihr anders, als kehre sie heim und die Wohnung ist leer und dann kommt Mr. Crane und schmeißt ein paar Bücher hierhin, einen Revolver dorthin, schüttet Erinnerungen in Wassergläser und die Gläser werden grau und dampfen. Sie hält ihm die Kaffeetasse unter die Nase, er murmelt, dass die armen Griechen nicht eine Schlacht gewonnen hätten. So ein schönes Land, so viel Sonne, Olivenbäume.

„Deutsche Offiziere“, röchelt er, „Deutsche Offiziere, Schwester Elisabeth …“ Er schlägt die Hände vor das Gesicht. „Gottverdammt. Verflucht noch mal. Haben Sie … haben Sie je griechischen Wein getrunken, Schwester Elisabeth? Ich liebe Sie so sehr.“ Er tastet nach ihrem Gesicht, seine Augen flackern. Er ist außer Atem und sieht Elisabeth an, nimmt einen Schluck Kaffee.

„Ich bin Cora dort nicht entkommen, Schwester Elisabeth. Ich hatte eine Zahnwurzelentzündung, ausgerechnet zu solch einem Zeitpunkt … Ich wollte natürlich trotzdem los. Ich wusste, dass Davis an der Front war irgendwo in … ich weiß es nicht mehr. Aber Cora hielt mich. Sie drückte mich ins Bett. Ich kam viel zu spät. Davis stand im Graben und lachte mich an, er fragte, ob ich mich nicht schäme. Die füllige Blondine scheine ja recht überzeugende Eigenschaften zu haben. Und sein grauenvolles Lachen klang durch den Schützengraben, dass die Soldaten sich nach ihm umsahen. Zahnweh, Stevie? fragte er. Ja, du gleich auch, Davis, sagte ich. Nicht schlecht, Kleiner, sagte er und klopfte mir auf die Schulter, als seien wir beste und älteste Freunde. Er habe ein paar ganz dolle Sachen im Kasten, sagte er. Ganz, ganz doll. Atemberaubend.

Schwester Elisabeth … wenn da jemand durch einen Schuss von seinen Qualen erlöst werden sollte, dann trat Davis dazu. Verzeihung, sagte er, wenn Sie erlauben, würde ich erst gerne noch ein Foto von dem Mann machen. Danke, sehr freundlich von Ihnen. Und dann sah dieser betreffende Mann die Kamera …“

Er sackt zusammen, röchelt. „Ich war zu spät. Aber ich

bügelte das wieder aus. Ich ging den Berg hinauf, immer weiter, als wolle ich direkt in den Himmel. Da oben stand eine Batterie griechischer Kanonen, die anderen Männer lagen alle in Deckung in den Gräben. Ich nahm eine leere Munitionskiste, setzte mich auf der Spitze des Berges darauf und sah zu, wie die Granaten in der Ebene in die Reihen der Türken schlugen. Davis kam kurz vorbei, sah mich an und ging wieder.

Mein Gott, Schwester Elisabeth, das Leben ist so schön."

„Sind Sie ein Selbstmörder, Mr. Crane?" Als sie die Frage stellt, weiß sie, dieser Gedanke nistet seit einiger Zeit in ihrem Kopf, er windet sich und hat sich versteckt und jetzt seinen Moment gefunden. Mr. Crane sieht sie lange an – und er sagt nichts. Das kommt selten vor, eigentlich nie.

Als Elisabeth bei Sonnenaufgang daheim ankommt, sinkt sie in ihrer Schwesterntracht ins Bett. Der Mann, mit dem sie verheiratet ist, setzt sich zu ihr und fragt, was denn mit ihr los sei. Nichts, das er verstehen würde, murmelt sie. Sie weiß, dass sie ihm wehtut, sie will das gar nicht, aber sie ist so erschöpft und übermüdet, dass Worte sich verselbstständigen und vielleicht ehrlicher sind als alle anderen.

„Die Ehe darf unbedingt nicht die Bedeutung behalten, die sie heute hat, vor allem nicht für die Frau, für die sie sozusagen fast alles bedeutet: Lebensaufgabe, Versorgung, Lebensstellung. Die Frau empfängt auf die demütigenste Weise.

In Bezug auf die Regelung des ehelichen Verkehrs sei noch angegeben, dass die Mäßigkeit darin besteht, die Vereinigung so selten als möglich zu vollziehen, nicht mehr als ein- bis zweimal im Monat.“

Dr. med. Anna Fischer-Dückelmann, „Die Frau als Hausärztin“

11

Sechster Tag
30. September 1914

Der Mann, mit dem sie verheiratet war, hatte Badenweiler verlassen, als es zur Scheidung kam. Das war zwei Jahre nachdem Mr. Crane gegangen war. Als Elisabeth ihren Eltern von ihrem Entschluss, sich scheiden zu lassen, berichtete, ließ ihr Vater sich in den Sessel fallen. Mutter legte die Hände an die Wangen, hatte genäht, die Nadel jetzt eine silberne Gerade im Mundwinkel, mit einem roten Punkt an der Wurzel, der größer wurde und plötzlich nach unten floss. Ferdinand übernehme die volle Verantwortung für das Scheitern der Ehe, sagte sie und sie dachte nicht darüber nach, welch ein edler Mann ihr Gatte gewesen war.

„Ich verstehe dich nicht“, sagte ihr Vater. „Ferdinand ist Doktor der Medizin, forscht. Ein guter Mann. Immer für dich da.“

„Das ist der Geist meiner kleinen Schwester Hermine in dir“, sagte ihre Mutter. „Ich habe so etwas immer geahnt. Ach Gott, Kind, ach Gott.“

Elisabeth weiß, dass damals viel über sie geredet wurde, wahrscheinlich wird heute noch über sie geredet, die vernarbte Krankenschwester, die sich irgendwie dieses Häuschen leisten kann und alleine lebt und manchmal behaupten soll, sie habe Anton Tschechow umgebracht. Auf eine eigentümlich stille Weise ist sie populär. Das hätte Mr. Crane gefallen.

„Sind Sie so erpicht auf eine sinnlose Liebe, Schwester Elisabeth?“, fragte Mr. Crane.

„Eine Liebe ist nie sinnlos“, sagte sie.

Beginnt sie erst jetzt nach und nach zu begreifen, was vor 14 Jahren geschehen war?

Als sie am späten Nachmittag zum Sanatorium zurückgeht, stehen einige Offiziere vor dem *Hotel Römerbad* und schauen gemeinsam mit gesenkten Köpfen in eine Zeitung. Eine schwarze Limousine fährt vor, der Schlag wird aufgestoßen und ein weiterer Offizier steigt aus. Die anderen gehen auf ihn zu und begrüßen ihn handschüttelnd und Hacken schlagend. Er streicht sich den gezwirbelten Schnurrbart, beugt sich ins Auto zurück und zieht eine langbeinige Kamera heraus, das schwarze Lichtzelt für den Kopf des Fotografen wie der Trauerschleier einer Frau. Als Elisabeth unwillkürlich einen Moment stehen bleibt, bemerken die Männer sie. Sie können ihre Narben nicht sehen, nicken freundlich und der Offizier mit der knöchernen Kamera hebt das Gerät kurz an, als wolle er ihr eine Trophäe zeigen. Sie kommen, denkt Elisabeth. Im selben Moment hört sie das unverkennbare Geräusch marschierender Männer. Sie weiß gar nicht warum, aber dieses Geräusch gab es in Deutschland immer schon. Eine Kompanie Soldaten kommt die Straße herauf und nimmt auf dem Platz vor dem Hotel Formation an. Ein weiterer Offizier erscheint aus dem Portal des Hotels und schreitet auf die stillstehenden Männer zu und Elisabeth geht zum Sanatorium. Badenweiler, Stadt der Sterbenden. Weiterhin waren ihr die Männer unter den

Händen weggesackt, ausgemergelt, blutspuckend, abtransportiert, das Bett frisch machen für den Nächsten. War es wirklich so, dass diese kleine Stadt der Ort war, an dem ihr eigentliches Leben mit Mr. Stephen Crane stattgefunden hatte? Er hatte mal gesagt, man könne die Menschen nicht verstehen, mit diesem Gedanken müsse man sich anfreunden. Sich selbst verstehen? Nun, er habe den Versuch recht früh aufgegeben. Irgendwann würde man Bücher über ihn schreiben, sagte er, Biografien … die würden sich ihre hübschen Zähne ausbeißen. Das Einzige, das er sicher von sich selbst wisse, sei, dass er nicht normal sei. Dass er mit einem normalen Leben nichts anfangen könne, ja gar nicht dazu fähig sei, ein solches zu führen. Er sei in vielen Beziehungen ein Versager, in anderen ein Genie. Er wette, man sei nie man selbst … Er winkte ab, lachte heiser, alles Quatsch, sagte er.

In der Halle begegnet ihr die Mutter von Bernhard Fischer. Sie grüßen sich und als Elisabeth schon auf der Treppe ist, ruft die Frau nach ihr, nimmt je zwei Stufen und will, so erscheint es Elisabeth, nach ihrer Hand greifen, lässt das aber.

„Mein anderer Sohn, der Hauptmann, ist abgereist“, sagt sie. „Oberschwester, helfen Sie Bernhard.“

Sie dreht sich um, geht schnell, als habe sie Angst vor ihren Worten, als befürchte sie, das Gesagte wieder zurückzunehmen. Sie eilt durch die Sonnentür, ihre Silhouette glüht auf und ist fort. Es ist Krieg, denkt Elisabeth, es ist Krieg, weil die Menschen es so wollen. Zehntausende tot und verstümmelt. So viele sind bei mir gestorben und wie viele von ihnen haben sich noch in mich verliebt? Wie viele meinten oder glaubten oder dachten, mich zu lieben? Ich kenne den letzten Handgriff der Sterbenden, dieses letzte kurze, noch einmal unerwartet kraftvolle Zudrücken und das letzte Ausatmen, bevor der Kopf zur Seite sinkt und das Gesicht huschend schnell blass wird. Dieses Körpergefühl kenne ich viel besser als das der Liebe, viel besser als den Moment der Hingabe. Was haben Sie an mir geliebt? Mr. Crane? Tu ich Ihnen Unrecht, wenn ich hin und wieder an Ihrer Liebe zweifle? Sie fühlten sich unnütz, überflüssig und im nächsten Moment umarmten Sie die Welt so fest, dass es für tausend andere gereicht hätte. Sie sahen viel Sinnlosigkeit und sie hassten das Wort „sinnlos“. Sie haben noch so viel gelacht, bevor sie mich einfach verließen, als wäre all das hier vor 14 Jahren nichts Bedeutendes gewesen. Wir haben gemeinsam gelacht, haben uns durchgeschleppt, Sie in meinen Armen in stockdunkler Nacht, weil Sie raus wollten. Deutschland erscheine Ihnen irgendwie komisch, sagten Sie. Kaiser statt Präsidenten, die Orte, zumindest Badenweiler, so eigentümlich aufgeräumt … Sie neigten wieder zur Verallgemeinerung, die ich Ihnen ja wegen des angeblichen Mangels an Zeit verzeihen sollte. Ich sollte Sie, sobald Sie gesund seien, durch Deutschland führen, in mein Hamburg, von dem ich manchmal so geschwärmt hätte, und nach Berlin, wovon man sogar in Amerika schon gehört habe.

Es gibt kein Bild von uns beiden, Mr. Crane. Ich hätte so gerne eines. Ihre Wange an meine linke Wange gedrückt, die Arme um die Schultern gelegt, lächeln wir in die Kamera. Mr. Crane und Schwester Elisabeth.

Sie betritt Fischers Zimmer. Sie hat ihn nie gefragt, ob es eine Frau an seiner Seite gibt. Sogar das vergisst sie, wenn Krieg ist und die Erinnerungen an Mr. Crane sie verwirren. Sogar das. Fischer sitzt am Fenster und zeichnet. Er klappt den Block zu. Auf der linken Seite seines Hemdes ist ein feuchter, leicht ockerfarbener Fleck. Die Wunden nässen so, wie Elisabeth es will. Sie schüttelt die Bettdecke aus, sieht auf die Fiebertabelle und fragt, wie es ihm geht. Der Leutnant dreht die Hand in der Luft hin und her. „So lala?“, übersetzt sie. Er nickt. „Gibt es eine Frau, Herr Fischer? Eine, die auf Sie wartet? Eine, deren jetzige Abwesenheit schlimmer ist als alles andere?“ Er lächelt und senkt den Kopf. Vor dem Kleiderschrank steht eine dritte Staffelei mit weißer Leinwand.

„Wird allmählich ein wenig eng im Zimmer“, sagt Elisabeth. „Wann fangen Sie an zu malen? Und, bitte, Sie werden nicht die teuren Ölfarben für irgendwelche Schützengräben verwenden, oder?“

Fischer verneigt sich.

„Warum haben Sie den Skizzenblock zugeschlagen, als ich ins Zimmer kam?“

Er hält den Block auf den Knien, schlägt die Klappe wieder auf und reicht Elisabeth das Bild herüber. Es ist ein Blick in die Wälder, die Tannen hoch und fest und eine Seite nur umrandet, um all das Sonnenlicht zu zeigen. Die Berge machen Wellen in den weißen Himmel, vorne links blühen Blumen. Elisabeth streichelt Fischers Wange.

„Schön“, sagt sie, „wirklich schön. Darf ich das Bild behalten, Herr Fischer?“

Er nickt.

„Und? Gibt es denn nun ein Mädchen, junger Mann?“

Er wiegt den Kopf hin und her.

„Es gibt ein Mädchen? Nur … sie weiß es nicht? Verstehe ich das richtig?“

Er nickt wieder. Schade, schade, denkt Elisabeth und gleich darauf, ach Unsinn.

„Mr. Crane sagte immer, wir sollen uns nicht der Illusion hingeben, genug Zeit zu haben. Dann lachte er. Er hat immer den Ernst aus den Dingen genommen, das konnte er wie kein anderer, glaube ich.“

Fischer neigt den Kopf zur Seite und malt sich abspulende Kreise in die Luft.

„Wie es weiterging mit Mr. Crane und mir? Nun, lieber Herr Fischer, das ist nicht so einfach. Es ist alles lange her und Mr. Crane erzählte ja so, wie er sein Leben sah: in Wellenlinien. Von seinen normalen Tagen habe ich nie etwas erfahren. Ich weiß, wo er zu bestimmten Zeitpunkten war und was er dort tat, aber … die einfachen, guten Tage? Unsere Tage? Was hat er darüber gedacht?“

Fischer greift nach ihrer Hand und sieht ihr in die Augen.

„Was denn?“

Er schüttelt den Kopf.

„Was denn, Herr Fischer?“

Elisabeth geht zum *Hotel Römerbad* und fragt nach dem Zimmer von Frau Fischer. Als sie anklopft und eintritt, sieht Fischers Mutter klein aus vor den hohen roten Fenstervorhängen.

„Haben Sie ein Auto, Frau Fischer?“, fragt Elisabeth.

„Nicht hier, nein.“

„Aber Sie können einen Wagen besorgen?“

„Jederzeit, natürlich, Schwester Elisabeth.“

Elisabeth setzt sich an den Tisch.

„Lassen Sie uns doch mal zwei Tassen Kaffee kommen, Frau Fischer. Und vielleicht Apfelkuchen mit Sahne. Und dann … dann reden wir. Über Ihren Sohn.“

12

Sechster Tag
2. Juni 1900

Der Weg von ihrer Wohnung in der Sofienstraße zum Sanatorium wird Elisabeth zu lang. Nach wenigen Metern auf der Straße stößt sie das Gartentörchen der Wilhelmis auf, blickt sich um, huscht über die Wiese und schwingt sich, schwupps, über den Jägerzaun in den Hinterhof der Meiers. Zwei Schweine laufen quiekend vor ihr weg, ein Fenster wird aufgestoßen, was sie denn da mache, ruft eine Frauenstimme. Elisabeth duckt sich, läuft schnell weiter und gelangt auf Höhe des Rathauses auf die Luisenstraße.

Helen sitzt auf einer Bank und sieht ihr entgegen.

„Du hast sehr auffällige Augenränder, Elisabeth. Und … es tut mir leid, dass ich dir gedroht habe."

„Ist schon in Ordnung.

Was ist eigentlich aus diesem Diener und der Krankenschwester geworden?"

„Die hatten schweren Krach. Onkel Stephen hat mit ihnen geredet, Cora hat sie angemault. Hatten vom ersten Tag an aneinandergrenzende Zimmer im Hotel. Aber wenn du mich fragst, bräuchten die nur noch eins."

„Na, das ist doch mal was."

„Cora ist stinksauer."

„Wie kann man deshalb sauer sein?"

„Ach komm, Elisabeth, versetz dich doch mal in die Lage von Tante Cora. So viel Aufregung drumherum noch." Helen blinzelt sie an. „Darin bist du nicht so gut, oder? Dich in andere zu versetzen?“

Gute Frage, denkt Elisabeth.

„Er hat seit langem vor irgendetwas Angst“, sagt Helen. „Gespenster würden ihn verfolgen.“

„Hat er nie darüber geredet, wer diese Gespenster sind?“

„Onkel Stephen sucht sich die Leute genau aus, mit denen er redet. Er sagt, es gebe eine Menge Dinge, über die er mit Cora nie reden würde, über andere würde er mit Joseph Conrad nicht reden. Mit dessen Sohn Borys hat er viel geredet. Ein Säugling. Die beiden verstanden sich. Lagen auf dem Bauch auf der Wiese und Onkel Stephen hat dem Kleinen stundenlang erzählt. Was, hat er nie gesagt. Wissen Sie eigentlich, dass er elf Geschwister hatte? Wissen Sie, dass seine Eltern streng gläubige Menschen waren? Alkohol, Spielkarten, Frauen-Männer-Geschichten, alles völlig undenkbar. Komisch, nicht?“

Elisabeth greift nach den Narben, sieht wieder das orange Lodern. So irrational. So dumm. Und endgültig. Sie hatte nicht anders gekonnt und sie hatte es nie jemandem erzählt. Manchmal überlegt sie, es der Tante zu schreiben, nach all den Jahren, die vergangen sind, seit ihr dieser Flammenbalken ins Gesicht fiel. Irgendwann wird sie es ihr beichten und vorher wird sie es Mr. Crane gestehen, wem sonst?

Helen sagt ihren Namen, mit steigender Endbetonung, einer Frage gleich.

„Lieben Sie ihn?“

Elisabeth lächelt, ihr Herz springt. Sie wirft Helen einen Kuss zu und geht.

Im Sanatorium kommt Dr. Fraenkel ihr entgegen und schickt sie sofort hinauf. Elisabeth stößt auf der Treppe beinahe mit Cora zusammen, deren Kleid ist vorne ganz rot. Sie rennt in Mr. Cranes Zimmer. Oh Gott. Er schafft es, sie anzusehen, sein Kinn ist verschmiert. Alles rot. „Davis wird kommen“, röchelt er. Schweiß vermischt sich mit Blut. Elisabeth beißt sich so fest auf die Lippen, dass sie aufschreit. Die Oberschwester schiebt sie beiseite, was denn los sei, wieso sie da rumstehe, großer Gott, keine Duselei. Elisabeth spürt die Dielen am Körper, spürt sein Blut, jemand greift nach ihren Schultern und hebt sie hoch. Sie hört Mr. Crane ihren Namen sagen. Elisabess. Elisabess.

Sie läuft durch den Sand an der Ostsee, sie weiß nicht, wie alt sie ist. Mama und Papa rufen nach ihr, aber sie läuft immer weiter. Alles ist blau, der Himmel, das Meer, selbst der Sand scheint bläulich und Elisabeth rennt, spürt ihre Schnallenschuhe tief einsinken und vom Meer kommt Wind. „Elisabeth.“ Sie hört ihren Namen.

Tante Hermine bleibt an der Stelle im Sand stehen, von der Elisabeth weggerannt ist und sie ist es, die das Mädchen mit geöffneten Armen wieder auffängt. „Willst weg, hm?“ Wind fängt sich unter Tantes breiter Hutkrempe, die Tante lacht laut und unfraulich. „Lass ihn fliegen“, ruft sie, als Elisabeth aus den Armen der Tante heraus versucht, nach dem Hut mit den flatternden Bändern zu greifen. „Lass ihn fliegen.“ Sie zieht die Nadeln aus dem Haar und dicke braune Locken flackern vor dem Blau. Sie setzt Elisabeth ab und zieht die Schuhe aus. „Komm, du auch“, sagt sie.

Als sie gemeinsam auf das flache Wasser zurennen, ruft die Mutter, zurückgekehrt von der vergeblichen Suche nach Elisabeth: „Das Wasser ist doch viel zu kalt. Was macht ihr denn jetzt schon wieder?“ Bis zu den Knien, das Mädchen spürt glatt gespülte Steine unter den Füßen und Muscheln und es hört Wind und das Lachen der Tante. Elisabeth sieht ihre Mutter den Kopf schütteln. „Komm, ich zieh dich raus“, sagt die Tante. Elisabeth steckt fest, ihre Füße versinken.

Elisabeth? Schwester? Kommen Sie zu sich. Ich war es, sagt sie, ich war es. Elisabeth? Mädchen? Sie schlägt die Augen auf, Dr. Fraenkels altes junges Gesicht so nah über ihr, als habe er sie gerade eben geküsst. Sie liegt auf dem Boden im Flur, die Blumen auf der Tapete direkt neben ihrem Gesicht. Fraenkel hilft ihr hoch. Ohne ein Wort geht sie in Mr. Cranes Zimmer zurück. Das Bett ist sauber, Mr. Crane schläft, er ist nicht blass, er ist weiß im Gesicht. Es riecht nach Reinigungsmitteln.

„Ein bisschen mehr Standhaftigkeit hätte ich von Ihnen schon erwartet“, sagt Cora. Sie hält Mr. Cranes leblose Hand. Helen steht am Fenster und weint.

„Wie … wie lange war ich …?“

„Eine ganze Zeit, Schwester“, sagt Fraenkel.

„Ich gehe hier nicht mehr weg“, sagt Cora und legt den runden Kopf in den Nacken. Oh doch, denkt Elisabeth, und wenn ich dich rausprügle.

„Und du, Helen, du gehst jetzt raus und beruhigst dich“, sagt Cora. Ohne ein Wort des Widerstandes und mit vor das Gesicht geschlagenen Händen verlässt Helen das Zimmer, taumelt auf den Flur und ihr Schluchzen wird lauter, obwohl sie sich immer weiter wegbewegt. Fraenkel streicht sich den Bart. Morphium, murmelt er, Morphium.

„Wird es ihm helfen?“, fragt Cora. Fraenkel scheint erstaunt, dass sie ihn gehört hat, und Elisabeth erinnert sich an Coras Ausspruch über ihre guten Ohren und die dünnen Türen.

„Ja“, sagt Fraenkel, „es wird ihm helfen, wenn es …“

„Es ist noch lange nicht so weit“, sagt Elisabeth.

„Na, mit dem Mund sind Sie ja ganz flott, Schwester.“

Mein Mund hat ihn geküsst, faucht Elisabeth in Gedanken. Ja, ich bin flott geworden mit dem Mund. Mein Mund wird sein Morphium sein, mein Mund wird ihn heilen und glücklich sein lassen.

„Was ich sage, sollte ganz in Ihrem Sinne sein, Mrs … Wie heißen Sie eigentlich? Hm, wie heißen Sie wirklich?“

„Crane. Cora Crane. Wie. Denn. Sonst? Seien Sie bloß vorsichtig, Mädchen.“

„Meine Damen, meine Damen“, sagt Fraenkel, „das ist nicht gut. Wir wissen nicht, was ein schlafender Mensch mitbekommt, wie viel von dem um ihn herum in seine Gedanken dringt. Bitte …“

„Sie haben doch keine Ahnung, Doktor“, sagt Cora.

„Ich …“

„Er hat vielleicht mehr Ahnung, als Sie denken, und er kann damit umgehen“, sagt Elisabeth.

„Nun, wenn ich …“

„Seien Sie jetzt mal still“, sagt Cora. „Hören Sie zu, Schwester …“

„Nein, ich höre nicht zu."

„Mrs. Crane, Schwester Elisabeth, ich möchte ..."

„Was denn?", sagen Elisabeth und Cora unisono und starren Fraenkel an. Nie zuvor hat Elisabeth den Doktor so hilflos gesehen wie jetzt, wo er den verbalen Gefechten zweier Frauen ausgesetzt ist und nicht einen Satz zu Ende bringen kann. Er räuspert sich, hört nicht auf, sich den Bart zu streichen. Was würde er tun, wenn er den Bart nicht hätte? Fraenkel verbeugt sich und geht hinaus. Elisabeth setzt sich auf die Bettkante und spürt Mr. Cranes Beine an ihrem Po.

„Um seinetwillen sollten wir hier vielleicht wirklich nicht streiten", sagt Cora. „Gehen Sie, Schwester, lassen Sie mich mit meinem Mann allein. Er schläft jetzt tief, ich will bei ihm sein."

Elisabeth geht hinunter ins Schwesternzimmer. Die Oberschwester, das steife Bein wie eine Stelze unter dem Tisch, bedeutet ihr, sich zu setzen und redet auf sie ein. Elisabeth sagt Ja und Entschuldigung und es wird nicht wieder vorkommen. Cora war auch blass, hatte Ränder unter den Augen. Wahrscheinlich schlief sie schlecht, war müde. Müde? Elisabeth schielt nach dem Medikamentenschrank mit den spiegelnden Glastüren. Jawohl, sagt sie zur Oberschwester und denkt, dass sie das Friedensangebot von Cora auf gar keinen Fall – warum auch – annehmen wird. Mr. Crane will sie, Elisabeth. Nur sie. Die Reihen lichten sich, die Krankenschwester und der Diener treiben es in den feudalen Betten des *Hotels Römerbad*, Helen hat kapituliert, Dr. Fraenkel tritt den Rückzug an und der Mann, mit dem sie verheiratet ist, blickt sie an, als sei sie eine Fremde. Soll er doch um die Villa schleichen, er würde sich ohnehin nie trauen, das Haus zu betreten, um tatkräftig nach Elisabeth zu schauen. Andererseits ist es rührend. Ach Mensch, denkt Elisabeth.

„Haben Sie mir zugehört, Elisabeth?“, fragt die Oberschwester. „Wenn Sie die Nachtwachen, für die Sie sich freiwillig gemeldet haben, nicht schaffen, wenn Ihre Arbeit darunter leidet, dann wird das rückgängig gemacht. Ist Ihnen das klar, Mädchen? Dann können Sie Ihren Lieblingspatienten nicht mehr so oft sehen.“

„Meinen Lieblingspatienten?“

„Ja Herrgott, Elisabeth, Sie sind hier nicht von einem Haufen Blinder umgeben.“

Dann sitzt sie allein im Schwesternzimmer, und das Rettungsboot kommt aus dem nächsten brausenden Wellental nicht wieder hervor. Macht es ihm nichts aus? Hat er in Griechenland bei der Kanonen-Batterie darauf gewartet, dass er getroffen wird? Und … wäre das nicht sogar besser gewesen, als das, was jetzt ist? Meine erste Liebe, denkt sie. Meine erste wirkliche Liebe. Ein Mann. Was wird nach ihm sein? Wer soll ihm folgen können? Meinem Mr. Crane. Nein, denkt sie, ich lasse ihm keine Minute Ruhe mehr. Keine einzige Minute. Er ist mein, mein, solange ich ihn noch haben kann. Und wenn er an mir … statt an Tuberkulose …?

Sie macht ihre Arbeit. Lugt mittags in Mr. Cranes Zimmer. Er schläft immer noch, Cora sitzt nach wie vor auf dem Stuhl, als hätte sie sich nicht bewegt. Elisabeth geht hinaus auf die Wiese am Hinterausgang des Schwesternzimmers. Sie tut, als halte sie eine Pistole in der Hand und schießt: die Sonne zerplatzt unter dem Volltreffer, läuft aus, hellgelbe Flüssigkeit schwappt auf die Erde und es wird dunkel.

Nach dem Dienst geht Elisabeth heim, der Mann, mit dem sie verheiratet ist, verlässt das Wohnzimmer, als sie sich in den Sessel setzt. Nach einigen Minuten kommt er zurück.

„Ich habe dir Blumen gekauft", sagt er. „Rechte Seite, gute Seite?"

Sie hält ihm die gute Seite hin.

„Ich … ich bin nie so erzogen worden, Gefühle ausdrücken zu können. Ich möchte das gerne können. Für dich, Elisabeth." Sie schaut aus dem Fenster.

„Du gibtst dir so viel Mühe, Ferdinand. Und ich gebe dir gar nichts."

„Jeder Moment deiner Anwesenheit ist das Beste auf der Welt."

„Sicher?"

„Sicher."

Als sie gegen Abend zurückgehen will zum Sanatorium, hält ihr Mann sie am Ellenbogen fest. Bevor sie etwas sagen kann, hat er sie an sich gezogen und küsst sie auf die Lippen. Sie zieht die Brauen zusammen und starrt ihn an. Seine Augen funkeln. Kann man Augen wirklich lesen? Verraten sie uns alles … das, was sie sehen, was sie gesehen haben und wie sie gesehen werden? Oder verraten sie uns vor allem, was sie zu sehen begehren? Er sagt ihren Namen. Sie lächelt ihn an wie einen alten, kranken Freund. Sie möchte jetzt gerne etwas Nettes zu ihm sagen, will es wirklich, aber die Villa wartet und ein anderer Mann, einer, der sie geschmeckt hat, der über sie geschrieben hat.

„Ich liebe dich", sagt ihr Mann. „Ganz gleich, was du tust. Ich verzeihe dir alles. Nur komm zu mir zurück. Ich werde nie fragen, ich werde dir zuhören, wenn du es erzählen willst, aber ich werde dich nie fragen. Ich werde auf dich warten, Elisabeth. Immer. Ich werde tun …"

„Ich muss jetzt gehen. Nachtwache, du weißt doch. Warte nicht."

„Elisabeth."

In diesem Moment weiß sie, dass sie ihn verlassen wird, koste es, was es wolle. Nach den schwächlichen Umarmungen durch Mr. Crane kann sie denen ihres Mannes nur noch Trost entgegenbringen. Er tut ihr leid. Liebestuberkulose. Während sie die ersten Stufen hinuntergeht, überlegt sie, sich noch einmal nach ihm umzusehen, aber was würde sie ihm damit zeigen, was würde sie in ihm auslösen, wenn sie sich jetzt umsähe? Wird Mr. Crane sich umsehen, wenn er geht? Ja, wird er. Als sie unten die Tür hinter sich zuzieht, ist etwas vorbei.

Die Villa auf dem Hügel ist das einzige Haus hier, die Wälder steigen dunkel in den Himmel. Ein einzelnes Fenster leuchtet orange, als brenne ein Feuer. Das weiß lackierte Holz wie der Rahmen für ein Bild, das Elisabeth von zwei Seiten betrachten könnte. Es ist das Fenster zu Mr. Crane. Irgendwer scheint bei ihm zu sein, wie immer. Ein verlassenes Haus, in dem sich die Übriggebliebenen einer Katastrophe versammeln. Oder? Es könnten auch Liebende sein, die Licht haben wollen, wenn sie gemeinsam im Bett liegen. Alle anderen schlafen schon, nur die zwei Begierigen nicht.

Sie huscht in die Eingangshalle. Unter der Tür zu Coras Zimmer ist kein Lichtstreif, Dr. Fraenkel kommt aus seinem Zimmer, hebt sofort die Hände, als wolle er sich ergeben und schließt die Tür wieder. Elisabeth geht die Treppe hinauf und schleicht auf Mr. Cranes Zimmer zu. Sie lauscht. Durch das große Schlüsselloch sieht sie Coras breiten Rücken. Was ist jetzt wichtiger? Das, was sie sieht oder sehen könnte, oder die Frage danach, ob sie gesehen wird, wie sie mit zwangsweise von sich gestrecktem Po vor dieser Tür steht, durchs Schlüsselloch guckt und den warmen Lack der Tür an der Nasenspitze spürt? Elisabeth strafft den Körper, klopft an und tritt ein.

„Schwester Elisabeth."

„Mr. Crane."

Irgendwer hat Kerzen entzündet, fünfarmige Halter, warmes Licht, Schatten flackern durch die Luftbewegung der Tür.

„Es ist alles in Ordnung", sagt Cora weich. Und dann geschieht etwas, das Elisabeth nicht versteht. Cora erhebt sich, küsst Mr. Crane die Stirn, geht dicht an Elisabeth vorbei und zieht die Tür hinter sich zu.

„Ist alles sehr anstrengend für sie", sagt Mr. Crane.

„Das ist mir gleich, Mr. Crane."

„Sie werden mir noch radikal, hm?"

„Vielleicht."

„Ich will nicht müde sein, Schwester Elisabeth. Ich will nicht, will nicht, will nicht."

„Schlafen Sie nicht ein, Mr. Crane."

Er blickt sie an, streckt eine Hand nach ihrem Gesicht aus und sie schließt die Augen, als er ihre Wange berührt.

„Ich soll nicht schlafen? Sie sind eine komische Krankenschwester."

„Küssen Sie mich, Mr. Crane."

Sie beugt sich zu ihm hinab. Die Bettdecke bewegt sich, Mr. Crane greift nach ihren Schultern. Sein Kuss schmeckt trocken und verbraucht, ist lang. Plötzlich drückt er sie weg, bäumt sich auf und beginnt zu husten. Es hört sich an, als zerreiße etwas in ihm. Er presst sich die Decke vor den Mund, sein Oberkörper zuckt und Elisabeth nimmt ihn in die Arme, sagt: „Sch…sch…sch." Sie versucht den Krieg in seinem Körper zu schlichten, umarmt ihn, drückt seinen Kopf an ihre Brüste und er legt einen Arm um ihren Rücken.

„Wenigstens zehn Minuten, Schwester Elisabeth?", röchelt er.

„Mr. Crane."

„Fünf? Fünf Minuten?"

Er schläft sofort ein. Elisabeth sieht auf den stillen Schatten, den ihr Körper im Kerzenlicht auf die Wand und den Kleiderschrank pinselt. Mein Gott, denkt sie, was tue ich hier? Ich bin Krankenschwester, ich will Oberschwester werden. Wer weiß, vielleicht könnte ich sogar Ärztin werden? Oder weit, weit fortgehen. Und was tue ich? Was mache ich hier mit diesem kranken Mann? Mit meinem

Patienten? Sie streicht ihm das Haar aus der Stirn. Verzeihen Sie mir, Mr. Crane.

Sie geht hinab, bereitet eine frische Karaffe mit Wasser für Mr. Crane vor und kocht Kaffee. Fraenkel scheint gegangen zu sein, auch unter Coras Tür ist kein Licht mehr. Es ist still und dunkel. Elisabeth setzt sich einen Moment und sieht aus dem schwarzen Fenster. Eine Straße in New York öffnet sich, Tausende von Menschen drängen zwischen hohen, grauen Häusern, Pferdekarren poltern und in den Türen zu Spelunken stehen Frauen mit tiefen Dekolletés. Mr. Crane taucht auf, scherzt mit einer dieser Frauen und dann sitzt er plötzlich in einem Schankraum und trinkt einen Schnaps, blickt sich amüsiert um und notiert etwas in ein kleines Heft. Die Tür wird aufgestoßen, von der Straße nebelt graues Licht in den Raum und ein großer Mann kommt herein. Mr. Crane lässt den Stift fallen.

Elisabeth läuft hinauf. Mr. Cranes Atem rasselt, und Elisabeth versucht, zu verstehen, was der Mann sagt. Mr. Crane scheint zu lachen im Traum, murmelt etwas von lauter nackten Männern mit Gewehren, von einem blinden Jungen, er wirft den Kopf hin und her und sagt „Elisabess, Elisabess." Sie rüttelt ihn wach und er öffnet die Augen, sein Blick ist noch nicht da, kommt von weit her und er blinzelt mehrmals, bis Elisabeth weiß, dass er sie erkennt.

„Belauschen Sie mich, Schwester Elisabeth?"

„Natürlich."

„Wovon habe ich geredet?"

„Von mir. Und von nackten Männern mit Gewehren. Das hat Sie zum Lachen gebracht."

„Kuba. Es war auf Kuba."

Elisabeth reicht ihm ein Glas Wasser, trinkt selbst von ihrem Kaffee und gibt ihm die Tasse. Er trinkt an derselben Stelle, an der sie getrunken hat.

„Wenn Sie nicht hier sind, Schwester Elisabeth, dann schwebt Ihr Gesicht immer vor meinen Augen. Immer sehe ich Ihr Gesicht. Ich wünsche Ihnen so viel Glück."

Sie setzt sich neben ihn auf das Bett.

„Mein Gesicht schwebt vor Ihren Augen, Mr. Crane?"

„Sie sehen aber auch schön aus, Schwester Elisabeth."

„Ich war es", sagt sie. „Ich war 20 Jahre alt. Wir lebten in Hamburg. Ich habe das Feuer gelegt."

„Hab ich mir schon gedacht", sagt Mr. Crane.

„Ich wollte das nicht. Nicht so", sagt Elisabeth. „Ich war allein zu Hause. Ich ärgerte mich wieder, weil … weil ich mich so angekettet fühlte. Mädchenschule. Frauenkleider eng wie eine Zwangsjacke. Aussicht auf Heirat. Alles so klein, vor allem für mich. In mir waren Blitze, Mr. Crane. Blitze. Elisabeth auf dem Thron. Elisabeth, die Professorin für Medinzin. Elisabeth, die … Ich hatte bemerkt, dass Mama sich immer wieder Landkarten von Amerika ansah, heimlich. Oder Bücher mit Bildern aus diesem Land. Wegen Hermine wahrscheinich. Und dann habe ich ein Feuer im Kamin gemacht und all das Zeug hineingeschmissen. Und plötzlich … alles orange. Die Vorhänge brannten. Ich … Es ging so schnell. Es war plötzlich alles so laut. Und heiß. Alles voller Rauch. Ich wollte … Und dann fiel mir ein brennender Balken ins Gesicht."

Crane tätschelt ihre Hand, als hätte sie ihm gestanden,

heute Morgen die Hälfte ihres Frühstücks unartigerweise nicht gegessen zu haben. Er müsste entsetzt sein. Er müsste jetzt erstaunt fragen, sie müsste beschämt und schuldvoll den Blick senken und versuchen, zu erklären. Aber Mr. Cranes Schultern beginnen zu zucken und er fängt an zu lachen. Was könnte sie jetzt alles sagen? Dass sie fliehen wollte? Dass sie der Eintönigkeit des Lebens entrinnen wollte? Dass sie ihre Eltern aufrütteln wollte, weil doch nicht jeder Tag sein konnte wie der andere und so weiter und so weiter. Dass es dieses unbenennbare Gefühl war, dass irgendetwas nicht stimmte. Aber Crane sagt nichts, lacht nur. Sie hat sich ihr Geständnis anders vorgestellt.

„Wollen Sie nicht mehr wissen?"

„Nein", röchelt er. „Nein, ist schon klar. Ich habe ja auch Feuer gelegt, noch und noch."

„Mr. Crane, ich habe das noch nie jemandem erzählt. Meine lieben Eltern wissen bis heute nicht, was damals passiert ist und warum ich ausehe, wie ich aussehe."

„Ich verstehe es, Schwester Elisabeth. Gar kein Problem."

„Gar kein Problem?"

„Nein."

„Aber … aber …"

„Sie haben es jetzt erzählt, Schwester Elisabeth. Sie haben es endlich erzählt. Gut."

Sie knickt ein, sie gibt in diesem Moment auf. Die Leichtfertigkeit dieses Mannes schlägt sie jetzt und hier auf ganzer Linie.

„Und Sie?", fragte sie leise, „Sie haben auch Feuer gelegt?"

„Metaphern, Schwester, Metaphern."

„Sie taugen nicht zum Richter, Mr. Crane. Ich muss mir jemand anderen besorgen für mein Geständnis."

„Die Tante in New York. Hörmeinie."

Blickt der so einfach durch sie hindurch? Kann der ihre Gedanken lesen? So nah sind sie sich?

Sie zieht ihn aus, streichelt und küsst ihn immer wieder an all den Stellen, die er ihr nennt. Sie beginnt ihre Unterwäsche aufzuknöpfen, hebt ihren Rock, zieht das Höschen beiseite und setzt sich auf seine Erektion. Auf und ab, auf und ab. Sie schließt die Augen, Schwärze, Wärme und Gefühl. Sie liebt und sie hat Angst um den Mann.

„Elisabess, Elisabess …"

Als er kommt, ist sie noch weit davon entfernt. Aber das macht nichts. Er streichelt ihr Gesicht und in seinen Augen mischt sich wieder Trauer mit Belustigung.

„Ich liebe Sie, Mr. Crane."

„Ich weiß, Schwester Elisabeth."

„Lieben Sie mich?"

„Ja, ich liebe Sie."

„Mehr als alle anderen?"

„Ja. Mehr als alle anderen. Sie sind die Frau meines Lebens, Schwester Elisabeth. Ich habe Ihnen ein Stück meines Herzens anvertraut. Nehmen Sie das Ganze, Schwester Elisabeth. Nehmen Sie mein Herz, halten Sie es."

„Sie sprechen ein wenig wie eine Frau, Mr. Crane."

„Denken Sie das ruhig, aber sagen Sie das einem Mann nie ins Gesicht."

Sie nimmt ein feuchtes Tuch und will Mr. Crane reinigen, aber er sagt, lassen Sie es, Schwester Elisabeth, lassen Sie alles so wie es ist. Sie zieht ihm die Hose wieder hoch und tupft den Schweiß aus seinem Gesicht. Sie stellt sich ans Fenster, spürt seinen Blick auf dem Rücken und guckt hinaus in die schwarzen Wälder. Sie fühlt sich leicht und ruhig, ihr kleiner Körper ist kräftig und entspannt, sie atmet die warme, gute Luft und hört den rasselnden Atem von Mr. Crane kilometerweit entfernt in einem feuchten Krankenbett.

„Kommen Sie doch zu mir, Schwester Elisabeth", murmelt er.

„Ein Waldspaziergang, Mr. Crane?"

Er stammelt, dass er sich nicht sicher sei, ob …

„Wir schaffen das schon", sagt sie. „Zur Burgruine. Hm, wäre das etwas?" Elisabeth nimmt seinen schwarzen Anzug aus dem Kleiderschrank. Sie bückt sich nach Mr. Cranes Tasche und holt die Whiskeyflasche heraus. Er kneift die Augen zusammen, bleibt eine Zeit lang völlig bewegungslos und nickt dann. „Auch Zigaretten?", fragt er. „Ja, auch Zigaretten", sagt sie.

„Wenn der Organismus in Unordnung geraten ist, wenn er verlorene Kräfte wieder ersetzen muss, mit der Entwicklung einer Krankheit gleichsam im Kampfe liegt, darf man seine Streitkräfte nicht schwächen und neue Kraftausgaben gestatten."
Dr. med. Anna Fischer-Dückelmann, „Die Frau als Hausärztin"

Als sie bei den Ruinen des römischen Bades im Kurpark sind, sagt Mr. Crane, er müsse mal pinkeln. Er nimmt den

Arm von Elisabeths Schultern und taumelt ins Dunkle, sein schwarzer Anzug wird aufgesogen, Mr. Crane verschwindet, es knackt und raschelt. Elisabeth ist allein. Die Nacht ist tintenschwarz, eine Laterne von der Kaiserstraße leuchtet durch eine Baumkrone, zeichnet einzelnen Blättern gelbe Ränder. Sie hört etwas knirschen zwischen den schwarzen Mauerresten, ein körperloser heller Fleck schwebt auf sie zu. So bleich ist er, noch bleicher, als bei seiner Ankunft. Ist das wirklich erst fünf, sechs Tage her? Die Zeit hat sich gezogen, Elisabeth kennt diesen Mann lange. Seit Monaten geht sie Tag um Tag zu ihm, sitzt an seinem Bett, hört ihm zu, erzählt ihm vom Feuer und schläft mit ihm. Als sei es nie anders gewesen.

„Ich sehe absolut gar nichts", sagt er, „das ist auch mal schön, oder?"

„Passt zu uns, Mr. Crane."

„Auf Kuba gab es einen blinden Jungen."

„Sie sind dann doch noch nach Kuba gekommen?"

„Der Krieg in Griechenland dauerte nur 30 Tage. Dann mussten die armen Griechen kapitulieren."

Mr. Crane beugt sich nach vorne, hustet und spuckt etwas aus. Elisabeth stützt ihn, der Weg beginnt anzusteigen und Mr. Crane keucht, als wäre er weit und schnell gelaufen.

„Im Mai waren wir wieder in Athen, erholten uns ein wenig im Hotel …"

„d'Angleterre. Hotel d'Angleterre, richtig?"

„Richtig, Schwester Elisabeth. Vom Balkon aus beobachtete ich …"

„… beobachteten wir …"

„… Davis, wenn er unten auf der Terrasse saß und Depeschen schrieb. Manchmal spielten Kinder in der Nähe des Hotels, hofften, von den Ausländern etwas zugesteckt zu kriegen. Davis gab ihnen immer etwas, einmal warf er ihnen Äpfel zu. Er blickte zu meinem Balkon hinauf …“

„… blickte zu unserem Balkon hinauf. Ich saß auf Ihrem Schoß …“

Mr. Crane drückt ihre Hand. Gut, murmelt er und lässt sie in seine Geschichte hinein.

„Er blinzelte in die Sonne, lachte. Die Kinder, rief er, die dürften mit der ganzen Scheiße nichts zu tun haben. Die nicht.

Ist es noch weit, Schwester Elisabeth?“

„Wir haben noch ein Stück Weg vor uns, Mr. Crane.“

„Ich glaube, Davis hat mich heimlich verfolgt. Die Gassen in Athen waren eng und heiß …“

„… wir versteckten uns, drückten uns in dunkle Winkel, kicherten …“, sagt Elisabeth. Ihre Stimme ist ein Echo. Mr. Crane drückt ihre Hand jetzt jedes Mal fester, wenn Elisabeth in die Geschichte taucht. Sie ist glücklich, dass er kein Wort sagt über ihre Stimme in seiner Erzählung. „Ich ließ dieses Foto machen, ich habe Ihnen davon erzählt: Hut auf, Kragen hoch, auf einem Fels aus Pappe. Mr. Stephen Crane als Berichterstatter in Griechenland. Und wer stand vor dem Fotoatelier von C. Boehringer, als ich das Bild abholte? Richard Harding Davis. Er nahm mir den Umschlag aus der Hand. Ich war so überrascht, dass ich vergaß, mich zu wehren. Der kleine Stevie als Abenteurer, na da schau her. Davis lachte, he, Leute, schaut mal, ein Held. Er drückte mir das Foto vor die Brust und verschwand."

„… ich trat ihm in den Po …"

Mr. Crane lacht heiser, er wird immer schwerer, knickt in den Knien ein und zieht Elisabeth mit hinab. Sie knien mitten auf dem Weg, Elisabeth spürt spitze Steinchen an den Händen.

„Diese gottverfluchte Krankheit. Macht mich ein wenig schlapp, Schwester Elisabeth." Elisabeth reicht ihm die Whiskeyflasche. In den letzten Tagen hatte er mehrmals nach der Flasche verlangt, aber sie hatte sie ihm immer verweigert. Elisabeth zündet zwei Zigaretten an, die Flamme des Streichholzes färbt Mr. Cranes Gesicht für einen kurzen Moment und leuchtet als ovales Spiegelbild auf seinen Augen. Er nimmt die Flasche, nimmt die Zigarette.

„Ist doch komisch, oder?", fragt er. „Ich habe es immer gewusst … Sie haben es mir verdorben, Schwester Elisabeth. Als ich hier in Badenweiler ankam, war ich bereit. Es war … es war in Ordnung so. Aber jetzt. Ich kann Sie kaum sehen, so verflucht dunkel ist es hier. Ich bete Sie an, Elisabeth. Ich danke Ihnen für jede Sekunde."

Elisabeth hört den Whiskey durch die Flasche gluckern, das Glas fängt einzelne silberne Punkte und die Spitze der Zigarette leuchtet orange auf.

„In einem neuen Leben würde ich damit anders umgehen."

„Würden Sie nicht, Mr. Crane."

Er lacht und beginnt, zu husten. Elisabeth zieht ihn hoch und sie schleppen sich weiter.

„Im Juni sind wir in London angekommen und Cora hat begonnen, sich nach einem Haus umzusehen. Zuerst *Ravensbrook*, dann *Brede Place*. In einer Kneipe am Trafalgar Square habe ich Davis noch einmal getroffen. Der wollte zurück nach Amerika, habe eine Nachricht von Roosevelt bekommen, diese Kuba-Sache würde bald richtig in Gang kommen.

Er trank einen Schnaps und sah sich in dieser dunklen, holzgetäfelten Kneipe um, als suche er nach jemandem, der sich gleich eine Kugel durch den Kopf schießen will. Leiden, sagte er. Das Leiden. Dieser erhabene Moment. Als Christus gekreuzigt wurde, habe es ja leider noch keine Kameras gegeben. Nachholen müsse man das. Jeder Renaissancemaler wäre Fotograf geworden, wenn er nur gekonnt hätte. Ich sagte, Leiden sei Privatsache, sei individuell. Er winkte ab, mit dieser prankigen Hand. Kleiner Stevie, wir sehen uns auf Kuba. Ich wette, du wirst da sein. Er legte Geld auf den Tisch, sagte, er zahle für mich mit, ich hätte ja ohnehin nie etwas in den Taschen. Und dann ging er."

„Haben Sie ihn auf Kuba wiedergesehen?"

„Allerdings. Vielleicht schleicht er gerade jetzt hinter uns her, Schwester Elisabeth."

„Da ist niemand, Mr. Crane. Wir sind allein."

„Schwester Elisabeth, die Zeiten, in denen Menschen mal allein sein können, die sind bald vorbei."

„Ohje, also manchmal …"

Elisabeths Beine beginnen zu zittern, die Schwesterntracht klebt an ihr. In London habe ihn eine Nachricht von Amy erreicht, sagt er leise, als schäme er sich.

„Schwester Elisabeth, ich … ich habe ihr kein Wort über Cora gesagt."

„Jaja, auf dem Schlachtfeld, da seid ihr Männer Helden."

Er lacht so laut, dass Elisabeth zusammenzuckt und er klopft ihr auf die Schulter wie einem Kumpan.

„Ich habe Amy nicht belogen, Schwester Elisabeth. Ich habe ihr eine Geschichte erzählt. Das ist etwas völlig anderes. Und dann habe ich *The Monster* geschrieben. Henry Johnson, der vitale, gut aussehende Diener der Trescotts rettet den kleinen Jimmie. Und bezahlt mit seinem Gesicht."

Elisabeth bleibt stehen und drückt ihn an ihren Körper. Sie hält ihn so fest sie kann, spürt seine dünnen, harten Muskeln und seine Hände auf ihrem Rücken, wie Krallen, die sich in sie bohren und nicht mehr loslassen wollen. Die Hitze seines Körpers dringt in ihre Kleider. Das Fieber ist viel zu hoch.

„In London lernte ich Joseph Conrad kennen. Den berühmten, den fabelhaften Schriftsteller. Himmel, wo der Mann überall gewesen war. Fährt den Kongo hinauf, dichter Nebel, der Dschungel wie eine Wand. Conrad sagte mal, eigentlich habe er gar nicht so viel gesehen, wie die Leute meinen. Im Grunde sehe man immer nur die paar Meter um sich herum, weshalb es letztlich gleich sei, wo man sich befinde. Ich stimmte dem nicht zu, aber Joseph war da sehr konsequent. Afrika, sagte er, ist in dir oder es ist nicht in dir. Nun, wir waren sofort Freunde. Gingen durch den Green Park, die Oxford Street hinunter, spazierten und spazierten, kehrten immer wieder irgendwo ein. Er hatte so viel gesehen, war Kapitän gewesen. Ein Gentleman. Conrad und ich. Schön. Er begann, sich immer Notizen zu machen, wenn ich plauderte, sagte, interessant, interessant. Aber, und davon ließ er sich nicht abbringen, man sehe immer nur, was man sehen wolle.

Cora richtete *Brede Place* ein. Sehr hübsch, sie hat ein Händchen für so was. Unsere Schulden wuchsen ins Unermessliche. Keinen Dollar, kein Pfund, nichts. Aber in Saus und Braus gelebt. Joseph Conrad und H.G. Wells kauften ab und zu für uns ein. Lauter berühmte, erfolgreiche Schriftsteller im Haus. Henry James wohnte ganz in der Nähe. Der hatte es gut, Himmel noch mal. Bis zu 300 Einladungen zum Essen in London, pro Jahr. Der vornehme Henry, ich muss schon sagen. Sie müssen mich mal besuchen kommen, Schwester Elisabeth. Brede Place, das ist ein Stück vom Paradies."

„Ohne Toilette? Schon schwierig, Mr. Crane."

„Gibt es im Paradies Toiletten?"

„Interessante Frage."

Sie tasten sich durch ein zerfallenes Tor, die Kanten der Mauern scheinen einen Hauch schwärzer als der Himmel. Sie setzen sich auf die Mauer, nur von Müllheim stechen einige Lichter in die Schwärze.

„Im Februar 1898 explodierte das amerikanische Schlachtschiff *Maine* im Hafen von Havanna", sagt Mr. Crane. „Fast 300 tote Amerikaner. Endlich ein Grund, offiziell einzugreifen und die Rebellen auf Kuba gegen die spanischen Besatzer zu unterstützen. Sofort standen 50 Millionen Dollar bereit. Ich frage Sie, Schwester Elisabeth, wie konnte das alles so schnell funktionieren? Was meinte Roosevelt, als er Davis sagte, die Kuba-Sache würde in Gang kommen? Ich sage Ihnen, die amerikanische Regierung hat den Krieg provoziert, die haben dieses Schlachtschiff selbst in die Luft gejagt, damit sie eine elegante Landung auf Kuba hinlegen können. Das wird Mode machen. Die waren nicht doof, sie ließen sich mit der Kriegserklärung noch Zeit, aber die Vorbereitungen waren schon in vollem Gange, als das Schiff explodierte. *Blackwood's Magazine* heuerte mich als Berichterstatter an. Die *New York Herald Tribune* und die *London Times* verpflichteten Davis. Er und ich seien die einzigen wahren Berichterstatter, die da runter gesendet werden, schrieben sie. Sie eröffneten einen Wettkampf zwischen ihm und mir. Im April war ich in New York. Amy knallte mir eine und ging wieder. Ich fuhr nach Key West, vertrieb mir die Zeit. Etwa 300 Reporter lungerten dort rum. Davis saß vor einem Saloon und an der Wand hinter ihm lehnten gleich zwei Kameras auf ihren dürren Beinen. Er winkte mich heran, stellte mich vor, der berühmt-berüchtigte Stephen Crane. Er saß da wie ein König, groß, breit und elegant und alle dort an den Tischen vor dieser Bar schienen nach seiner Pfeife zu tanzen und ihn zu bewundern. Er genoss das."

Mr. Cranes Stimme ist noch heiserer geworden, droht, in den Geschichten zu verschwinden.

„In diversen Segeljachten folgten wir den Kriegsschiffen. Davis war natürlich auf dem Flaggschiff von Admiral Sampson. Der spanische Admiral hieß Pascual Cervera y Topete, das ist ein Name, hm? Pause auf Haiti. Mein Gott, Schwester Elisabeth, das ist gerade zwei Jahre her. Und jetzt? Sprengen Sie diese kleine Stadt hier in die Luft."

Das sei keine schlechte Idee, murmelt Elisabeth. Sie blickt sich um, wie absurd, in dieser vollkommenen Dunkelheit. Badenweiler ist fort, selbst bei Tag könnte sie von hier aus nur ein Stück der Flanke des *Hotels Römerbad* sahen. Badenweiler sprengen? Keine Stadt mehr für die Sterbenden? Kein Platz mehr für Elisabeth? Keine hustenden Männer mit Blut im Bart?

„Sie sind eine Königin, Schwester Elisabeth. Meine dunkle Königin."

Er kann sich auf der Mauer nicht mehr halten, steigt hinab und setzt sich zu Boden, um den Rücken anlehnen zu können.

„Ich habe Fotos von Ihnen gesehen, wie Sie an Bord des Schiffes nach Kuba sitzen. Völlig verwahrlost, Mr. Crane."

„Ich kam endlich dieser Insel nahe. Es war Guantanamo Bay, im Südosten, wo wir landeten. Haben Sie je Palmen gesehen, Schwester Elisabeth?" Er streichelt ihre Wange. „Es sind die Königinnen unter den Bäumen. Sie haben mir gewunken."

Sie rückt an ihn heran. Sein Kopf hängt, sie wischt ihm Blut vom Kinn.

„Kopf hoch, Mr. Crane. Sie wollten mir doch von Kuba erzählen und dem blinden Jungen. Und von Davis."

„Ich kann nicht mehr, Schwester Elisabeth."

„Legen Sie sich hin, Mr. Crane, legen Sie den Kopf in meinen Schoß. Sehen Sie, das ist doch schön so. Ich halte Sie fest."

Er trinkt von dem Whiskey, bittet um eine weitere Zigarette.

„So könnt's bleiben", sagt er. „Genau so." Er streicht mit den Fingerspitzen über Elisabeths Lippen und tippt ihr auf die Nasenspitze.

„Aber als Gibbs umgekommen ist … Sie erinnern sich? Ich kannte ihn schon vom Lafayette College. Ich war bei ihm, als er starb. Er hatte eine Kugel abbekommen, Lunge, denke ich. Er röchelte so schrecklich. Und ich konnte nichts tun. Ich hielt ihn fest. Er wollte mir etwas sagen. Ich beugte mich ganz dicht an ihn heran und wurde nass, von den aufplatzenden Blutblasen auf seinen Lippen. Ich verstand ihn nicht. Er sah mich an und seine Augen waren ganz groß. Er versuchte es wieder und wieder. Und dann kam Davis, mit großem Hallo. Das sei etwas: Ein Amerikaner stirbt in den Armen eines anderen Amerikaners. Er baute seine Kamera auf. Herrgott, Schwester Elisabeth, ich wollte aufspringen und dieses Gerät wegschlagen, aber ich konnte doch den Mann nicht loslassen. Er hatte doch nur noch mich und er wollte doch noch etwas sagen. Ich fauchte Davis an, er soll das lassen. Ich sei nicht einverstanden und dieser Verwundete hier auch nicht. Davis sagte, darum gehe es nicht. Er habe eine Pflicht der Welt gegenüber, der Berichterstattung. Berichterstattung kenne keine Moral, sondern ausschließlich Tatsachen. Tatsachen, sagte ich, werden hergestellt. Er lachte, der Abendhimmel war orange, hinter Davis großem Kopf sah ich Palmwipfel und Gibbs röchelte und röchelte. Hübsch so bleiben, sagte Davis. Ich nahm also Gibbs Kopf an die Brust wie eine Mutter ihr Kind, damit Davis ihn nicht fotografieren konnte. Stevie, Kleiner, verdirb mir nicht die Arbeit, sagte er. Ich betete, dass Gibbs es hinter sich brachte, damit ich endlich zuschlagen konnte. Aber Gibbs starb nicht. Noch nicht. Er klammerte sich an mich. Versuchte, durch mein Leben sein eigenes festzuhalten. Ich schrie Davis an, ich schrie und schrie und irgendwo knallten Schüsse.

Davis hat das Foto gemacht.

Er hob den Daumen und ging wieder. Sagte, er schicke sofort einen Arzt, rief einigen Soldaten hinterher, sie sollen auf ihn warten. Und die taten das. Da wandte er sich zu mir um. Wenn es mich erwische, würde er da sein. Das verspreche er mir. Der Tod des großen Stephen Crane, aufgenommen von Richard Harding Davis. Mich würde es bald treffen, da wette er. Er nickte. Kennen Sie das, dieses vertrauensvolle Zunicken, diese sprachlose Verständigung zwischen guten Freunden? So nickte er mir zu. Als wenn ich es gutheißen würde, als wenn er wüsste, dass ich auf seiner Seite bin."

Elisabeths Schwesterntracht wird immer feuchter, ihre Hände sind nass von Mr. Cranes Haar.

„Fahren Sie mit mir nach Kuba, Schwester Elisabeth?"

„Ja. Ja, lassen Sie uns gemeinsam nach Kuba fahren. Zeigen Sie mir, wo Gibbs gestorben ist. Zeigen Sie mir die Palmen."

„Der blinde Junge, Schwester Elisabeth, ein blinder Junge. In dem Dorf. Irgendwie … hat man das Dorf gar nicht richtig gesehen. Die Sonne stand schon tief, als wir dort einritten, die Schatten der Palmen und Sträucher bewegten sich im Wind über den Hütten, dem Sandboden. Es war ganz schwer zu sehen, fast als wollte sich das Dorf vor meinen Augen auflösen. Soldaten trieben ein Spiel mit dem Jungen. Ich hörte sie lachen. Sie piekten ihn mit angespitzten Stöcken und der Kleine … der Kleine lief weinend umher, bis der nächste Mann sich ihm in den Weg stellte. Den Lagerfeuern, denen ist er ausgewichen, als könne er sie sehen. Ich bin sofort vom Pferd, aber Davis hielt mich fest. Das sei etwas für seine Kodak, Pocket, was weiß ich, wie das Ding hieß. Ich riss mich los, aber … jetzt zeigte er, wie viel stärker er war. Er warf mich zu Boden, setzte sich auf mich und hantierte mit dieser Kamera herum. Geduld, Geduld, sagte er. Wir machen das gleich, keine Sorge, Stevie, ich dulde es auch nicht, dass jemand so mit einem Kind umgeht. Aber erst … Sein riesiger Hintern auf meiner Brust. Gott, nein. Davis murmelte die ganze Zeit, während er fotografierte, drehte an irgendwelchen kleinen Kurbeln, sah skeptisch auf die Kamera, dann durch den Sucher auf den armen Jungen. Berichterstattung sei eine furchtbare Pflicht, sagte er.

Er will das nicht, Davis. Er will das nicht, schrie ich.

Ich weiß, Crane. Ich weiß. Es tut mir ja auch leid, sagte Davis.

Dann riss er mich hoch. Wir dazwischen. Ich war bewaffnet, ich hätte sogar schießen können. Schulter an Schulter mit diesem Mann, wir prügelten auf die Soldaten ein. Ich verlor einen Zahn, verstauchte mir die Hand, schluckte Staub. Davis zog mich hoch, sagte, alle Achtung, Crane. Gegen den kam keiner an. Dann wollten wir uns gerade um den Kleinen kümmern, als jemand vom Rand des Dorfes rief, dass da im Dschungel ein paar Männer erhängt worden seien. Aber nicht ohne mich, rief Davis. Er klopfte mir auf die Schulter, sagte, ich solle für den Jungen sorgen, und verschwand."

„Was war mit dem Jungen? Und warum hat ihm denn keiner aus dem Dorf geholfen?"

„Die Menschen dort hatten Angst, Schwester Elisabeth. Angst ist ein Teufel ... Ich weiß es doch nicht. Ich weiß es nicht. Ich lief zu dem Kleinen, aber ich sprach seine Sprache nicht. Ich berührte ihn am Arm. Er schrie. Ich machte Sch...sch oder irgend so etwas. Der Junge sah die ganze Zeit ein paar Zentimeter an mir vorbei. Solche Augen hatte ich noch nie gesehen. Sie schienen völlig normal, groß, braun, das Weiße ohne jedes Äderchen. Vielleicht bewegten sie sich langsamer als sehende Augen, aber bewegt haben sie sich. Und geweint haben sie."

Elisabeth nimmt die Uhr aus der Tasche der Schwesterntracht und entzündet ein Streichholz.

„Ein neuer Tag beginnt, Mr. Crane."

„Das ist immer gut", sagt er. Er stemmt sich hoch, greift nach ihrem Hinterkopf und küsst sie.

„Besser kann man einen Tag nicht begrüßen", sagt er.

„Ja", sagt sie. „Besser geht es nicht."

13

Siebter Tag
1. Oktober 1914

Fischer sitzt auf dem Stuhl am Fenster, Elisabeth auf der Bettkante, die Hände im Schoß. Sie kommt aus der Geschichte zurück, die Villa müsste sich verändern, aber die Dielen unter Elisabeths Füßen sind dieselben wie vor 14 Jahren, wie vor wenigen Minuten, wie immer. Sie hat nicht gemerkt, dass Fischer die ganze Zeit über gezeichnet hat, nur ab und zu war ein fernes Kratzen in ihre Erinnerungen gedrungen, es war der Kohlestift gewesen. Fischer zeigt ihr das Blatt. Elisabeth T. Camphausen. Die dunklen Augen, die kräftige Nase, die ausgeprägte Unterlippe und die wellenförmige Lippenspalte. Die Narben auf der linken Seite.

„Sie haben so etwas Exotisches an sich, Schwester Elisabeth. Man könnte Sie stundenlang ansehen", sagt Fischer.

Sie seufzt. „Das hat Mr. Crane auch …"

Sie zuckt zusammen, starrt Fischer an und presst eine Hand vor den Mund. Wegen des Sonnenlichts, das durch das Fenster kommt, kann sie Fischers Gesicht kaum erkennen. Seine Stimme war unauffällig und ruhig. Der Satz schwebt in der Hitze.

„Sie …" Elisabeth räuspert sich, um die eigene Stimme aus dem Hals zu holen. „Sie können wieder sprechen?"

„Streichen Sie das ‚wieder', Schwester Elisabeth." Er reicht ihr den Block hin. „Ich möchte Ihnen das Porträt schenken. Es ist ganz gut geworden, denke ich. Für meinen

Privatbedarf habe ich schon drei Porträts von Ihnen, aus dem Gedächtnis gezeichnet."

Sie springt auf und reißt ihm den Block weg. Sie stammelt, versucht mehrmals, etwas zu sagen, kichert albern und ratlos, droht ihm mit dem Zeigefinger und setzt sich wieder. Sie blickt auf das Porträt. Immer schwebe mein Gesicht vor Ihren Augen, sagten Sie, Mr. Crane. Und der junge Herr Fischer hier, der zeichnet mich. Manchmal aus dem Gedächtnis.

„Darf ich die anderen Porträts auch sehen, Herr Fischer?"

Er zieht sie unter Landschaftsskizzen hervor und reicht sie ihr herüber. Sie sind ebenso gut, als wäre sie dabei gewesen, als hätte sie ihm gegenüber gesessen.

Sie wischt sich über die Augen, nimmt die Haube ab, öffnet den oberen Knopf der Bluse und pustet sich unter vorgeschobener Oberlippe in den Ausschnitt.

„Was ist mit Ihnen, Bernhard?"

„Ich gehe nicht zurück, Schwester Elisabeth. Ich habe Angst. Ich will das nicht sehen. Ich will damit nichts zu tun haben."

„Mutiger Mann."

Er nimmt eines der Porträts und hält es sich vor das Gesicht. Sie sitzt sich selbst gegenüber, hat breite Schultern und trägt eine Uniform.

„Jetzt ist es raus", sagt ihr Papiergesicht.

Etwas zerklirrt auf dem Boden. Elisabeth schreckt auf, Victoria steht in der Tür, eine Tasse ist ihr aus der Hand gefallen und die junge Frau starrt Fischer an, der bewegungslos das Gesicht Elisabeths vor seines hält.

„Ich wusste gar nicht, dass du eine Zwillingsschwester hast, Elli." Das Papier kichert, Elisabeth stammelt wieder etwas und winkt ab.

„Störe ich?", fragt Victoria.

„Nein", sagt das Papier. Victoria kratzt sich die Locken unter der Haube, die sie sich mittlerweile mit feinen Nadeln feststeckt.

„Kein Wort", sagt Elisabeth, „kein Wort, Vicky, ist das klar?"

Victoria schließt die Tür, hebt die Scherben vom Boden auf und blinzelt in Fischers Richtung. Fischer nimmt die Maske nicht weg, das Papier strahlt in der Sonne.

„Unser junger Herr Leutnant hier hat gerade ein Geständnis abgelegt. Sehr mutig, wie ich finde. Aber ein Todesurteil", sagt Elisabeth.

„Dieses Sanatorium schlägt einen eher seltsamen Weg ein, würde ich sagen", murmelt Victoria. Eine Zeit lang schweigen sie, Fischer mit dem anderen Gesicht am Fenster, Elisabeth auf dem Bett und Victoria mit Scherben in den Händen an der Tür. Elisabeth fühlt sich warm und hell, belustigt, erschüttert. Das Sanatorium ist jetzt das Rettungsboot und es schaukelt in den Wellen der Zeit.

Victoria spricht das entscheidende Wort aus, sie sagt: „Tja." Und dann sagt sie: „Walter Vogler ist tot." „Hm", sagt Elisabeth in Erinnerung an den Mann, den sie hat in Fischers Pyjama spucken lassen. Sie müsste empört sein, dass wieder ein Patient an die Tuberkulose verloren gegangen ist, aber ganz heimlich mischt sich Erleichterung darüber ein, der arme Vogler werde nichts verraten können.

14

Siebter Tag
3. Juni 1900

Elisabeth umklammert im Dunkeln an der Burgmauer den Rest Zeit, den sie noch haben. Mr. Cranes Kopf pendelt in ihren Armen hin und her. Er murmelt etwas über den blinden Jungen, röchelt und greift nach irgendetwas, das durch sein Fieber flirrt. Sie sagt seinen Namen und er schlägt die Augen auf.

„Gottverdammt wenig Zeit", flüstert er.

„Nein", sagt Elisabeth. „Nein, Mr. Crane. Wir haben viel Zeit. Nur wir beide." Sie zieht an dem Knopf der Uhr und dreht den Stundenzeiger zurück. „Sehen Sie, Mr. Crane, sehen Sie, die Zeit fängt von vorne an." Er lacht und tippt ihr auf die Nasenspitze.

„Ich zog mit zwei, drei Kompanien an der Küste entlang Richtung Cuzco. Der Kommandeur, Schwester Elisabeth, war Major General Joseph ‚Fighting Joe' Wheeler. Stellen Sie sich das vor. So nannten sich diese Leute. Abends dann die übliche Feldzugromantik mit Zelten am Strand und Lagerfeuer und all dem Kram. Und gegen Morgen, kurz bevor wir abmarschieren wollten, kam Feuer aus dem Wald. Die Spanier beschossen uns, während die Männer sich gerade an einem Bach wuschen. Ich lag flach im Sand und sah nach den Mündungsblitzen zwischen den Bäumen. Und vor mir lauter nackte amerikanische Ärsche, die jedes Mal zuckten, wenn der Mann, zu dem der jeweilige Arsch gehörte, seinerseits schoß. Das, Schwester Elisabeth, war mein ganz neues Bild vom Krieg. Ärsche. Zuckende weiße Ärsche, behaart, unbehaart, dick, dünn. Noch und noch.

Und wie auf einen Ruf des Teufels tauchte etwas später Lieutenant Colonel Theodore Roosevelt persönlich auf. Der hatte seine Reiter dabei, die Rough Riders. Sehr chic: cremefarbene Uniform, gelbe Aufschläge. Ich wette, ich brauche Ihnen nicht zu sagen, wer neben Roosevelt ritt."

„Davis?"

„Er zeigte auf mich und Roosevelt lenkte seinen Kampfgaul auf mich zu. Ich sei also Stephen Crane, der Beschützer der Nutten von New York. Dieses Pferd hatte einen so großen Kopf … ich dachte, das atmet mich gleich ein. Und Roosevelt: ein riesiger Mann. Das Pferd schnaubte, tippelte nervös, Roosevelt lachte, trug zwei Revolver, einen Säbel, ein Winchestergewehr. Er erinnerte mich daran, dass ich Amerikaner sei. Davis schlug vor, dass ich mit den Rough Riders kommen solle. Der? Fragte Roosevelt. Davis sagte, ich sei ein guter Mann. Roosevelt knurrte, ich solle ihn in die Zeitung bringen. Wie, das sei ihm egal. Davis rief nach jemandem und kurz darauf wurde mir ein Muli zugeteilt. Nicht elegant, Crane, sagte Davis, aber es reicht. Sie sind doch bescheiden. Und verdammt, Schwester Elisabeth, dieser Muli, der hatte keine Steigbügel. Davis und Roosevelt warteten darauf, dass ich mich lächerlich machte. Davis wusste nicht, dass ich Zeit meines Lebens ein hervorragender Reiter war. So etwas, nur das gekonnte Aufsteigen auf ein Reittier, das beeindruckt solche Männer dann. Roosevelt nickte – wieder dieses Nicken, das den anderen einbezieht, ohne dass der das will.

So zog ich also mit den Rough Riders über diese wundervolle Insel. Am Meer entlang, durch Dörfer, durch den Dschungel. Die machten solch einen Höllenlärm in ihrer Arroganz, dass sie meilenweit gegen den Wind zu hören waren. Einmal gerieten wir dann auch unter Scharfschützenfeuer. Rauchfreies Pulver, ich glaube, ich erwähnte das schon. Da fielen die ‚Rough Riders' von ihren Pferden. Bei nächster Gelegenheit schickte ich eine Depesche ab. Über den Krach, den Roosevelt mit seiner Reitern veranstaltete. Das hat sein Verhältnis zu mir nicht gerade aufgebessert. Davis starrte mich lange an, nachdem Roosevelt die Nachricht zerknüllt und weggeschmissen hatte. Ich zeigte Davis meinen Stift. Sie sind ein mutiger Mann, Crane, sagte er. Aber Sie werden es nie zu etwas bringen. Ich schon.

Es ging weiter. Richtung San Juan Hill, wo später die berühmteste Schlacht dieses angeblichen Befreiungskrieges stattfand und Roosevelt seine ganz große Stunde hatte. Können Sie nachlesen. Alles Blödsinn, sage ich Ihnen. Und ich? Ich bekam Fieber, Schwester Elisabeth. Ich brannte. Ich konnte kaum noch atmen. Mir ging es nicht viel besser als jetzt."

Elisabeth spürt seine Finger auf dem Nasenrücken.

„Es sind nicht nur Ihre dunklen Augen mit den langen Wimpern, auch nicht nur die Nase. Zu allem Überfluss ist da auch noch dieser Mund. Ihre Lippenspalte ist wellenförmig, die Mundwinkel gehen nach oben, dann kommt die Welle zur Mitte hin, dort die kleine Welle nach unten und alles wiederholt sich auf der anderen Seite. Ich mag Ihr Gesicht so gerne. Sie werden Fältchen in den Wangen bekommen."

„Schriftsteller sollen sich nicht wiederholen, Mr. Crane."

„Oho, Schwester Elisabeth.

Also: Fieber. Alles um mich herum, die Geräusche der Pferde und Männer, die Schüsse, der Wind in den Palmen … alles wurde gedämpft und rückte von mir fort. Ich meinte den Jungen wiederzusehen. Ich beobachtete Davis, wie er Verwundete fotografierte, wie er sich zu einem Kaplan kniete und mit ihm betete und dann darum bat, den Sterbenden ablichten zu dürfen. Der Kaplan sagte Ja. Und ich rutschte vom Muli. Wurde bewusstlos. Der Angriff auf San Juan Hill begann. Mit dem Angriff fing es an zu regnen, wie ich es noch nie erlebt hatte. Die Abkühlung tat mir gut, die Palmen veränderten ihre Farbe. Ich stand in irgendeinem Schützengraben und fand das alles sehr unsinnig. Also bin ich raus, im Regenmantel und der war hell. Davis schrie mich an, ich würde damit niemanden beeindrucken. Er griff nach meinen Fußgelenken und versuchte, mich in den Graben zurückzuzerren. Ich bekam einen Lachkrampf, konnte mich nicht lange wehren. Und als ich umfiel und durch den Matsch gezogen wurde, schoss mir irgendein gut versteckter spanischer Soldat doch glatt den Hut vom Kopf. Als ich fieberverkrampft vor Davis lag, fotografierte er mich. Ich schick dich heim, Crane, sagte er. Du bist todkrank. Und für den Fall, dass wir uns nicht mehr sehen, nehme ich die Aufnahmen als die letzten von Mr. Stephen Crane. Was meinst du, ein

Tod im Gefecht auf Kuba steht dir doch, oder? Besser als eine Klinik oder ein Tuberkulosesanatorium. Du hast doch Tuberkulose, oder? Crane? Das sieht man dir doch an.

Ich sagte ihm, ich sei kerngesund."

„Sie sind wirklich in dem hellen Regenmantel aus dem Graben geklettert, Mr. Crane? Warum tun Sie denn so etwas? Warum denn?"

„Was weiß ich. Und … irgendwie hatte Davis ja nicht unrecht. Hierher wollte ich nie, Schwester Elisabeth. Nicht, bevor ich wusste, dass Sie hier sind.

Ich wurde zurücktransportiert. Ich schrieb meine Artikel. Ich besuchte das Sanatorium von Dr. Edward Livingston Trudeau am Saranac Lake und der sagte es mir dann: Tuberkulose. Dagegen gebe es keine Medizin. Klimawechsel, Diät, Sanatoriumsaufenthalt. Ich sagte ihm, für solch hübsche Dinge hätte ich keine Zeit. Ich sagte, ich würde lieber an einer Kugel sterben als an einem Bakterium. Trudeau ballte die Faust: So müsste ich leben, sagte er. Aber ich lebe ganz anders: Jetzt öffnete er die Hand und bewegte die Finger, als flatterten sie im Wind.

Und zu allem Überfluss wurde ich auch noch von Blackwood gefeuert. Meine Artikel seien unpatriotisch und unamerikanisch.

Ich ging nach New York und stöberte Amy auf. Sie öffnete mir die Tür nicht. Ich fand Lilys neuen Wohnsitz, aber ihr Mann kam heraus, sah mich, ging wieder und kehrte Sekunden später mit einem Knüppel zurück. Ich sagte ihm, er möge Lily recht herzlich von mir grüßen. Ich wette, er hat das nicht getan."

Mr. Cranes Stimme ist jetzt so heiser, dass Elisabeth ihn kaum noch verstehen kann.

„Schwester Elisabeth?“

„Mr. Crane?“

„Ich befürchte, ich muss ins Bett.“

„Mein Schoß ist Ihr Bett, Mr. Crane. Sie liegen gut hier.“

„Ich kann nicht mehr. Lassen Sie mich ein, zwei Stunden schlafen.“

Jetzt zurück zum Sanatorium? Vielleicht hatte Cora bereits bemerkt, dass Mr. Crane verschwunden ist. Vielleicht ist ohnehin alles zu spät. Wenn sie jetzt mit Mr. Crane hier bleibt, hat sie ihn ganz allein für sich. Wenigstens bis zum Sonnenaufgang. Ein erster Spaziergänger wird kommen, ein kranker Mann womöglich in Begleitung einer Schwester. Was wird er sehen? Einen blutleeren Mann in dunklem Anzug, der den Kopf gebettet hat in den Schoß einer kleinen Krankenschwester mit vernarbtem Gesicht? Zigarettenstummel, eine Flasche Whiskey? Welch ein Blick würde es sein, und wie würde Elisabeth ihn erwidern? Mr. Crane greift nach ihrer Hand.

„Wir werden noch einige Nächte haben“, flüstert er. „Ich will Ihnen noch lange erhalten bleiben.“ Sein Atem ist kurz und hart. Seine Brust rumort. Elisabeth zieht ihn hoch, er hustet und schlingt den Arm um ihre Schultern.

„Müsste jetzt nicht schon bald die Sonne aufgehen, Schwester Elisabeth?“

„Ja, doch, jetzt im Sommer wird es schon kurz nach vier langsam hell.“

„Ja, es wird langsam hell. Immer heller.“

Elisabeth wischt sich über die Augen. Sie spürt, wie er ihre Schulter drückt. Seine Knie geben nach und Elisabeth beugt sich weit zur Seite, um ihn zu halten. Sie haben gerade 40, 50 Schritte geschafft und die Schwesterntracht klebt nass an Elisabeths Haut und Mr. Crane scheint einen ganz eigenen Rhythmus zu entwickeln, zählt leise bis vier, schafft dabei vier Schritte und knickt dann ein. Zerrt an Elisabeth, versucht, sich abzufangen, und hustet und spuckt. Wenn sie in dem Tempo weitermachen, denkt Elisabeth, brauchen sie noch zwei Stunden bis zur Villa. Dann ist es vorbei, dann werden sie ganz sicher entdeckt.

„Stellen Sie sich hinter mich, Mr. Crane."

„Verstehe schon. Ist manchmal doch nicht so schlecht, wenn man klein und leicht ist."

Sie nimmt seine Handgelenke, schüttelt ihn wie einen Rucksack zurecht und beugt sich dann nach vorne, bis sie spürt, dass seine Füße den Kontakt zum Boden verlieren.

„So geht's", röchelt er.

„Jaja", keucht sie. 50 Meter? Schafft sie 50 Meter auf diese Art? Dann nebeneinander gehen, dann wieder 50 Meter?

„In Puerto Rico habe ich eine Stadt erobert, Schwester Elisabeth. Friedlich natürlich, aber erobert."

„Puerto Rico?" Sie keucht mehr als der Mann auf ihrem gekrümmten, schmerzenden Rücken. „Wieso denn jetzt auf einmal Puerto Rico?"

"Da war ich zwischendurch noch. Wir sind da einmarschiert. Weltpolitik, was weiß ich. Nach dieser Sache am San Juan Hill waren die Spanier auf Kuba geschlagen und das gefiel dem Präsidenten und einigen anderen einflussreichen Leuten. Roosevelt … Na ja. Geht es denn noch, geliebte Schwester Elisabeth?"

„Schritt um Schritt, Mr. Crane."

Sein holpernder Atem ist an ihrem nassen Rücken, Mr. Crane riecht verbraucht, wird immer schwerer, aber sie trägt ihn jetzt, eine schwarze Serpentine nach der anderen, bis sie unten auf dem Weg im Kurpark sind und die Baumkronen beginnen, sich schwarz gegen das Dunkelgrau des Himmels abzuzeichnen. Sie müssen sich beeilen.

„Der Ort hieß Ponce oder so ähnlich. Da wo wir landeten. Das Meer war rau gewesen, alle seekrank, Schwester Elisabeth. Ich könnte jetzt ein Stück auf meinen eigenen Beinen laufen."

Sie setzt ihn ab, Mr. Crane zieht ein weißes Tuch aus der Jackentasche und tupft ihr das Gesicht ab.

„Mache ich das gut?"

„Sehr gut, Mr. Crane."

„Ich sprach die Sprache der Menschen dort nicht. Es war ein heißer Ort, die Palmen überragten alles, die Hütten waren mitten in den Wald gebaut. Meine Kollegen versuchten sich am Strand von den Strapazen zu erholen und ich … ich bin in den nächsten Saloon. Ich bestellte Schnaps für alle, Geld hatte ich mir bei einem Gentleman-Journalisten von der *Times* geliehen, ich verteilte Zigaretten und hielt mein Kartenspiel hoch. Weltsprache, Schwester Elisabeth. Ich redete die ganz Nacht mit den Männern dort. Wir verstanden uns prächtig. Ein alter Mann gestikulierte vor mir, hielt Kräuter in die Luft und wischte sich die Stirn.

Er erkannte mein Fieber. Na, egal. Ich brauchte Geld. Ich musste Artikel schreiben. Ich wollte eine Passage nach Kuba kaufen, um dort …"

„Zu verschwinden, Mr. Crane?"

„Diese Sache am Saranac Lake … Dr. Trudeau. Er sagte, ich müsse es doch seit meiner Kindheit gewusst haben. Jedenfalls musste ich weiter. Also versammelte ich ein paar Berichterstatter um mich herum, die mir sympathisch waren, und ritt mit ihnen Richtung Juana Diaz. Ich eroberte die Stadt, ohne Schießen natürlich. Kleines Nest, erstaunte Menschen, die nichts wussten von all dem, was da aus Amerika kam. Ich teilte die grimmig Guckenden als Verdächtige ein und schickte sie in ihre Häuser und die Lustigen teilte ich in die Gruppe der guten Jungs ein. Wir feierten die ganze Nacht auf dem Marktplatz. Am nächsten Morgen ritt ein Colonel mit 800 Kavalleristen in Juana Diaz ein. Er erkannte mich, sagte, er bewundere *The Red Badge of Courage*. Aber mit wem ich denn nun hierher gekommen sei, ob andere Truppen die Stadt erobert hätten? Nee, sagte ich, ich sei es gewesen. Meine Stadt. In diesem Moment sagte jemand: Da schau her, der kleine Stevie.

Davis stieg vom Pferd und trat an meinen Tisch. Er zeigte sich wenig verwundert darüber, dass ich in dieser Gegend war, lachte, orderte Kaffee, fragte, ob ich die Bilder sehen wolle. Er solle sich seine Fotos sonst wo hinstecken.

Ach, sagte er, und das Porträt in Athen? Der hübsche Stevie als Abenteurer.

Das habe ich so gewollt. Gestellt oder nicht gestellt sei in diesem Fall völlig gleich. Er habe zu fragen, sagte ich.

Crane, sagte er, ich habe Dinge gesehen … ich habe Aufnahmen gemacht auf Kuba, die werden die Welt erschüttern. Was stört's die Toten? Ich krieg dich noch. Die Bilder von mir und Gibbs seien im Übrigen auch sehr zu Herzen gehend. Ganze Kisten voll Fotoplatten stünden noch in seinem Hotel in Havanna. Und ob ich eines wisse? Kürzlich erst habe ihn die *Chicago and Alton Railroad Company* eingeladen, etwas anzugucken, das mich sicher faszinieren würde. Stevie, Kleiner, sagte er, und guckte in den Himmel, als habe er direkten Kontakt zu Gott, die haben das Mammut gebaut. Mammut. Eine Kamera von 625 Kilogramm, 15 Männer brauche man, um das Ding zu bedienen, 40 Liter Lösungsmittel pro Bild. Damit kann man Sachen machen … Ich wette, Davis hat wirklich Gott gesehen."

Sie schleichen in die Villa, auf Zehenspitzen die Treppe hinauf. Elisabeth guckt von der letzten Stufe aus in den Flur, nichts, die Türen geschlossen, alles dunkel, nur die Fenster werden allmählich hellgrau. In seinem Zimmer hilft Elisabeth ihm beim Ausziehen, küsst seine Augen und zieht ihm, als er schon eingeschlafen ist, den Pyjama über. Ihre Beinmuskeln zittern, ihre Nackenmuskeln sind hart, sie riecht nach seinem und ihrem Schweiß. Sie dreht die Uhr weiter zurück, weiter, weiter, die Stunden müssten rückwärts fließen, die Nacht verlängern oder von vorne beginnen lassen, aber es wird ständig heller, der Fensterrahmen schimmert immer deutlicher aus dem Dunkel. Sie eilt nach Hause. Sie muss sich frisch machen, sich ein klein wenig ausruhen, Kräfte sammeln.

15

Achter Tag
4. Juni 1900

Sie kann nicht mehr atmen, es ist heiß, ihre Lunge schmerzt, sie hört das Meer rauschen und weiß nicht, wo sie ist. Irgendetwas greift nach ihr, ein Meerungeheuer, ihre Rippen werden gepackt, plötzlich haucht Kühle auf ihre Haut und ihr Mund schnappt nach Luft.

„Betty, Betty!“ Ihr Mann zieht sie aus dem Wasser. Er legt sie auf den Teppich vor der Wanne und deckt sie mit zwei Badetüchern zu, legt ihr ein weiteres unter den Kopf.

„Dieser Dr. Fraenkel, der bringt dich noch um.“

Sie setzt sich auf, der Mann weicht vor ihrer Nacktheit zurück, guckt auf die Bodenfliesen und sie schaut ihn so lange an, bis er den Blick hebt. Er setzt sich auf den Rand der Wanne.

„Ich bin aus der Praxis heimgekommen, um nach dir zu schauen. Was machst du nur, Liebes? Soll ich dir einen Schnaps holen?“ Elisabeth schüttelt den Kopf.

„Ich habe die ganze Nacht mit der Lektüre der Bücher von Stephen Crane verbracht. Mittelmaß, teilweise sehr eindringlich, aber alles in allem uninteressant. Und unausrottbar jugendlich. Nichts für erwachsene Menschen, finde ich.“

Elisabeth steht auf, stellt sich ganz dicht vor ihn, die Brüste beinahe in seinem Gesicht. Sie beginnt sich abzutrocknen.

„Ich habe ein Gedicht geschrieben. Für dich, Elisabeth. Eine Art Liebesgedicht. Für das erste Mal ganz gut, glaube ich. Möchtest du es hören?“

„Zu einem besseren Zeitpunkt sehr, sehr gerne. Aber sag mal, wie gefällt dir meine Nase?“

„An dir ist alles hübsch, Elisabeth.“

„Und was wird mit meinen Augen, wenn ich lache? Wie würdest du meine Lippenspalte beschreiben? Denkst du, dass ich klug bin?“

Hochgezogene Brauen, Falten auf der Stirn, ein Kratzen am Scheitel.

„Ich muss jetzt wieder los.“

Sie hat sich ein Handtuch um den Kopf gebunden, eins vor der Brust verknotet. Mr. Crane würde den Knoten jetzt öffnen, er würde sie küssen und umarmen und sie Königin nennen.

„Du kannst ja kaum noch die Augen aufhalten“, sagt der Mann auf dem Wannenrand.

„Mir geht es gut.“

„Fraenkel ist verheiratet, er hat zwei Töchter, Elisabeth.“

„Er wird bald abreisen.“

„Fraenkel? Dann kehrt endlich wieder Ruhe ein.“

„Ja“, sagt sie, „dann kehrt wieder Ruhe ein.“

„Entsetzlich banale, gefühls- und glücksarme Verhältnisse sind das gewöhnliche, das man bei hoch und niedrig sieht und in Deutschland vielleicht mehr als anderswo.“

Dr. med. Anna Fischer-Dückelmann, „Die Frau als Hausärztin“

Auf dem Weg zum Sanatorium kommen ihr die englische Krankenschwester und der Hausdiener in der Vormittagssonne entgegen, sie lachen und sagen „Hallo, Schwester." Elisabeth sieht ihnen hinterher, Arme, die um Hüften geschlungen sind, aneinander gelegte Köpfe. Ein Liebespaar in Badenweiler. Aus der entgegengesetzten Richtung kommt ein dürrer alter Mann den Weg herauf, stützt sich auf zwei Stöcke und hustet. Er sieht den Beiden hinterher. Er nickt und lacht und Elisabeth denkt, er würde vielleicht gar in die Hände klatschen, müssten die nicht die Krücken halten. Solche Männer gibt es, denkt sie, im deutschen Kaiserreich – solche Männer. Großartig.

In der Halle der Villa kommt Dr. Fraenkel auf sie zu.

„Crane hat mehrfach erbrochen und Blut gespuckt", sagt er. „Aber irgendwie schafft es dieser junge Mann selbst dann noch, lustige Bemerkungen zu machen. Er murmelt wirres Zeug, Schwester. Er werde verfolgt? Ist da was dran? Nun, wie auch immer, ich habe ihm Morphium gegeben. Seine Frau war einverstanden. Und diese Nichte heult nur noch. Crane meint, ein weiterer Amerikaner sei hier angekommen. Wissen Sie etwas darüber?"

„Sollte er wirklich hierher kommen, werde ich ihn aufhalten."

„Elisabeth, so ganz allmählich verstehe ich Sie überhaupt nicht mehr."

„Ja. Ja, ich weiß, Herr Doktor. Das neue Jahrhundert. Wir sehen immer mehr und verstehen immer weniger."

„Wie bitte?"

Die Tür zu Mr. Cranes Zimmer ist geschlossen, der Flur wird immer länger, die Schatten der Fensterkreuze liegen schräg auf den Dielen. Wie schlimm wird es sein? Waren die Nacht und der Whiskey und die Zigaretten zu viel für ihn? Natürlich, das weiß Elisabeth. Sie ist viel zu viel für ihn. Und das ist gut so. Trotzdem schreckt sie der Gedanke, jetzt gleich die Tür zu öffnen.

Sie klopft und tritt ins Zimmer, als Cora noch „Herein" sagt. Helen ist eine sonnenaufgelöste Silhouette vor dem Fenster, Cora eine zusammengekrümmte alte Frau auf der Bettkante. Mr. Crane schläft tief, die Decke ist bis zum Kinn hochgezogen, er ist kreideweiß, die Haut spannt sich über die Wangenknochen und die wunderbaren Augen sind versunken.

„Dr. Fraenkel hat ihm …"

„Ich weiß", sagt Elisabeth.

„Waren Sie in der letzten Nacht die ganze Zeit bei ihm, Schwester?"

„Ich bin immer bei ihm."

Helen schluchzt am Fenster. Ganz langsam dreht Cora ihr das Gesicht zu und zischt, sie solle jetzt endlich damit aufhören. Helen schreit schrill auf und hackt mit den Händen durch die Luft.

„Sie", sie weist auf Elisabeth, „sie ist es."

„Was?" Es ist Mr. Cranes heisere Stimme, die Helen unterbricht.

„Hört mit dem Geschrei auf. Bitte." Er atmet schwer, allein diese paar Wörter haben ihn erschöpft. Elisabeth presst die Lippen aufeinander, als sie seinen Blick bemerkt. Mr.

Crane blinzelt, als gucke er in die Sonne, sie befürchtet, dass ihr Gesicht immer wieder aus seinem Blick rutscht, vielleicht sieht er sie gar nicht, schaut durch sie hindurch.

„Schwester Elisabeth", flüstert Mr. Crane, „kümmert sich sehr aufopfernd um mich."

„Ich mich auch, Schatz."

„Aber natürlich, Cora, du dich auch. Aber … nicht Schatz sagen."

„Sie ist eine …", faucht Helen.

„Jetzt hör auf zu schreien", brüllt Cora. Elisabeth hat nie zuvor eine Frau so gehört. Helen zuckt zusammen, schlägt die Hände vor das Gesicht und läuft durch das Zimmer. Sie stöhnt auf, als sie gegen die geschlossene Tür stößt, Cora prustet und Elisabeth nimmt Helen am Arm. Auf dem Flur wirbelt Helen herum und krallt nach Elisabeths Gesicht. Elisabeth weicht aus, packt in Helens Haar, dreht sie herum und klatscht ihr eine Ohrfeige ins Gesicht. Sie hat Lust, sie zu verprügeln, noch und noch. Es gibt kein Zurück mehr, sie muss jetzt klarstellen, wer hier das Sagen hat und wer sich keine weitere Sekunde einmischen darf. Soll Helen doch weiter davon träumen, Stephen Crane zu lieben. Wenn sie sich nicht traut, selber schuld. Sie stößt Helen vor sich her auf die Treppe zu. Elisabeth muss sich beherrschen, um Helens Gesicht nicht auf das Geländer zu schlagen und ihr die Zähne zu zersplittern. Sie raunt ihr Worte in die Ohren, die sie nie zuvor gebraucht hat. Sie wird immer größer und kräftiger und hat alle Macht der Welt. Helen knickt ein, kniet am Geländer, bettelt und flieht mit zerzaustem Haar die Treppe hinab. Elisabeth weiß nicht weiter, legt die Hände an die Wangen und möchte Helen eine Bitte um Verzeihung hinterherrufen, aber die Stufen schimmern leer, glänzen an den Außenseiten und sind in der Mitte stumpf abgetreten.

Als Elisabeth in Mr. Cranes Zimmer zurück ist, schläft er. Cora wischt sich über die Augen, schüttelt den Kopf. Wie muss es für sie sein? Überall um Geld gebettelt, um mit Mr. Crane hierher zu Dr. Fraenkel kommen zu können, voller Hoffnung gewesen, miterlebt, wie Mr. Crane kurzzeitig wieder aufblühte, bemerkt, dass es eine Verbindung zwischen ihrem Geliebten und ihr, Elisabeth, gibt und jetzt: Morphium, Blutleere, ein kaum noch wahrzunehmender Körper unter einer dünnen Decke. Cora müsste Elisabeth leidtun, aber das Gefühl setzt sich nicht durch. Nur noch ich, denkt Elisabeth, ich, ich, ich. Oder? Nein, es stimmt nicht. Sie sieht Cora an, deren runde Augen voller Wasser sind.

„Es tut mir so leid, Mrs. Cora. Es tut mir alles so leid."

„Ach, Kind", sagt Cora und Elisabeth fühlt sich unendlich jung und klein.

Auf dem Nachttisch steht ein silbernes Tablett mit Spritzen darauf und eine braunglasige bauchige Flasche mit weißer Aufschrift. Das Morphium soll die Schmerzen in den Lungen lindern, das Reißen und Stechen, das immer schlimmer wird.

„Joseph Conrad meint", sagt Cora, „Stephen sei machtlos gegen sein Schicksal gewesen und wolle sein Leben so voll wie möglich packen. Aber, Schwester Elisabeth, was … was ist das Schicksal von Stephen Crane? Glaubt ein Mann, der so lebt wie er, an das, was die anderen Schicksal nennen? Ich weiß bis heute nicht, was er auf Kuba gemacht hat, als er nach dieser Puerto Rico-Sache noch einmal dorthin ist. Er sei halt verschwunden, sagt er. Als wenn es ihm diebischen Spaß bereite, uns alle im Dunkeln stehen zu lassen. Aber vielleicht gehört das zu einem Leben wie seinem: die dunklen Seiten, die Geheimnisse. Die Dinge eben, die man ganz für sich alleine macht."

„Gehört das nicht zu jedem Leben, Mrs. Cora?"

„Nicht in diesem Ausmaß, Mädchen. Nicht so."

Unentschlossen und hilflos kommt Elisabeth sich vor, die Sonne scheint durch das Fenster, überflutet das Zimmer mit Licht, macht harte Schatten vom Nachttisch und durchscheinende von der Wasserkaraffe. Der Stuhl quietscht, als Cora sich zurücklehnt und die Hände wie zum Gebet im Schoß faltet. Ihre Atemzüge sind zu hören, das Rasseln in Mr. Cranes Brust und Hals und von draußen kommt kein einziger Laut. Badenweiler ist ausgestorben, still, nicht von dieser Welt. Elisabeth tritt ans Fenster, der Lappen hängt noch immer in der Eiche, pulvertrocken und hart wahrscheinlich. Es kann doch nicht sein, dass jetzt erst wieder ein ganzer Tag vorübergehen muss, bis Elisabeth mit Mr. Crane allein ist. Sie fragt Cora, ob sie eine Tasse Kaffee trinken möchte. Sie geht hinunter, redet mit der Oberschwester, die ihr Instruktionen gibt und kocht im Schwesternzimmer eine Kanne Kaffee. Sie öffnet den metallenen, hohen Medikamentenschrank und holt das Fläschchen mit dem Chloralhydrat heraus. Sie schüttelt das weißliche Pulver in der braunen Flasche. Kann süchtig machen, wird im Körper zu Trichlorethanol umgewandelt, ein Schlafmittel, das schon im 19. Jahrhundert gebräuchlich war. Lässt sich gut in Wasser lösen. In Kaffee auch? Elisabeth rührt. Sie bringt Cora die Tasse hinauf, kümmert sich um zwei andere Patienten und ist nach einer halben Stunde wieder in Mr. Cranes Zimmer. Das alles sei eine anstrengende Zeit, murmelt Cora. Sie blinzelt, blickt in die Kaffeetasse. „Müde?", fragte Elisabeth. „Sehr", sagt Cora. „Ruhen Sie sich aus. Ich achte auf ihn."

Als Cora weg ist, rüttelt Elisabeth an Mr. Cranes Schulter. Er stöhnt, wirft den Kopf hin und her. „Der Junge, der Junge", murmelt er. Elisabeth rüttelt heftiger, wischt ihm mit einem kalten, nassen Lappen die Augenbrauen ab, die Wangen, die Lippen. „Kommen Sie zu sich, Mr. Crane. Los doch, wachen Sie auf! Los!" Sie sagt seinen Namen, immer wieder. Mr. Crane öffnet die Augen, Elisabeth kennt diesen Blick von Menschen, deren Bewusstsein durch die Medikamente weit weg gedrängt ist. „Ich bin es, Mr. Crane. Ich bin es. Ihre Elisabeth. Aufwachen." Er murmelt wieder, sie versteht ihn nicht, beugt sich tief in seinen Atem. Er schließt die Augen, sein Kopf sinkt zur Seite. Elisabeth flucht und ballt die Fäuste. Sie nimmt seinen schweißnassen Kopf in beide Hände, will seine Gedanken aus ihm herausschütteln, will rein in ihn. Er greift nach ihrer Hand, ohne die Augen zu öffnen und murmelt wieder. Elisabeth meint, etwas zu hören wie Dunkelheit, aber sie ist sich nicht sicher. „Wachen Sie doch auf, Mr. Crane. Kommen Sie zu mir. Kommen Sie. Ich bin doch hier. Mr. Crane. Mr. Crane?" Er sinkt ihr aus den Händen, verliert sich im

Bett. Elisabeth streichelt seine Stirn, glättet sein Haar und küsst ihn auf den Mund. Sie geht hinunter. Die Tür zu Dr. Fraenkels Zimmer steht offen und ohne zu fragen tritt Elisabeth ein und lässt sich auf einen Stuhl an seinem Schreibtisch sinken. Fraenkel sieht von einem Dokument auf. So ein junger Mann, sagt er. Elisabeth schaut auf das Blatt. Gemeinde Badenweiler. Sterbeanzeige. Stephen Crane, 28 Jahre alt, Journalist, verheiratet, *Brede Place* England …

„Was machen Sie da?", fragt Elisabeth. Sie reißt den Zettel weg, zerknüllt ihn und will ihn aus dem Fenster werfen. Die Papierkugel trifft den Rahmen und fällt zurück ins Zimmer.

„Ich darf ja wohl sehr bitten, Elisabeth."

„Der Mann da oben ist nicht tot."

„Ruhen Sie, Schwester. Sie sehen schrecklich aus." Fraenkel hebt das Papier auf, glättet es auf dem Tisch und schreibt weiter.

„Tragen Sie auch schon die Sterbezeit ein?"

„Elisabeth, es reicht jetzt. Und … ich trage die Sterbezeit natürlich nicht ein. Unterstellen Sie mir keinen Mangel an Respekt unseren Patienten gegenüber. Ich bin schon lange hier. Ich weiß, wann jemand … Das Tuberkel hat mich geschlagen. Wird ein eintöniger Gegner. 80 Millionen Mark kostet es das Reich jährlich. Brehmer eröffnet vor 40 Jahren die erste Heilanstalt, ein gestandener Mediziner wie Dettweiler führt was ein? Den Liegestuhl. Freiluftliegehallen. Feste Ruhe- und Liegedauern. Na prächtig. Koch weist das Mycobakterium mikroskopisch nach und scheitert anschließend auch.

Sollen sich die Jüngeren damit rumschlagen. Ich widme mich dem Herzen, Elisabeth. Dem Herzen. Strophanthin, intravenös womöglich, mal sehen. Die Pharmakologie in Heidelberg ist gut. Wenn ich von hier fortgehe, kommen Sie dann mit? Elisabeth?"

„Was weiß ich."

„In all den Jahren, Elisabeth, in all den Jahren, gab es nur sehr wenige Männer, für die ich solch ein Formular hier nicht ausgefüllt habe. Am Ende kommt dann ein Stempel darunter: Amtsgericht Müllheim, Baden.

Wie dem auch sei, Sie sind eine gute Krankenschwester, Elisabeth. Investieren Sie keine Gefühle in die Patienten. Spielen Sie ihnen etwas vor, das ist gut und legitim. Aber wenn Sie die Villa verlassen, dann schütteln Sie sie ab. Sonst kommen Sie um, Mädchen. Und jetzt setzen Sie sich in die Sonne."

Als Elisabeth die Tür öffnet, sagt Fraenkel: „Viele Männer hier verlieben sich in die Krankenschwestern. Das ist die Situation, Elisabeth. Unter anderen Bedingungen würden sie sich nicht verlieben. Das liegt an", er wedelt kurz mit dem Zeigefinger, „dieser Villa hier."

Elisabeth setzt sich draußen auf die Bank im Schatten. Wieso hatte Fraenkel das gesagt? War es nur, weil Elisabeth ihm den Zettel weggerissen hat? Viele verlieben sich in Krankenschwestern?

Sie geht hinauf in sein Zimmer. Sein Gesicht ist verschlossen, sie weiß, dass sie ihn nicht wachbekommen wird. Sie ballt die Fäuste, schreit, ohne einen Laut von sich zu geben. Sie zieht die Gardinen zu, die Vorhänge. „Sehen Sie,

Mr. Crane, es ist dunkel, es ist Nacht. Unsere Zeit. Wachen Sie auf." Sie küsst seine Augen, spürt die Augäpfel durch die Haut der Lider, sie streichelt seine Brust. Mr. Crane rührt sich nicht, sein Atem rasselt ein wenig, sein Kopf ist von ihr abgewandt. Elisabeth legt die Hände vor die Augen. Was, wenn er jetzt nicht mehr wach wird? Was dann?

Sie taucht den Lappen ins kühle Wasser und wringt ihn über Mr. Cranes Gesicht aus, die Tropfen spritzen auf seine Augen, auf die Nase, versickern im Schnurrbart oder laufen an seinem Kinn hinab auf den Hals. Sie schüttelt ihn wieder, greift ihm fest ins Haar. Er stöhnt, sackt weg wie eine bänderlose Marionette. Elisabeth schließt die Tür ab, zieht sich aus und legt sich in die Hitze und Feuchtigkeit des Bettes. Sie schlingt die Arme um Mr. Cranes Brust, schließt die Augen, zuckt, merkt, dass der Schlaf sie holt, will sich noch wehren, denkt noch irgendetwas, weiß, dass sie nicht einschlafen darf, und döst auf einer Welle von Angst und Unruhe und Glück davon.

Sie wacht auf, weil Mr. Crane ganz fest ihre Brüste hält. Seine Augen sind feucht, sein Atem riecht schlecht.

„Mr. Crane."

„Schwester Elisabeth."

„Wie geht es Ihnen?"

Er lässt kurz los und nimmt ihre Brüste wieder in die Hände.

„Wie soll es mir dabei gehen? Ich könnte Bäume ausreißen. Kleinere nur, aber immerhin. Wie spät ist es?"

„Es ist Nacht, Mr. Crane. Unsere Zeit."

„Lügnerin. Hübsche, kleine Lügnerin. Ziemlich eigene Geruchsnote bei mir, hm?"

„Sie müffeln, Mr. Crane."

„Ihr Mann muss sehr glücklich sein, Schwester Elisabeth."

„Ich bezweifle, dass er noch glücklich mit mir ist, Mr. Crane. Ich bin ein Scheusal."

„Ein Scheusal mit einem runden Popo und … Augenblick … oh ja, mit wirklich sehr viel Schamhaar." Sie hört seinen Atem kürzer werden, er stöhnt und hält sich die Rippen. Schon mit dem ersten Husten spritzt Blut. Elisabeth schnellt hoch und setzt ihn auf, sie sieht rote Flecken auf ihrer Haut, am Bauch, auf den Brüsten, in ihrem Nabel glitzert es und ein dünnes Rinnsal fließt in ihre Scham. Sie hält ihm die Schüssel unter, massiert mit der freien Hand seinen Rücken, dick läuft das Leben aus ihm heraus und beschmutzt die Emaille. Tränen schießen ihm in die Augen.

„Sie haben das Feuer selbst gelegt, ja?"

„So, wie das dann alles abgelaufen ist – so war das nicht geplant. Aber ansonsten: Ja, Mr. Crane."

"Was machen wir nur für Sachen? Hm?"

„Ich weiß nicht, Mr. Crane. In der Literatur, in der Dramatik … da wissen die Helden und Heldinnen oft so genau, was sie wollen. So ganz genau. Ich glaube, im Leben ist das nicht so. Bei mir ist das nicht so. Ich tauge nicht zur Heldin."

„Sie taugen fürs Leben, Schwester Elisabeth. Das ist viel, viel wichtiger."

„Ich bin immer am selben Ort, ich …"

„Seien Sie froh."

„Das aus Ihrem Mund, Mr. Crane?"

„Wundert mich zwar auch, aber: Ja. Unbedingt ja.

Ich übrigens, ich bin zurück nach Kuba. Der Junge. Davis' Hotelzimmer. Coras liebende Arme kriegten mich nicht. Niemand kriegte mich. Ich war verschwunden. Spurlos … fast spurlos. Haha, Schwester, ich sah aus wie der letzte Vagabund. Ich wette, selbst Sie hätten mich nicht erkannt. Oder? Doch, Sie schon."

Zum Mittag bringt sie ihm einen Teller Brühe. Aber er schläft am Rande der Bewusstlosigkeit, Cora sitzt nicht etwa auf dem Stuhl oder der Bettkante, sondern am Boden vor dem Bett, ihr Kopf hängt und sie atmet tief und regelmäßig. Elisabeths Kaffee für Cora ist jetzt stets präpariert. Dr. Fraenkel kommt herein und fragt, was das denn nun wieder sei.

„Mir reicht das hier allmählich", sagt er und fasst sich fest in den Bart.

Angeblich fördere es den vorbildlichen Umgang mit dem Essbesteck, wenn ein Mann einen Vollbart trage. Essen, denkt sie, nie hat sie mit Mr. Crane am Tisch gesessen und gemeinsam gegessen. Nie hat sie mit ihm einen Geburtstag gefeiert oder gelesen. Keine Briefe, keine Blumen, keine ruhigen Abende in einer gemeinsamen Wohnung. Aber hätte es so etwas mit ihm gegeben? Ruhige Abende? Bestimmt. Muss doch, der konnte ja nicht immer so sein. Nie ist sie abends mit ihm zu Bett gegangen und morgens neben ihm aufgewacht.

„In zwei Wochen werde ich gehen, Elisabeth", sagt Fraenkel. „Ich frage noch einmal: Kommen Sie mit mir? Hier ..." Er weist auf das Bett, „haben Sie keine Zukunft."

„Ich weiß nicht, Herr Doktor, ich weiß es einfach noch nicht."

„Denken Sie darüber nach", murmelt Fraenkel. Er verlässt das Zimmer. Elisabeth weiß, das war das Ende zwischen ihr und dem Doktor, den sie früher so bewundert hat. Sie hält immer noch die Suppenschale in den Händen, tritt über Coras Beine hinweg und stellt die Schale auf den Nachttisch. Immerhin, Mr. Crane, murmelt sie, immerhin ist es schon Mittag.

Der Nachmittag dauert ein Jahr. Elisabeth trinkt eine ganze Kanne Kaffee und geht nach Dienstschluss heim. Der Mann, mit dem sie verheiratet ist, ist nicht dort, und sie legt sich auf das Sofa, liest in einem von Mr. Cranes Büchern, nimmt ein Bad. Die Sonne bleibt und bleibt und bleibt. Elisabeth spannt die Hände um die Wannenränder und taucht den Kopf unter. Ihr Haar fließt vor ihren Augen, sie hat die Wangen aufgeblasen, die Narben zwicken, Licht schwimmt vielförmig über ihr und sie hat Druck auf den Ohren. Sie lässt ein paar Luftblasen aus dem Mund an die Oberfläche perlen und meint, ihr Aufplatzen zu hören. An den Mauern der Burgruine war er nicht gestorben. Es wäre ein guter Ort gewesen, sie waren alleine in der Dunkelheit, aber er war ihr nicht weggestorben. Elisabeth hört ihr Herz dumpf und regelmäßig pochen, sie spürt ihre gesunden Lungen und kann keine Bläschen mehr lassen, sie krallt die Hände fester um das Metall, blinzelt, ihr ganzer

Körper sagt nein, sie presst die Lippen aufeinander, trommelt mit den Füßen und hört dumpfe Schläge, ihr Mund will schreien, aber Elisabeth hält weiter aus, wirft den Kopf hin und her, das Haar wie Schlingpflanzen vor den Augen. Dann platzt sie aus dem Wasser, ringt nach Atem und ruft seinen Namen.

Sie zieht ihr hellblaues Kleid an, schmale Taille, Dekolleté. Schnell, schnell, schnell. Wieder der Garten der Wilhelmis, wieder über den Zaun zu den Meiers, die Schweine grunzen, Elisabeth eilt, überquert die nächste Straße, ihr Kleid bleibt in Rosendornen hängen und sie reißt sich frei, tritt Gartentore auf, kürzt diesmal noch mehr ab, riecht den säuerlichen, warmen Mist aus Kuhställen und kommt auf die Wilhelmstraße. Sie rennt. Das Fenster zu Mr. Cranes Zimmer steht offen, sie streckt die Hand aus und mit jedem Schritt rückt die Villa weiter von ihr fort. Die weißen Mauern sind so voll mit Sonne, dass sie schimmern, beinahe strahlen sie eigenes Licht ab. Elisabeth kommt dem Sanatorium nah, kann danach greifen, dann rückt es wieder fort von ihr. Der Brunnen plätschert und spritzt. Dann endlich. Sie taucht die Hände in das Wasser, ihr Oberkörper hebt und senkt sich im Atem, sie schöpft von der Kühle und nässt das Gesicht.

In der Halle ist niemand, die Tür zu Fraenkels Zimmer ist verschlossen und dunkel, die zu Coras Zimmer ebenso. Elisabeth schaut in den Spiegel, wendet ihm die linke Seite zu. „Ich komme, Mr. Crane.“

Er hat sich im Schlaf die Decke weggestrampelt, sein Pyjama steht offen, als wolle die Brust sich von ihrer Not befreien. Mr. Cranes Kopf ist zur Seite gesackt, der Atem rasselt. Cora kniet vor dem Bett und es sieht aus, als ob sie bete. Die Haare stehen wirr von ihrem runden Kopf ab. Elisabeth hält ihr eine präparierte Tasse Kaffee hin und Cora trinkt sie in einem Zug.

„Das wird Ihnen gut tun, Mrs. Cora."

„Wird er noch einmal zu sich kommen?"

„Bestimmt. Ich hole Sie dann augenblicklich. Ruhen Sie sich aus, ich achte auf ihn, keine Sorge."

„Was … was ist das?" Cora weist auf das Kleid, wartet keine Antwort ab und stemmt sich hoch. Ihre Kniegelenke knacken, der massige Körper wankt im schwindenden Licht. Der Kaffee, murmelt sie, habe in den letzten Tagen etwas anders geschmeckt als zuvor.

„Legen Sie sich einen Moment hin, ich hole Sie, sollte etwas geschehen."

Cora steht plötzlich ganz dicht vor Elisabeth. Ihre Augen sind nass und sie streichelt hauchzart über die Narben in Elisabeths Gesicht.

„Ich werde Sie nie vergessen, Schwester Elisabeth." Sie öffnet die Tür, hält inne und Elisabeth denkt, sie werde sich jetzt umdrehen und irgendetwas sagen, aber Cora senkt nur den Kopf, tritt auf den Flur und zieht die Tür so langsam zu, dass Tage vergehen, bis Elisabeth alleine mit ihrem Mann ist.

Sie setzt sich auf die Bettkante, streichelt Mr. Cranes Gesicht und seine nackte Brust, den eingefallenen Bauch und die durch die Pyjamahose vorstehenden Beckenknochen. Wer ist dieser Mann? Wer ist Stephen Crane? Wann immer sie von hier fortgegangen ist, sie nicht in diesem Zimmer war, immer hatte sie seine Anwesenheit fast greifbar gespürt. Sie hörte seine verbrauchte Stimme, roch ihn und spürte seine Hände auf ihrem Körper. Obwohl sterbenskrank beschwingte er sie, war ihr Begleiter, machte ihr Mut. Er hat etwas befreit, dass schon immer in ihr schlummerte.

Dr. Fraenkel kommt. Er sieht Elisabeth an.

„Wieso tragen Sie ein Kleid? Was soll das?“ Er wartet keine Antwort ab und zieht Morphium auf und erstarrt, als Elisabeth ihm eine Hand auf die Schulter legt.

„Darf ich ihm das geben, Herr Doktor? Bitte. Lassen Sie mich mit ihm allein.“

„Ach, Elisabeth“, sagt Fraenkel und wendet sich zur Tür. „Ihr Gatte war übrigens bei mir, Schwester. Stand vor der Tür und wollte offensichtlich etwas sagen, bekam das aber nicht so recht hin. Verstehen Sie das?“

„Er denkt, ich habe eine Affäre mit Ihnen.“

„Oh …“ Ganz kurz lächelt Fraenkel, als ob es ihm schmeichle, als ob er an diesem Gedanken Gefallen finde, dann aber besinnt er sich und sagt: „Wie bitte? So geht es aber nun nicht, Schwester Elisabeth.“

„Sagen Sie ihm das, Herr Doktor. Nicht mir.“

Fraenkel geht. Elisabeth legt die Spritze auf den Nachttisch, holt frisches kaltes Wasser und lässt es aus den Händen über Mr. Cranes Gesicht tröpfeln. Er murmelt etwas. Immerhin. Elisabeth sagt seinen Namen, beugt sich dicht zu seinem Ohr, flüstert. „Mr. Crane. Mr. Crane. Werden

Sie wach. Ich bin es, Elisabeth. Ich liebe Sie, Mr. Crane." Sie streichelt seinen ganzen Körper und flüstert unaufhörlich seinen Namen. Es ist der einzige Name, den es in der Villa noch gibt. Elisabeth verschließt die Tür, löscht das Licht und zieht sich aus. Nackt stellt sie sich ans Fenster, die Luft umfasst warm ihre Haut. Elisabeth zündet sich eine Zigarette an und pustet den Rauch in die Nacht. Sie wartet auf ihren Geliebten.

„Verschwunden, geliebte Schwester Elisabeth", röchelt es aus dem Bett.

Elisabeth legt sich zu ihm, den Kopf an seiner Schulter, die Hand auf seiner Brust, er streichelt mit zitternden Fingerspitzen ihren Nacken. Sie spürt den Aufruhr in seinen Lungen an der vernarbten Wange.

„Ich hab den Jungen wiedergefunden, in dem Dorf. Wir haben Hund gespielt. Wauwau. Ich sprach ja seine Sprache nicht. Aber wauwau ging ganz gut. Seine …" Mr. Crane hustet, als hätte er Staub essen müssen. „Seine Eltern waren ein wenig … irritiert meinetwegen. Könnte man sagen. Aber egal, ich war bei dem Jungen.

Man vermutete Mr. Stephen Crane bei den Frauen und in den Bars beim Pokern und Trinken. Niemand vermutete ihn in einem kleinen Dorf mitten auf der Insel bei einem Jungen, der nichts sehen kann."

Er atmet erschöpft. Er dreht sich auf die Schulter, küsst Elisabeths Nase von allen Seiten.

„Ich war lange dort. In diesem unbekannten winzigen Dorf auf Kuba. Ich kam mir ein bisschen vor wie einige der Gestalten aus den Büchern meines Freundes Joseph Conrad. Komisch, nicht?

Ich fand später Davis' Hotel in Havanna. In der Stadt war die Hölle los. Die abrückenden Spanier, die Aufständischen, die Amerikaner. Schießereien, Schlägereien, vollkommenes Chaos.

Die Fotoplatten, Filme und Bilder waren in Davis' Zimmer.

Da waren überall Kameras. Das ganze Zimmer war voll davon. Ich sah mich mit Gibbs in den Armen. Ich sah die Soldaten ihr böses Spiel mit dem Jungen spielen.

Ich habe die Lampe umgestoßen. Auf die Bilder und die Platten …"

Sein Kopf sinkt zurück, Mr. Crane murmelt etwas, das Elisabeth nicht versteht. Sie wischt sich über das Gesicht, löst sich von ihm.

„Davis wusste, dass ich das gewesen bin. Kurz bevor ich nach New York zurückwollte … Ha, Schwester, ich muss ausgesehen haben wie Robinson Crusoe, als ich aus dem Dschungel nach Havanna zurückkehrte … Kurz bevor ich also zurück wollte, traf ich Davis am Hafen. Ich habe Ihnen ja gesagt, welch ein Berserkertyp er war. Aber er hatte sich ja immer beherrscht. Jetzt rannte er auf mich zu, stieß irgendeinen Verkaufsstand mit Obst um und alles rollte bunt über die Mole. Sie hätten mal sehen sollen, wie ich gerannt bin. Ich krieg dich, ich krieg dich, Crane. Mir war, als bliebe alles um mich herum stehen, als halte die Zeit für alle anderen Menschen an und nur noch wir zwei jagten da durch das Gedränge. Was denkt man sich dann alles? Wenn man zwei Männer sieht, die derart hintereinander her sind? Hundert Betrachter, hundert Geschichten. Er kriegte mich nicht. Er schrieb mir später, er werde mich kriegen. Jetzt hätte ich keine Chance mehr, ihm zu entkommen. Er würde mich finden, überall, würde meine Spur aufnehmen, würde da sein, wenn ich …"

„Ich bin hier, Mr. Crane. Nur ich. Sonst niemand."

„Was hätte mir Besseres passieren können, als Sie hier zu finden?"

Elisabeth küsst ihn, hält sein Gesicht, küsst immer wieder seine Lippen. Sie sehen sich an. Seine Augen sind grau in der Dunkelheit.

„Ich liebe Sie, Mr. Crane."

„Ich liebe Sie. Elisabess."

Er beugt sich seitlich aus dem Bett und beginnt, zu husten. Er weint.

„Vergessen Sie mich nicht, Schwester Elisabeth", sagt er.

Elisabeth tupft ihm das Gesicht ab und legt die dünne Decke über ihn. Seine geschlossenen Augen sind weit in die Höhlen gesunken. Er schläft tief, sein Atem ist dünn. Sie streichelt sein Gesicht. Es ist aus. Bitte nicht. Aus. Er stirbt. Bitte, bitte nicht. Nicht gehen, Mr. Crane. Sie küsst seinen Mund. Sie wird wieder Krankenschwester. Spritzt ihm das Morphium. Viel Morphium. Tut ihre Pflicht.

Sie klopft Cora aus dem Schlaf. Monatelang, so kommt es Elisabeth vor, hat sie sich geweigert, es zu sagen. Auch jetzt formuliert sie nicht, dass es zu Ende gehe, dass es vorbei sei.

„Es ist besser, wenn Sie jetzt hinaufgehen zu Ihrem

Mann." Coras Augen werden nass, sie eilt an Elisabeth vorbei und verschwindet die schimmernde Treppe hinauf. Elisabeth schickt nach Dr. Fraenkel.

Sie geht heim. Sie schaut aus dem Fenster in die Nacht.

16

Achter Tag
2. Oktober 1914

Fischer nimmt das Blatt vom Gesicht und legt es auf seine Knie.

„Sie haben ihn umgebracht, Schwester Elisabeth."

Elisabeth sieht an Fischer vorbei, die Sonne überflutet Hügel und Tannen.

„Aber … aber du hast doch gesagt, er sei plötzlich abgereist," murmelt Victoria.

Elisabeth stellt sich ans Fenster, eine Hand auf Fischers Schulter, Victorias Blick im Nacken.

„Ich habe das Richtige getan. Es war genau das Richtige. Besser ging es nicht." Als wäre es gestern gewesen, gestern vor 14 Jahren. Elisabess, Elisabess.

Victoria setzt sich zu Boden, lehnt den Rücken an die Tür. Elisabeth sieht zwischen den mittlerweile vier weißen Leinwänden auf den Staffeleien hin und her, ihr Blick springt von einem leeren Rechteck zum nächsten, aber es entstehen keine Bilder mehr, nicht wie damals, als sie in den Fenstern der Villa New York gesehen hat oder ein Rettungsboot oder Kuba. Weiß und rein leuchten die Leinwände.

„Sie waren nicht bei ihm, als er …?", fragt Fischer.

Elisabeth schüttelt den Kopf.

„Ich bin heimgegangen. Ich kann mich nicht genau erinnern. Ich hab geschlafen … so tief geschlafen. Erst am nächsten Mittag bin ich zurück ins Sanatorium. Hierher, in dieses Zimmer. Es war leer. Unser … unser Zimmer, seins und meins … leer. Das Bett frisch bezogen, das Fenster offen, der Schrank ausgeräumt, der Nachttisch poliert. Ich habe die Tür verschlossen und mich in dieses Bett hier gelegt. Ich habe ihn gesucht und gesucht und gesucht. Es war so … vollkommen unmöglich, dass er nicht mehr da war. Mein Herz schmeckte bitter."

Elisabeth zündet sich eine Zigarette an und setzt sich ins Fenster.

„Cora und Helen … ich habe sie nicht mehr gesehen. Dr. Fraenkel ging weg aus Badenweiler, ich trennte mich von meinem Mann, wurde Oberschwester und versuchte immer, dieses Zimmer freizuhalten. In den ersten Monaten gelang mir das auch. Ich war oft hier. Mit seiner Stimme, mit der Hitze, mit diesen verschwommenen Bildern, die er hinterlassen hatte. Ich weiß bis heute nichts über den Wahrheitsgehalt all dessen, was er mir erzählt hat. Ich habe Briefe nach England schreiben wollen, an Joseph Conrad, weil ich noch so viele Fragen hatte. Ich habe sie alle in den Kamin geworfen."

Elisabeth setzt sich auf das Bett und streicht mit den Händen über das Laken.

„Ist dieser Davis gekommen?", fragt Fischer.

„Er war im Burenkrieg, als Mr. Crane starb. Und Roosevelt … er wurde tatsächlich Präsident der Vereinigten Staaten von Amerika."

„Und bekam den Friedensnobelpreis", sagt Fischer. „Wegen der Marokkokrise, glaube ich."

„Ihr kennt euch ja aus“, sagt Victoria.

„Officer Becker, dieser Polizist, der Mr. Crane wegen der Dora Clark Affäre verfolgt hat, war einer der ersten New Yorker Polizisten, die wegen Korruption auf dem elektrischen Stuhl hingerichtet worden sind“, sagt Elisabeth.

„Meine Güte“, sagt Victoria. Sie steht auf, als jemand vom Flur her versucht, die Tür zu öffnen, schiebt sie energisch wieder zu und ruft: „Jetzt nicht.“

„Du handelst dir noch Ärger ein, Vicky.“

„Es scheint, das muss man wohl.“

„Und du, Bernhard, was hat dir die Sprache geraubt?“, fragt Elisabeth. Fischer lächelt. „Ich hab sie nur versteckt“, sagt er.

„Du wirst mir nicht auch noch sterben“, sagt Elisabeth. „Du nicht. Bei Mr. Crane … ich weiß nicht, was er wollte. Ich denke, er wusste das selber nicht. Fest steht, dass ich niemals so leben möchte, wie er es getan hat.“

„Hat er dich geliebt, Elli?“, fragt Victoria. Elisabeth sieht aus dem blitzblank geputzen Fenster und legt eine Hand an die Scheibe.

„Es war ein Aufleuchten in meinem Leben“, sagt sie. Sie atmet tief, es ist die Luft der Gegenwart und Elisabeth weist mit beiden Zeigefingern auf Fischer.

„Ich habe mit deiner Mutter gesprochen, Bernhard, und mit meiner Freundin Franziska aus dem Kolonialwarenladen. Wir kriegen das hin, man wird ein Auto sehen mit einem jungen Mann hinten drin. Richtung Schweiz. Victoria? Hör zu …“

Am nächsten Morgen klopft Elisabeth hart an die Tür zum Zimmer des Oberarztes und tritt ein, ohne auf eine Antwort zu warten.

„Was ist hier los, Herr Doktor?"

„Ich verstehe Sie nicht, Schwester Elisabeth. Was soll denn sein?"

„Wo ist Bernhard Fischer?"

„Nun, in seinem Zimmer nehme ich doch an."

„Ist er nicht. Schwester Victoria hatte Nachtwache, sie sagt, sie habe um fünf Uhr heute Morgen zum letzten Mal nach ihm gesehen. Da lag er noch im Bett. Jetzt liegt er da nicht."

Der Oberarzt starrt sie an, nimmt die Brille ab und massiert sich die Nasenwurzel.

„Die Leinwände hat er stehen lassen."

„Sie … Sie meinen, er ist …? Aus unserem Sanatorium?"

„Und das mitten im Kriech."

„Krieg."

„Genau."

„Schicken Sie nach der Polizei, Schwester Elisabeth … Ich habe mir so etwas schon gedacht. Ich habe es die ganze Zeit gedacht. Sprachverlust, geistig verwirrt. Alles Blödsinn."

„Na, ob er geredet hat bei seiner Flucht, wissen wir ja nicht, Herr Doktor."

„Werden Sie bloß nicht frech, ja."

„Wie könnte ich. Schwester Victoria sagt, um kurz nach fünf habe sie ein Auto vor dem Sanatorium gehört."

Es wird ein Tag voller Aufregung im Sanatorium. Die Ruhe im Haus ist verloren – vielleicht endgültig, denkt Elisabeth. Sie sieht dem Treiben zu, den Polizisten, dem Offizier, der die Treppe auf und ab eilt, sie sieht den Angstschweiß des Oberarztes und fragt sich, was die anderen über sie denken. Der Wachtmeister, dem sie den Vergewaltigungsversuch der beiden Soldaten gemeldet hat, schleicht auch durch die Villa. Sie sieht ihn an, er sie nicht. Teilnahmslos verrichtet sie ihren Dienst, ruft die Schwestern zur Ordnung, gibt bereitwillig Auskunft über den Patienten Fischer. Ja, sie glaube, er sei tatsächlich schwer verwirrt gewesen, und nein, die Wunden seien nicht so gut verheilt. Jawohl, seine Uniform habe er zurückgelassen, die Pinsel und Farben ebenfalls, lediglich die Skizzen, die er während seiner Anwesenheit gezeichnet habe, seien allesamt verschwunden. Was dieser Mann denn gezeichnet habe, fragt der Offizier. Heroische Kriegsbilder, sagt Elisabeth, ausschließlich. Seltsam, sagt der Offizier, seltsam.

„Die Frau des Kolonialwarenhändlers bestätigt das mit dem Auto. Ebenfalls ein Herr Obermaier, der in den frühen Morgenstunden ein krankes Kalb in den Stall gebracht hat. Beide meinen, jemand habe hinten im Wagen gesessen. Wirklich seltsam.“

Der Offizier schlägt die Hacken zusammen und verneigt sich. In der Tür dreht er sich noch einmal um.

„Sagen Sie, war Anton Tschechow nicht auch einmal hier in Badenweiler?“

Elisabeth stemmt die Hände in die Hüften.

Als sie am nächsten Morgen aufwacht, ist es schön warm in ihrem Bett. Sie hebt den Kopf und sieht aus dem Fenster. Die Sonne scheint. Bernhard Fischer hat ihr den nackten Rücken zugekehrt, Victorias Kopf liegt an Elisabeths Schulter, ihre linke Hand auf Elisabeths bloßer Brust. Elisabeth senkt den Kopf wieder ins Kissen und grinst. Wenn jetzt so ein Fotograf hier wäre, Mr. Crane, ich würde lachen. Ich würde die Decken zurückschlagen und ihn anlachen.

Nachdem sie Kaffee gekocht hat, stellt sie drei Tassen auf ein geblümtes Tablett. Sie geht zurück ins Schafzimmer und balanciert das Tablett, als ihre Füße in die Matratze sinken und alles schaukelt, als wäre Elisabeth mitten auf dem Ozean. Sie schafft es, sich zwischen Victoria und Fischer zu setzen.

„Kaffee“, sagt sie.

Als sie zu dritt nebeneinander an der Rückwand des Bettes lehnen, bemerkt Eisabeth Fischers verstohlenen Blick auf all die Nacktheit da neben ihm.

„Besser als Krieg, Herr Leutnant? Wegen der Flucht wird es eine Menge Formalitäten geben.“

„Wegen mir? Tur mir leid, Schwester.“

„Jawohl, Herr Leutnant. Letzte Nacht sollten Sie noch im Sanatorium sein …“

„Und dann geht es ab in die Schweiz. Ihre Mutter weiß Bescheid, Weg ist ausgekundschaftet, – danach dann gibt es die Formalitäten um meinetwillen.“

„Was denn, Elli?“ fragt Victoria. Elisabeth drückt ihr die Hand.

„Ich gehe fort. Nach Amerika.“

Epilog

Die Büste Anton Tschechows steht wieder im Kurpark von Badenweiler. Vor der *Villa Eberhard*, dem ehemaligen Sanatorium, steht eine Gedenktafel für Stephen Crane.

Dank

Unerlässlich für die Recherche zu diesem Roman war die Biographie *Badge of Courage, The Life of Stephen Crane* von Linda H. Davis.

Quelle der Zitate: *Das große Frauenbuch. Die Frau als Hausärztin. Ein ärztliches Nachschlagebuch für die Frau. Von Dr. med. Anna Fischer-Dückelmann, praktische Ärztin,* Süddeutsches Verlags-Institut, Stuttgart.

Mein besonderer Dank gilt Alexander Häusser für seine lebhafte und konstruktive Kritik am Text. Die Anregungen von Susanne Wieckert, Heide Bock und Martin Osteroth haben geholfen, den Text voranzutreiben.

Des weiteren bedanke ich mich bei Herrn Heinz Setzer vom Internationalen Literaturforum Badenweiler, bei Mr. Paul Sorrentino von der Stephen Crane Society und bei Frau Dr. Marion Ruisinger vom Institut für Geschichte der Medizin der Universität Erlangen.

Und, wie immer, Heidi – unbedingt Heidi.

Pendragon Verlag
gegründet 1981
www.pendragon.de

Originalausgabe
Veröffentlicht im Pendragon Verlag
Günther Butkus, Bielefeld 2020

Lektorat: Günther Butkus, Jessica Tiekötter
Umschlag und Herstellung: Uta Zeißler, Bielefeld
Umschlagfoto: ullstein bild
Lebrecht Music & Arts Photo Libr/Lebrecht
Satz: Pendragon Verlag auf Macintosh
Gesetzt aus der Adobe Garamond
ISBN 978-3-86532-685-0
Gedruckt in Deutschland